W0348172

NISHA
EDITIONS

Parce que la liberté et l'éducation des femmes dans le monde sont un combat essentiel, Nisha Editions s'engage auprès de **Toutes à l'école**.
Sa mission : proposer au Cambodge une scolarisation de haut niveau aux petites filles les plus démunies, afin de les conduire à un métier qui leur apportera liberté et dignité.
Nisha et ses auteures accompagneront quatre petites filles au fil des mois.
Chaque trismestre, Nisha vous donnera des nouvelles des petites filles parrainées.

L'ÉQUIPE NISHA
MARRAINE
SINEA

Toutes à l'école

toutes-a-l-ecole.org

Bienvenue à Carter Corp !

Avec toi, on ne s'ennuie jamais.

MADE IN LIMOUSIN

DANS LA MÊME COLLECTION :

La Chute Saisons 1 et 2 – Twiny B.
Black Sky – Twiny B.
Our Last Days – Twiny B.
Ne rougis pas Saisons 1, 2 et 3 – Lanabellia
Ne ferme pas ta porte Saison 1 – Lanabellia
Alia – Sophie Auger
Betrayed – Sophie Auger
Him – Sophie Auger
Dimitri – Sophie Auger
Night of Secrets – Sophie Auger
Play & Burn – Fanny Cooper
No Control – Fanny Cooper
Burning Dance – C. S. Quill
Get High Saison 1 – Avril Sinner
Love Business – Angel Arekin
Sur ton chemin – Mikky Sophie
Sex Attraction – Aurélie Coleen
Endless Lust - Gibson – Aurélie Coleen
Kiz'hope – Virginie Malann

NISHA'S SECRET :

Jeu vespéral – Angel Arekin
Lilas – Oly TL

FEEL GOOD :

Hollywood en Irlande – Elisia Blade
Séduire & Conquérir – Elisia Blade
Le Goût du thé – Eve Borelli
Après l'obscurité – Eve Borelli
L'Étreinte des vagues – Olivia Billington
Judith Sardis assure aussi bien en bikini qu'en grenouillère – Amira Edich

Ce livre est également disponible au format numérique.

GABRIEL

Angel Arekin

NISHA EDITIONS

Auteure : Angel Arekin
Suivi éditorial : Morgane Dumazel
Composition : Morgane Dumazel
© Nisha Editions 2017
© Photographie de couverture
et illustration intérieure : 2016 – 1492 Studio
ISSN : 2491-8660
ISBN : 978-2-37413-427-7
Dépôt légal : mars 2017

Nisha Editions
21, rue des Tanneries – 87 000 – Limoges
N° Siret : 821 132 073 000 15
@ : contact@nishaeditions.com
Site internet : www.nishaeditions.com

PRÉFACE

Lorsque nous avons lancé, avec mon mari, notre premier jeu « Is it Love? Gabriel », en mai 2015, c'était un défi, une nouvelle aventure. Nous voulions répondre à la demande du public féminin, toujours plus importante, d'accéder à un jeu différent de ce que l'on trouve habituellement sur le marché du jeu vidéo. Notre idée a donc été de faire vivre à la joueuse une histoire d'amour interactive mature et moderne.

À travers Carter Corporation, le tout premier thème que nous abordons dans notre saga « Is it Love? », j'ai créé un univers original, avec des personnages que j'ai voulu réalistes. Chacun d'eux s'est construit avec ses propres expériences, son passé plus ou moins tortueux, ses failles et ses aspirations. Parfois insupportables, quelquefois orgueilleux, d'autres fois piquants, mais surtout souvent attachants, les personnages que la jeune femme côtoie dans le jeu, à travers le poste qu'ils occupent ou leurs loisirs, la renvoient à sa propre expérience de la vie et des autres, à ses propres préoccupations. En même temps, elle est projetée dans des situations romantiques, mouvementées, et parfois dramatiques, qui lui permettent de s'évader de son quotidien et de rêver. Pour l'adolescente, c'est aussi une façon de découvrir l'amour, avec des histoires qui se veulent plus réalistes et matures qu'une simple amourette idéalisée.

D'ailleurs, bon nombre de nos joueuses s'identifient au personnage principal et vivent réellement, au cours de leur expérience du jeu, ce qu'elle vit, elle. Dans un roman, il nous arrive de vibrer avec l'héroïne, d'éprouver de la colère en même temps qu'elle, de pleurer avec elle, de rire avec elle, et même de tomber amoureuse avec elle. Le jeu pousse cette expérience à son paroxysme puisque la lectrice n'est plus simplement spectatrice, elle devient l'héroïne. Elle est l'héroïne.

En effet la joueuse personnalise l'héroïne en choisissant son nom de famille, son prénom et d'où elle vient. Elle doit choisir aussi régulièrement entre deux réponses. Ce sont ses choix qui vont influencer le caractère de l'héroïne, ses affinités et ses rivalités avec les autres personnages, ainsi que le dénouement du scénario et de sa relation avec le personnage principal.

Nos applications sont des histoires interactives, c'est à dire qu'au-delà des choix, les lieux, les personnages et certaines scènes sont graphiquement représentés avec soin. Chaque protagoniste dispose donc de ses propres expressions et de son style vestimentaire. Plusieurs moments clefs sont illustrés par des scènes secrètes que la joueuse peut débloquer si elle a fait les choix logiques. Mais il y a aussi des bruitages propres à chaque lieu et des ambiances musicales, des vibrations du téléphone lorsqu'un personnage touche l'héroïne, et des mouvements de l'écran lorsqu'elle vit un événement perturbant ou une dispute par exemple. La joueuse peut aussi recevoir des textos de Gabriel ou d'autres personnages. Tout cela contribue à provoquer des émotions et une immersion différentes de celles que l'on éprouve à la lecture d'un roman.

Souvent, d'ailleurs, nos joueuses s'expriment à la première personne lorsqu'elles évoquent leurs aventures avec Gabriel ou d'autres personnages : « J'en ai marre de Gabriel ! Il souffle toujours le chaud et le froid avec moi ! », « Je préfère largement Matt qui se préoccupe réellement de moi ! » ou encore « Je ne lui pardonnerai jamais ce qu'il a fait ! Il va devoir ramer pour me récupérer ! » C'est souvent émouvant de voir, à chaque nouveau chapitre, à quel point le travail scénaristique et interactif que nous avons construit transporte à ce point les joueuses et déchaîne les passions.

En quelques mois, une large communauté de fans s'est retrouvée autour du jeu. Aujourd'hui, nos applications ont été téléchargées des millions de fois et des centaines de milliers de joueuses se retrouvent sur nos pages Facebook pour échanger et suivre les actualités des histoires en cours et à venir. Plusieurs groupes se sont formés, dans lesquels les joueuses vont même jusqu'à émettre des hypothèses sur les intrigues et les possibles dénouements du scénario. Et c'est à la demande de nos fans que nous avons commencé à envisager l'adaptation de nos jeux en romans. Deux domaines qui, finalement, se rejoignent de façon parfaitement complémentaire.

Je suis sincèrement honorée qu'Angel, une auteure dont j'apprécie l'écriture et l'esprit, ait été emballée par l'idée de s'approprier l'histoire de Gabriel pour en proposer une adaptation. Ce n'était pas un exercice facile. Car, même si la trame générale reprend les évènements principaux du scénario que l'on trouve dans le jeu, elle y a mis sa propre sensibilité. On y retrouve ainsi une héroïne au caractère bien trempé, qui ne se laisse pas impressionner par un manager aussi sexy qu'insolent, et qui assume totalement de flirter, comme lui, avec les limites de la bienséance que leur imposent leurs postes à la Carter Corporation. Les scènes érotiques sont plus détaillées que dans le jeu et jouent sur le ton du défi permanent. On découvre un déroulé des évènements qui suit une chronologie différente de celle du jeu pour ouvrir sur des situations nouvelles. Comme, par exemple, les circonstances de la rencontre entre nos deux amants, circonstances qui donnent un point de départ original et influencent le ton de leurs échanges. Angel a aussi pris le parti d'alterner les narrateurs. Nous sommes ainsi pris entre le point de vue de l'héroïne et celui de Gabriel. Tout deux racontent, avec des sensibilités différentes, cette étrange relation qui les dépasse et les bouscule. Tout cela donne à l'histoire de Gabriel une autre dimension et une autre saveur.

Je me suis totalement laissée happer par cette adaptation. J'ai souri en retrouvant les traits de caractère de mes personnages et je me suis laissée surprendre par la vision d'Angel. Au final, j'ai dévoré le roman comme si je découvrais l'histoire pour la première fois.

Il existe déjà plusieurs jeux autour de la saga « Is it Love ? » que vous pouvez découvrir sur vos mobiles et tablettes (www.isitlove.net). Nous avons en projet de continuer à développer d'autres histoires interactives, autour des autres personnages de la Carter Corporation, mais aussi d'explorer d'autres univers totalement différents.

Claire Zamora – Miss Chocolate
À Vailhauquès, le 14 février 2017.

1
LAISSE-MOI TE DÉTESTER

Ashley

Et voilà, ce qui devait arriver est en train de se produire… c'était prévisible, mais quelle idiote !

Je trépigne d'impatience derrière mon volant, tapant du pied sur la moquette. La radio balance une musique qui, en d'autres circonstances, me vrillerait les tympans, mais je ne parviens même pas à me concentrer sur elle pour la trouver détestable. Je lorgne ma montre toutes les trois secondes. Je vais être en retard…

Premier jour de boulot et je vais être en retard, parce qu'un abruti a siphonné mon essence.

Je déteste cette ville !

New York est une pomme pourrie, dans laquelle ne grouillent que des parasites assoiffés de sang frais… ou en l'occurrence, d'essence.

Mais qu'est-ce qui m'a pris de venir ici ?

Trente minutes que je fais la queue pour atteindre la pompe. À croire qu'il n'en existe qu'une seule à Manhattan !

Il ne me reste que quinze minutes pour arriver à l'heure. Elles semblent s'égrener à toute vitesse, comme si le temps lui-même avait décidé, aujourd'hui précisément, de pourrir ma journée.

Plus qu'une voiture devant moi… Amen…

Je me ronge un ongle, jette un coup d'œil sur le ballet de voitures qui remontent la 11e avenue inlassablement. Mon moral se décompose. C'est foutu. Même si le véhicule devant moi se dépêche, le temps que je m'extirpe des embouteillages, je n'atteindrai jamais Carter Corp à l'heure. J'ai envie de pleurer. Mes intestins se nouent avec beaucoup trop d'entrain. Je risque d'être renvoyée alors même que je n'ai pas commencé à travailler. J'ai épluché les petites annonces pendant des semaines. J'ai galéré pendant six mois dans cette ville à enchaîner des petits boulots dont le salaire payait à peine mon loyer. Maintenant que je trouve un travail dans l'une des plus grosses boîtes de Manhattan, qui plus est dans mon domaine de compétences, je m'apprête à tout foutre en l'air parce qu'un abruti a siphonné mon réservoir d'essence !

La voiture devant moi démarre enfin. Je prends une inspiration et enclenche la première. C'est une manuelle, une vieille voiture de collection que ma mère m'a offerte pour mes seize ans. C'est l'un des rares souvenirs que je conserve d'elle. Cette voiture est mon trésor.

Je commence à m'avancer vers les pompes lorsqu'une Berlinetta rouge vif surgit brusquement devant moi, me fait une tête à queue et me passe devant sans crier gare. Furieuse, je donne un coup sur le volant en faisant hurler mon klaxon, et pousse un cri de rage. Qu'est-ce qui lui prend ?

Agissant comme s'il ne venait pas de voler ma place, le cloporte s'extirpe de son véhicule de luxe avec désinvolture. Dans un costume noir trois pièces impeccable, l'individu blond, avec des lunettes de soleil en mode aviateur, genre *trader* sûr de son physique et de son portefeuille, s'avance nonchalamment vers les pompes. Il nous ignore totalement, mon klaxon et moi.

Je fulmine, descends ma vitre et crie :

– Hé vous ! Mais qu'est-ce que vous faites ? Poussez-vous de là !

Il ne m'adresse pas le moindre regard et se contente d'un petit geste de la main pour me signifier d'attendre.

Non, mais je le crois pas !

J'ouvre ma portière, de plus en plus énervée et dévorée d'impatience, et m'avance sur mes talons de dix centimètres vers l'individu malpoli.

Le type est en train de saisir la pompe lorsque je tapote son épaule du bout de l'index. Il me jette un coup d'œil à travers les verres opaques de ses lunettes.

– Je viens de vous dire que vous m'avez volé la place. Poussez-vous !

– Je suis pressé. J'ai un rendez-vous d'affaire, me répond-il avec un aplomb redoutable.

– J'ai un rendez-vous aussi, pourtant je ne vole pas la place des gens. Poussez votre voiture !

– Vous faites perdre du temps à tout le monde, de cette façon. Plus vite j'aurai fini, plus vite vous aurez la place.

Je vais étrangler ce type avec sa jolie cravate en soie !

Il se détourne afin de pouvoir enfoncer le tuyau dans le réservoir de sa Ferrari comme si mon existence venait d'être effacée de sa vie. Je crois bon de lui rappeler la réalité :

– Rouler en voiture de luxe ne vous donne pas tous les droits !

Je me positionne devant son réservoir, les poings sur les hanches, bien décidée à lui rendre la vie difficile. Il relève les yeux sur mon visage comme s'il me découvrait à peine et qu'il ne m'avait pas adressé la parole quelques secondes plus tôt.

– Qu'est-ce que vous fabriquez exactement ?

– Je veux que vous bougiez votre voiture !

Il humecte ses lèvres d'un coup de langue, puis pousse un soupir irrité.

– J'aimerais que vous bougiez vos fesses de devant ma voiture.

– Non !

– Comment ça « non » ?

– Visiblement ce n'est pas un mot que vous connaissez. Je répète peut-être ? J'ai dit : non, je ne bougerai pas tant que vous n'aurez pas déplacé votre véhicule et patienté comme tout le monde.

Il lorgne vaguement en direction de la file de voitures avant de revenir sur moi. Il repose la pompe sur son loquet, puis s'avance d'un pas, sûr de lui. Je comprends aussitôt qu'en effet, cet homme ne doit pas être habitué à ce qu'on refuse de lui obéir ou, globalement, à ce qu'on se refuse à lui. Je déglutis, un peu nerveuse tout à coup. Je ne sais pas ce que je suis en train de foutre, à part perdre du temps avec un individu qui se croit tout permis parce qu'il possède de l'argent. Mais ça pourrait tout aussi bien être un fou furieux armé d'un couteau sous sa jolie veste Armani. Nous sommes à New York. Qu'est-ce qu'il me prend d'agir avec autant d'impulsivité ?

Il pose la main sur la carrosserie de la Berlinetta, à quelques centimètres de mon épaule. Un courant électrique me percute avec force lorsqu'il me frôle. À travers le verre fumé de ses lunettes, je devine un regard amusé et inquisiteur. Il s'approche si près de moi, ramenant son buste contre le mien que je suis à deux doigts de pousser un hurlement et de le rejeter en arrière… et de me sauver aussi. Il inspecte mon visage sans aucune vergogne et un sourire ourle ses lèvres. Quand il a terminé son examen, je n'ai pas bougé d'un iota, bien campée sur mes pieds. Cependant, les clients de la station-service commencent à s'impatienter et jouent du klaxon. Il me lance alors d'une voix basse, aux intonations rauques et brutales :

– Poussez votre joli petit cul de là.

Une vague de rage fond aussitôt dans ma poitrine. Je serre les dents, puis décrispe la mâchoire.

– Non. Vous croyez pouvoir tout vous octroyer ?

– Vous croyez pouvoir me faire bouger ?

– Je raye votre putain de voiture, si vous ne la déplacez pas.

Je tends sous son nez mon porte-clés, prête à en découdre et à bousiller une peinture hors de prix.

– Je doute fort que vous ayez les moyens de payer les frais d'un avocat, si vous tentez une telle expérience.

Il désigne du menton ma vieille voiture.

– C'est tout ce que vous proposez pour vous défendre : appeler votre avocat ? Quel courage ! rétorqué-je en battant des mains, le forçant à reculer légèrement hors de mon espace vital.

Cette fois, un sourire moqueur s'esquisse sur ses lèvres. Des lèvres plutôt agréables d'ailleurs, mais je suis trop énervée pour m'attarder sur les détails.

– Si je vous touche, c'est vous qui risquez d'appeler le vôtre.

– Je ne suis pas si faible, Monsieur Berlinetta.

Il lâche un petit rire, manifestement surpris que je connaisse la marque de sa voiture.

– Intéressant. Mais nous sommes dans une impasse, me semble-t-il. Grâce à vous, nous perdons un temps précieux tous les deux. Les gens s'impatientent. Je ne bougerai pas ma voiture avant d'avoir fait le plein et vous ne bougerez pas cette magnifique silhouette qui me bouche la vue.

Intérieurement, je fulmine, mais j'essaie de garder mon sang-froid, sinon je risque de lui faire bouffer sa cravate. Cette journée a vraiment mal démarré.

– À cause de vous, je vais certainement être licenciée avant même d'avoir commencé à travailler. Alors il n'est pas question que je vous cède le moindre terrain.

Je suis un brin de mauvaise foi. Je dois ma situation inconfortable à un voleur d'essence, mais l'impertinence de ce type me sort par les yeux.

Son sourcil droit se soulève, étonné. Il crachote un léger rire.

– C'est fâcheux, n'est-ce pas ?

Il est d'un calme olympien alors que mon cœur bat de manière déraisonnée et que la frustration et la colère palpitent dans mes veines. Je suis désespérée. Je n'ai plus rien à perdre. Ma vie à New York s'apprête à s'en retourner au point zéro le jour même où elle devait enfin évoluer. À cause de lui ! Mais je suppose qu'avec la voiture qu'il possède, son costume cravate hors de prix et son arrogance, l'argent ne doit pas être son premier problème. Pour moi, c'est de la survie. Pour lui, c'est du bonus.

Du bout du doigt, il relève ses lunettes sur son crâne et plonge au fond des miennes des prunelles telles que je n'en ai encore jamais vues : un mélange d'azur et d'émeraude, semblable aux eaux translucides de la mer des Caraïbes. Sous le coup de la surprise, je suis saisie par leur beauté peu commune et par le magnétisme qu'elles dégagent, comme s'il n'était pas possible d'en réchapper. Je me noie dans les yeux de cet arrogant personnage sans me débattre. Mon pouls devient complètement chaotique. La mer des Caraïbes regorge de requins mais, pendant un bref instant, je l'oublie complètement, fascinée par les stries azurées de ses iris. Cependant, leur couleur ahurissante ne retire en rien cette espèce de voile moqueur qui les recouvre, tandis qu'un sourire de plus en plus charmeur et sarcastique étire ses lèvres, ce qui me ramène brutalement à la réalité.

Réduisant la distance entre nous, je me prends en pleine figure une beauté froide, un peu nordique, une mâchoire carrée, parfaitement rasée, un nez fin, des lèvres rosées et charnues et deux iris parfaitement assurés de leur séduction. Une mèche blonde tombe sur son front. Il la repousse nonchalamment, puis repose sa main à proximité de mon épaule. Une tension lourde et écrasante parcourt mon corps. Il s'est tellement approché de moi que je suis contrainte de lever le menton pour continuer de le regarder bien en face. Il est déconseillé de perdre de vue ce genre d'individus. Trop risqué.

– Que proposez-vous, Mademoiselle Fury ? me lance-t-il, faisant référence à ma Plymouth Fury abandonnée à quelques mètres derrière moi, avec la ridicule réserve d'essence qui lui reste.

Il se penche vers moi, rapprochant encore cet insolent visage trop beau pour être réel, et glisse ses lèvres jusqu'à mon oreille. Je me contracte de la tête aux pieds lorsque je suis assaillie par son parfum musqué. Sa joue frôle la mienne et son murmure s'infiltre en moi de manière désordonnée :

– Je peux me montrer moins galant, si vous le souhaitez ?

Je me crispe sous ses paroles sans la moindre ambivalence, et tente de reculer, mais je suis coincée contre la carrosserie de la Berlinetta et son torse, sur lequel pend une cravate bleu roi. Il s'écarte légèrement, assez pour me laisser entrevoir son sourire moqueur. Il tire son portefeuille de sa poche et me tend brusquement un billet de cinquante dollars.

– Pour les frais…

La fureur se déverse aussitôt dans mes veines. Mes yeux doivent me sortir des orbites et, sans avoir réfléchi à mon geste, ma main part et s'écrase brutalement sur sa joue. Il recule aussi sec, soufflé par mon audace et la force de la gifle. La trace de mes doigts ne tarde pas à apparaître sur sa joue. Ses lunettes sont tombées sur le bitume, au milieu d'une flaque d'essence. Ses mèches blondes ont voltigé dans tous les sens et certaines se sont rabattues sur son front.

Il relève sur moi des yeux en forme de canon de revolver et passe le dos de sa main sur sa joue, tandis que, prise de peur, je recule légèrement en direction de ma voiture, libérant le réservoir. Toujours survoltée par l'adrénaline, je lui lance :

– Tout le monde ne peut pas être acheté, Berlinetta. Allez-vous faire foutre !

Je m'éloigne à toutes jambes vers ma Plymouth sans lui laisser le temps de me répondre. Je suis encore choquée quand je m'assois derrière mon volant, à la fois folle de rage et estomaquée par mon propre geste. Quelques grammes de peur s'écoulent à travers mon corps. Il aurait tout aussi bien pu me frapper, me crier dessus ou me repousser violemment sur le sol. On est à New York... Je ne connais pas ce type. On a vu des faits divers sanguinolents pour moins que ça ! Qu'est-ce qu'il m'a pris d'agir aussi bêtement ?

Je serre mon volant à pleines mains en évitant de lorgner dans sa direction, mais je sens le poids de son regard sur moi à travers mon pare-brise. Les klaxons deviennent de plus en plus virulents autour de nous.

Lorsque je trouve le courage de lever les yeux vers la Ferrari, l'odieux individu, beau comme un dieu scandinave, est en train de remplir son réservoir. Lorsqu'il a terminé, il redresse les épaules, jette un coup d'œil vers moi, me laissant transie sur mon siège, comme si ses prunelles magnétiques étaient capables de me désintégrer sur place ou de me transformer en brandon de paille. Je tremble encore et mes intestins sont si noués que je songe à acheter un pied de biche pour les défaire.

Il passe la main dans ses cheveux blonds, son regard accroché au mien, puis il se dirige vers la boutique pour payer, avançant d'une démarche assurée. Je me rends compte à quel point il est grand, svelte et bien trop musclé pour moi. J'ai frappé un type qui fait vingt centimètres de plus que moi ! Mon cerveau a officiellement rendu l'âme.

Quand il revient, ses prunelles hors normes s'attardent encore dans ma ligne de mire, comme si j'étais déjà une réminiscence de quelque chose de drôle, et quand il ouvre sa portière pour pénétrer dans sa voiture, il me lance un salut martial avec un putain de sourire amusé. J'aurais dû frapper plus fort !

Connard!

Il grimpe dans son véhicule et, en deux temps trois mouvements, la Berlinetta disparaît dans l'avenue, avalée par la masse de véhicules. Je reste figée quelques secondes, jusqu'à ce que le flot de klaxons me rappelle à l'ordre ; je me précipite alors vers les pompes.

Quand je parviens enfin à dénicher une place de parking, je suis officiellement en retard d'une heure et quinze minutes. Je viens d'arriver à la fin de ma vie alors que je n'ai que vingt-quatre ans. Je sors du parking souterrain en courant autant que me le permettent ma jupe de tailleur et mes talons hauts, et me précipite vers la tour de Carter Corp.

Sur le trottoir bondé, je slalome en pestant contre le bellâtre de la station-service. Je ne dois plus ressembler à rien. Mon chignon dégringole. Je sens des mèches désordonnées chatouiller mes joues et j'ai été tellement nerveuse, dans ma voiture, que mon rouge à lèvres s'est estompé depuis longtemps.

En arrivant à l'angle de la 6e avenue et de la 38e, je me fige brusquement devant l'immense tour de verre et d'acier qui me domine. Mon Dieu !

Mon cœur bat brusquement la chamade. Si je n'avais pas tout foiré, c'est ici que j'aurais dû bâtir mon nid, ma carrière, ma vie tout entière.

Ce lieu est gigantesque, presque disproportionné. Combien d'étages compte-t-il ?

J'ouvre la bouche comme une carpe. Les gens me tournent autour comme si je n'existais pas, manquant de me bousculer. Je dois vraiment avoir l'air d'une provinciale, mais depuis que je suis arrivée à New York, je ne m'habitue pas au démesuré, aux apparences titanesques de cette ville écrasante. J'ai toujours le sentiment que quelque chose rugit dans ses rues surpeuplées, en perpétuel mouvement, comme si un monstre couvait en dessous, prêt à s'éveiller.

(...)

Je reprends ma respiration, récitant une petite prière pour qu'on m'accorde une chance. Espoir futile d'imaginer que ma carrière ne risque pas de s'interrompre alors qu'elle n'a pas encore débuté.

Je m'avance vers les portes tambours du bâtiment et à l'instant où je pense que, finalement, quelque chose peut encore être sauvé, un type me cogne brutalement. Je m'effondre au sol en lâchant un gémissement de stupeur et, sur les fesses, ma jupe à moitié remontée sur les cuisses, je regarde s'enfuir d'un air horrifié… mon sac à main et mon voleur. Je pousse un cri pour alerter les passants, mais pas un n'abaisse les yeux sur moi. Je suis complètement invisible, dans cette ville !

– Hé ! Arrêtez ! hurlé-je de plus belle, mais autant pisser dans un violon.

Je me redresse, chancelante, regarde le voleur disparaître dans la foule et poursuivre sa course dans la 6e avenue.

Mais c'est pas vrai, achevez-moi, pitié !

J'essaie de réfléchir et de garder mon calme, même si mes mains tremblent. Je respire un grand coup, me vidant les poumons.

Deux options s'ouvrent à moi : soit je tente une cavalcade en talons aiguilles pour tenter de retrouver mon sac à main, soit j'oublie définitivement mon Smartphone, mon rouge à lèvres et mes papiers pour tenter de sauver ce qui reste de ma vie tout à coup délabrée.

Mais quelle journée de merde !

Je tremble de partout et, en prime, j'ai mal aux fesses et au poignet. Le voleur a tiré tellement fort sur la lanière de mon sac que la morsure du cuir a laissé son empreinte sur ma peau.

Je fulmine, tape du pied comme une gamine soudain terrorisée et frustrée. Mais qu'est-ce qui ne va pas, chez moi ?

Pourquoi aujourd'hui ? Pourquoi aujourd'hui ?

Cette phrase tourne en boucle dans mon esprit. Je suis au bord des larmes. J'en ai marre !

D'abord, je me réveille avec le bruit du métro dans les oreilles à tel point que les verres en ont tremblé sur mon étagère, ensuite on me siphonne mon essence, un sale type me prend ma place alors que je suis en retard, je mets des plombes à trouver une place de parking et maintenant ça… Je ne peux pas croire que ça m'arrive ! On m'a jeté un mauvais sort, c'est la seule explication plausible, ça ne peut pas être pire…

J'entends encore mon père me réprimander, comme s'il en avait quelque chose à cirer de ma sécurité ou, globalement, de moi : « Tu n'as pas besoin de cette voiture à New York. Prends le métro comme tout le monde. »

Merde, c'est bien la première fois que je regrette de ne pas l'avoir écouté !

Foutue pour foutue, je me détourne de la foule et du voleur évaporé, et m'avance vers les portes de Carter Corporation.

Je n'ai plus qu'à espérer que ma place soit toujours disponible et que je n'aie pas encore été remplacée par l'armée de demandeurs d'emplois new-yorkais.

En pénétrant dans le hall, je suis assaillie par la lumière qui s'y déverse, renvoyée par les parois de verre. Tout semble froid et grandiose. La hauteur sous plafond est démesurée et rapetisse les employés qui vont et viennent dans l'entrée. Le luxe s'épanouit avec une certaine rigueur : le mobilier est épuré, tout comme la décoration, où seul le nom de « Carter's » se déploie au-dessus du bureau des hôtesses d'accueil.

Je m'y dirige aussitôt et m'appuie sur le comptoir en tentant de reprendre une contenance. Je ne prends même pas la peine d'avoir une mine nonchalante ou stressée. Je force seulement un sourire à apparaître sur mes lèvres lorsque la secrétaire lève les yeux de son ordinateur.

– Bonjour, bienvenue à Carter Corporation, déclare-t-elle d'une voix ampoulée, moulée par l'habitude.

– Bonjour.

– En quoi puis-je vous aider ?

Je déglutis, mal à l'aise, et défroisse machinalement mon chemisier aux tons vermeils, même si j'ai l'air déplorable. C'est peine perdue.

– Je m'appelle Ashley Styles. Je… C'est mon premier jour de travail aujourd'hui au service communication. Je… je suis très en retard.

La secrétaire – une blonde magnifique, tirée à quatre épingles – m'observe avec de grands yeux bleus curieux. Un sourire étire délicatement ses lèvres.

– C'est toujours comme ça, assure-t-elle. Les jours les plus importants ne se passent jamais comme prévu. J'espère que ce n'est rien de grave.

Oh ! Ce n'est rien : j'ai rencontré un sale type, un autre m'a volé mon essence et un troisième, mon portefeuille. C'est la journée des sales types !

Et je me rends compte en lorgnant dans l'un des miroirs du bâtiment que mes bas sont filés. Fantastique !

– Je… crains que l'on ne m'ait arraché mon sac sur le trottoir.

Elle se redresse aussitôt, les mains posées à plat sur le comptoir, et scrute en direction de la rue comme si elle pouvait encore alpaguer le fauteur de troubles en question.

– Vous n'êtes pas blessée, j'espère ? Mon Dieu, cette ville… Personne ne s'est arrêté ? Je n'ai pas entendu crier.

– Je… n'ai poussé qu'un petit cri d'alerte, sûrement pas suffisant. Et non, je ne suis pas blessée, hormis dans mon orgueil.

Elle m'inspecte d'un regard bienveillant comme le ferait une infirmière en quête d'une blessure.

– Vous avez une sale mine, souligne-t-elle.

– Euh… merci.

Elle sourit en secouant la tête.

– Je suis désolée, vous semblez un peu secouée. Vous souhaitez un café avant que nous montions à votre bureau ?

– À dire vrai, vu l'heure, je crois que je ferais mieux de… je ne sais pas trop, m'agenouiller devant mon futur boss pour m'excuser de mon retard.

– Ne vous inquiétez pas, je suis sûre qu'il comprendra, tente-t-elle de me rassurer. Redonnez-moi votre nom.

– Ashley Styles.

Elle se rassoit derrière son pupitre et tapote sur son ordinateur.

– Oh oui, 42e étage, service communication. Pour quel poste avez-vous été choisie ? me demande-t-elle en se relevant de son siège.

– Assistante en communication.

– Oh, c'est bien. Vous verrez, le service est agréable.

Si j'y reste…

Elle quitte le comptoir des hôtesses et me rejoint de l'autre côté. Elle me désigne les ascenseurs d'un geste du bras, puis m'emboîte le pas.

– Votre collant est filé, remarque-t-elle.

– Oui…

Je ricane d'un air faussement enjoué, avant de l'étouffer derrière une toux pitoyable.

– Je crois que ce n'est pas mon jour.

– Nous avons une conciergerie. Je m'occuperai de vous en commander de nouveaux.

– Vous feriez ça ?

– Bien sûr. Je ne vais pas vous abandonner dans cette tenue, tout de même.

Elle m'adresse un clin d'œil.

– Vous êtes un ange. Vous illuminez ma journée.

Elle appuie sur le bouton de l'ascenseur et s'efface pour me laisser entrer dans la cabine.

– Pour votre sac, vous me ferez une liste de ce qu'il contenait, je m'occuperai de la paperasserie et vous tiendrai au courant. Faut-il prévenir un serrurier pour votre domicile ?

Je n'y avais même pas pensé, obnubilée par mon poste à Carter Corp. Je hoche mécaniquement la tête en fixant les parois en verre de l'ascenseur, qui s'élève rapidement dans les airs, me donnant un sentiment de vertige.

– Oui, je n'ai plus de clés… en dehors de celles de ma voiture.

Je balance mon trousseau autour de mon index. Heureusement que je l'avais gardé à la main ! J'aurais pu friser la crise d'hystérie dans le cas contraire. Personne ne touche à ma voiture.

Les portes de la cabine s'ouvrent au 42e étage, sur un immense couloir immaculé, dans les tons de gris.

– Suivez-moi.

J'emboîte le pas de la secrétaire, stressée à l'idée de ce qui m'attend.

À travers de nombreuses baies vitrées, je découvre les bureaux luxueux de Carter Corporation. Tout, ici, reflète la qualité, l'opulence et le goût de la compétitivité, sous l'égide d'un certain rigorisme. Il n'y a pas de fioritures abusives, de pièces clinquantes, de tableaux tape-à-l'œil, mais un décor sain pour travailler et tout mettre en œuvre pour devancer les concurrents.

– Combien de personnes travaillent ici ? demandé-je tandis que nous nous enfonçons toujours plus loin dans les couloirs de la société.

– Oh, environ deux milles employés au siège, mais je ne tiens pas compte des succursales de Tokyo et de Paris, qui emploient également beaucoup de monde. Carter Corp est l'une des firmes les plus en vogue de Manhattan. Vous vous habituerez…

Elle n'est pas dupe de mon manque d'expérience face au monde des affaires et du luxe.

Elle s'apprête à ouvrir la bouche lorsqu'une porte s'ouvre sur sa gauche, laissant sortir un homme plutôt séduisant, aux cheveux bruns coiffés en bataille, d'une manière faussement négligée. Celui-ci arbore de discrètes lunettes, façon comptable, qui soulignent cependant un magnifique regard aux teintes vert émeraude. Il pose la main sur l'épaule de mon accompagnatrice.

– Bonjour, Lisa… Mademoiselle.

– Monsieur Leviels, répond Lisa avec un sourire.

Il incline la tête pour nous saluer et se dirige prestement dans le couloir, en lançant :

– Gabriel, dépêche-toi, nous allons être en retard. Certains clients ne peuvent pas attendre !

Aussitôt, un deuxième homme apparaît sur le seuil du grand bureau en grommelant. J'aperçois d'abord une cravate bleue. Une cravate familière. Une cravate qui, brusquement, fait perler des sueurs froides le long de ma colonne vertébrale.

(…)

J'entrouvre la bouche, prise de cours et, au moment où je relève la tête de cette cravate, deux iris couleur océan percutent les miens de plein fouet. Un choc frontal, violent et catastrophique.

L'individu de la station-service m'observe d'un air aussi incrédule que moi. Ses sourcils se haussent de stupéfaction.

Ne devinant pas l'effet apocalyptique qui se déroule soudain sous ses yeux, ma compagne, très professionnelle, frôle mon bras et déclare :

– Ah, Monsieur Simons, vous tombez à point nommé. Je vous présente Ashley Styles, votre nouvelle assistante en communication.

Oh bordel…

Mon souffle se coupe. Mes poumons cessent carrément de fonctionner, tandis qu'un sourire obséquieux se dessine lentement mais inéluctablement, sur les lèvres de… mon manager.

2

LAISSE-MOI LE TEMPS DE DÉCOUVRIR

Ashley

Son regard reste ancré au mien durant un moment qui me semble bien trop long, bien trop dérangeant. C'est clair, maintenant : je ne resterai jamais à Carter Corp. Ce type se fera un malin plaisir de me conduire vers la sortie. Pas la peine de prendre mes aises, les petits boulots dans les bars redeviendront mon terrain de misère.

Il tend la main vers moi, sans cesser de sourire. Cette espèce de rictus empli de mépris, comme s'il reflétait toute l'humiliation qu'il me réserve. Je force mes lèvres à sourire en retour, affichant sans l'ombre d'un scrupule le même dédain. Je saisis sa main puissante et ferme, agrémentée d'une énorme chevalière en acier qui s'enfonce dans ma peau, et presse avec autant de fermeté en retour. Fichue pour fichue.

– Enchanté, Mademoiselle Styles. C'est un véritable plaisir de vous rencontrer, dit-il en étirant le mot « véritable ».

Je crispe légèrement la mâchoire. Je force mon sourire à s'étendre davantage. Son regard m'épie, chassant la moindre de mes réactions qui pourraient me briser. Ce type mange des gens toute la journée dans son boulot, j'en suis certaine.

– Moi de même… ?

– Gabriel Simons… hmm… votre supérieur, apparemment.

Apparemment…

Je grince des dents. Nos mains sont toujours jointes, comme scellées, et aucun de nous ne fait mine de vouloir cesser cette petite joute charnelle. Lisa se tient légèrement en retrait, nous observant avec curiosité, mais discrétion.

– J'ai… hâte de travailler à vos côtés, réponds-je.

J'ai mal aux zygomatiques à force de sourire bêtement.

– Oh, et moi donc.

Est-ce que cela souligne une chance de pouvoir travailler ici ou bien la fourberie avec laquelle il compte me renvoyer ?

Depuis le bout du couloir, près de l'ascenseur, son collègue l'interpelle :

– Gabriel, dépêche-toi, tu feras connaissance plus tard. Nous devons y aller.

Il m'adresse une petite mimique moqueuse, puis retire sa main de la mienne.

– Une poigne comme je les aime, lâche-t-il en inclinant la tête pour nous saluer. Nous nous reverrons prochainement, Ashley Styles, et nous discuterons de votre… avenir à nos côtés.

Je le hais, je le hais, je le hais.

– J'attends ce moment avec impatience.

– Je n'en doute pas une seule seconde, me répond-il avant de se diriger vers l'ascenseur.

Il salue Lisa, puis rejoint son collègue avec une nonchalance calculée et maîtrisée. La jeune secrétaire se penche aussitôt vers moi et murmure :

– C'est moi ou c'était… hmm… électrique ?

– Oh, euh, je fais souvent cet effet. En général, mes supérieurs ne m'apprécient pas beaucoup.

Lisa ricane, croyant que je plaisante, mais non. Je n'ai pas cette chance.

– Allez, venez, je vous conduis à votre bureau.

Lisa m'entraîne dans le couloir, me désigne la salle de pause et la machine à expresso de son ongle manucuré avec soin, puis s'immobilise devant l'immense open space du 42e étage.

Sous mes yeux, une grande baie vitrée s'ouvre sur les buildings de Manhattan, illuminant l'ensemble des bureaux. Tout un tas de petits boxes se partage l'espace et, parmi eux, se dessinent des dizaines de visages concentrés, penchés sur leur clavier d'ordinateur. L'ambiance est studieuse ; tout semble avoir été façonné pour orchestrer une journée de travail sereine et productive. Un pur produit de l'Amérique.

Lisa s'arrête devant l'un des boxes.

– Voici votre bureau.

L'espace est sommaire. Il se compose, en tout et pour tout : d'une chaise et d'un bureau. La place pour se mouvoir est particulièrement restreinte. Néanmoins, le mobilier est moderne, sobre et impeccable. Les boxes sont séparés de fines cloisons et certains d'entre eux comptent jusqu'à quatre bureaux, mais le mien n'en possède que deux.

En analysant mon futur/ancien bureau, je salue les quelques personnes qui relèvent la tête d'un sourire timide. De toute façon, ma durée de vie dans l'entreprise est compromise. Je crains de ne pas avoir le temps de créer des liens avec mes collègues.

– Je vous laisse vous installer tranquillement. Gabriel a une réunion ce matin, m'explique Lisa. Il vous recevra dans l'après-midi. Votre collègue…

Elle me désigne le box en face du mien avec un sourire amusé. Je lève un sourcil surpris en considérant le bureau. Celui-ci semble avoir subi les dégâts d'une Troisième Guerre mondiale. Des piles de dossiers s'entassent dans un coin, au milieu de croquis divers et variés, des feutres, une tablette dernier cri, un ordinateur portable, un casque de moto reposant sur un bouquin et un *mug* sale. Je crois même apercevoir des taches de café sur plusieurs feuilles gribouillées.

– Je… suis impressionnée de voir qu'autant de choses rentrent sur un bureau.

– Oui, n'est-ce pas ? Qui l'aurait cru ? ricane Lisa en coinçant une mèche blonde derrière son oreille. Quoi qu'il en soit, Matt s'occupera de vous mettre le pied à l'étrier. Vous verrez, il est très sympa.

Ça ne peut pas être pire que son chef!

Je souris aussi dignement que possible.

– Je vous remercie.

Elle m'adresse un signe de la tête.

– Je vous laisse entre de bonnes mains. Je m'occupe de vos collants et d'appeler un serrurier. Pensez à me faire la liste des objets qui vous ont été volés.

J'acquiesce et la remercie vivement. Cette femme est mon ange gardien au milieu du chaos de cette journée.

Je la regarde s'éloigner, la boule au ventre, avant de m'asseoir derrière mon bureau vide. Une montagne de papiers s'entasse dans le box voisin, mais le mien est immaculé, en dehors de quelques livrets de présentation de la société. J'en saisis un au hasard en attendant l'arrivée de mon collègue désordonné.

Sur la première page du fascicule, le ton est donné : « Bienvenue à Carter Corporation. Si vous voulez améliorer le monde, vous êtes au bon endroit ». Avec mon MBA en poche, je tenais à travailler dans une société qui me plairait, qui vendrait des valeurs et pas seulement du pognon aux actionnaires, ce qui, à Manhattan, est loin d'être gagné d'avance. Dans son domaine d'activités, Carter Corp pourrait être l'une de ces firmes en quête de sang frais, mais les médias n'ont de cesse de vanter les mérites et l'altruisme de son fondateur, Ryan Carter, un génie multimilliardaire de 28 ans. Il est très mystérieux et je n'ai jamais eu la chance d'apercevoir son visage dans la presse, mais les articles qui lui sont consacrés sont toujours dithyrambiques.

La firme travaille essentiellement pour le développement des nouvelles technologies. Elle est à la pointe de la modernité, ce qui explique les volumes épurés, luxueux et contemporains du siège de la société. Elle œuvre également dans l'énergie renouvelable et fait office de « business angel » en aidant les jeunes start-ups innovantes à prendre leur envol. Elle ne vend pas de bébés sur le marché clandestin ou ne travaille pas en collaboration avec des pourvoyeurs d'OGM tentant de nous empoisonner à petit feu. Carter Corporation est connue pour ses bonnes œuvres, les galas de charité, sa participation intensive à l'amélioration de l'approvisionnement en eau dans les pays sous-développés. Ce n'est peut-être qu'une jolie façade, mais ce n'est pas la peine de se voiler la face : les sociétés sont là pour le business. Au final, si celle-ci participe à améliorer le monde, que ce soit pour son image ou non, ça n'a pas grande importance : seules ses véritables actions comptent réellement.

Mon service n'est qu'une petite goutte d'eau dans cet immense empire. Mon travail n'aura probablement aucun impact sur le quotidien des gens quelque part, mais je préfère croire que c'est possible.

Soudain, un classeur tombe sur une pile de papiers qui dégringole et se répand sur le bureau en face du mien. Une silhouette s'avance depuis le couloir et s'effondre sur le fauteuil en poussant un râle d'ours mal léché. Deux beaux yeux bruns me dévisagent aussitôt, presque surpris de me trouver là. Je présume qu'il s'agit de mon collègue de box. Il penche la tête de côté comme s'il désirait identifier des parties de moi pour les ranger dans des cases bizarres. Puis un sourire étire ses lèvres. Il s'accoude au bureau et me tend son autre main.

– Salut, c'est donc toi ma nouvelle partenaire. Je m'appelle Matt. Bienvenue chez nous.

Il me désigne les débris de son bureau avec un sourire amusé. Je saisis sa main et la presse fermement sans lâcher son regard. Matt est plutôt bel homme : brun, les cheveux en bataille, un visage doux et franc, avec une petite lueur coquine qui brille dans ses prunelles couleur noisette. Il affiche un air décontracté qui dénote au milieu des costumes cravates. Il porte un jeans et un tee-shirt noir moulant des biceps alléchants et son corps athlétique.

OK, en fait, je m'apprête à travailler en face d'un mec tout droit sorti d'une pub pour parfum Diesel, avec un look travaillé de bad boy… Enfin, si Gabriel Simons ne me vire pas d'ici là.

– Je suis ravie de faire ta connaissance.

– De même. J'espère que le bordel ne te dérange pas.

Il m'adresse un clin d'œil comme s'il mesurait mon degré de tocs maniaques.

– Tant que ça n'empiète pas sur le mien, on devrait pouvoir s'entendre. Mais tu t'y retrouves dans tout ce bazar ?

– C'est un bazar réfléchi, me répond-il, sûr de lui, en pianotant sur sa tablette d'un air machinal.

– Vraiment ?

– Tout à fait. Pour toi, tout te semble en désordre, mais moi, j'y vois de la création.

Je lève un sourcil, perplexe.

– En somme, ton bureau est un Picasso, c'est ça ?

Il éclate de rire en tapant sur le rebord de la table.

– Voilà, tu as tout compris. De l'art… Je suis graphiste, j'ai besoin de désordre pour créer. Ça m'inspire…

Son regard devient plus perçant lorsqu'il déclare d'une voix de conteur de foire :

– Donc, toi et moi, pour les prochains mois, nous allons être… hmm… enchaînés l'un à l'autre.

Probablement pour les prochaines heures uniquement, mais je ne tiens pas à gâcher son enthousiasme.

– Et ça ne te fait pas peur ? questionné-je avec une petite touche de défi dans la voix.

Il m'inspecte d'un air faussement sérieux, avant de me décocher un sourire charmant.

– Es-tu une tueuse en série ?

Surprise, je réponds à son sourire malicieux, puis rétorque :

– Si c'était le cas, tu crois que je te l'avouerais ?

– Hmm… Non, tu as raison, tu m'attendrais dans un coin sombre pour me… Brrrr, lance-t-il comme s'il frissonnait. Es-tu atteinte de tocs bizarres ?

– Je dois embrasser mon voisin trois fois avant de partir de chez moi.

– J'espère qu'il est mignon, ricane-t-il.

– Il a soixante-quinze ans.

Il rigole de plus belle tout en continuant de pianoter sur sa tablette, puis me demande à nouveau :

– Steak frites ou homard ?

– Frites.

– Bon choix. Coca ou Mojito ?

– Mojito.

Il hoche la tête, visiblement satisfait.

– Brad Pitt ou De Niro ?

– De Niro.

Il acquiesce comme pour lui-même en lissant son menton rasé de frais.

– Si tu avais le choix entre te faire vomir dessus par Johnny Depp un soir de beuverie et embrasser le sosie de Freddy Krueger, tu choisirais quoi ?

– Hmm, dilemme… Freddy… Johnny… Je préfère le soir de beuverie.

– Je sens que toi et moi, nous allons nous entendre à merveille. Nous serons comme…

– Le Yin et le Yang ?

Il hoche la tête, approbateur.

– Les lardons dans les pâtes à la carbonara, ajoute-t-il en se léchant les lèvres d'appétit.

– Le parasol dans un cocktail ?

– Oh, symbiose parfaite.

– J'en conclus que tu m'acceptes ?

– Je t'embrasserais si je le pouvais, plaisante-t-il en m'adressant un nouveau clin d'œil comme si nous étions amis depuis dix ans. En attendant, premier jour de boulot, ma chère... euh...

J'éclate de rire.

– Tu me proposes de me faire vomir dessus par Johnny Depp sans connaître mon prénom ? Hmm, Matt, tu es un homme surprenant... Ashley Styles.

– Ashley, je suis un homme merveilleux, tu l'apprendras très vite, et je suis ravi de bosser à tes côtés. Voici ton fier destrier.

Il dépose sur mon bureau un ordinateur portable aux lignes fines et aux nuances anthracite.

– Ce n'est pas une première main. Ici, on recycle un maximum, le boss y tient beaucoup, mais ça reste une bête de concours – Carter Corp oblige.

Je m'empare du précieux joyau et soulève l'écran. Aussitôt, le logo de Carter s'affiche.

– Oui, je suis autant fan de ces engins que d'O. J. Simpson. La méchante fée de l'informatique m'a jetée un mauvais sort au-dessus de mon berceau. J'espère qu'il réfléchit pour deux.

– T'inquiète pas, papa est là et veillera sur toi. Je serai ton guide dans la jungle hostile de Carter Corp.

– OK, Crocodile Dundee, je suis tout ouïe. Explique-moi tout.

Matt tire sa chaise jusqu'à mon box, s'installe en croisant les bras derrière la nuque, les jambes étendues sous mon bureau, et m'oblige à me décaler sur le côté. Je lui lance un regard par en dessous qu'il lui arrache un ricanement amusé.

– Allez, c'est parti. Connecte-toi à l'intranet. Je vais te montrer tout ce que tu as besoin de connaître sur le monde féroce de Carter Corp. À la fin de la journée, tu seras une bête de concours, prête à survivre à la jungle new-yorkaise.

J'aurais bien besoin d'aide sur ce point. À mes yeux, New York reste encore un animal furieux et étrange qu'il faut dompter, sauf que je ne possède ni fouet, ni fusil, ni cartouches.

Matt se révèle être un instructeur fantastique, plein d'humour et de caractère. D'emblée, je sais que nous nous entendrons à merveille et je regrette d'être sur la corde raide, peu assurée de rester ici. Pourtant, malgré la fatigue qui commence à peser sur mes épaules, plus les heures s'égrènent et moins j'ai envie de partir d'ici. L'ambiance est formidable, Matt contribuant beaucoup à la rendre amusante dans un cadre studieux.

Le monde de Carter Corp m'attire. J'ai envie de travailler ici. J'ai envie d'apprendre à connaître mes collègues, à œuvrer à tous les événements auxquels participe la société. Je sens que je peux y trouver ma place et, cependant, celle-ci repose entre les mains arrogantes de Monsieur Berlinetta, comme s'il braquait le canon d'un revolver sur ma tempe.

Mon téléphone sonne brusquement, interrompant mes pensées moroses. Prise au dépourvu pendant quelques secondes, Matt décroche en m'adressant un sourire moqueur :

– Bureau d'Ashley Styles… Oui… OK, je l'en informe… Pas de problème… Oui, on a bien avancé, elle sera opérationnelle d'ici quelques jours. OK…

Il raccroche et tourne la tête vers moi.

– Gabriel souhaite te voir.

À l'écho de son prénom, un frisson glacé déferle le long de ma colonne vertébrale, tandis que Matt se redresse en s'étirant.

– Il est presque 13 h 00, je t'attends pour déjeuner. Je te montrerai mon petit coin de paradis.

Je hoche la tête comme un robot. Je ne suis même pas sûre de pouvoir apprécier le petit coin de paradis de Matt, une fois

(…)

que j'aurai appris mon licenciement. Je me redresse, défroisse ma jupe machinalement et évite de lorgner sur mon bas filé. Je prends une inspiration comme si je m'apprêtais à guerroyer.

La main de Matt se pose soudain sur mon épaule.

– Ne t'inquiète pas, Gabriel a l'air parfois distant, mais c'est un manager plutôt sympa.

J'acquiesce en forçant le coin de mes lèvres à se relever en sourire.

– Oui, je ne suis pas inquiète. J'y vais. On se retrouve ici ensuite ?

– Je serai là.

Je m'éloigne comme si je marchais sur des charbons ardents. Mon cœur bat en accéléré. Je touchais mon rêve du bout des doigts et celui-ci me sera bientôt arraché par un voleur de place suffisant et beau comme un dieu. Quelle ironie !

Devant la porte du bureau de Gabriel, je trépigne d'un pied sur l'autre en fixant son nom inscrit sur le battant. Je prends une profonde inspiration pour me donner du courage. J'ai affronté pire que lui ! Je ne compte pas me laisser dévorer comme une proie fragile. Hors de question !

Je toque à la porte, remontée comme une pendule, prête à livrer le combat, mais quand j'entends sa voix profonde et rauque répondre « Entrez » avec cette pointe d'arrogance qui lui est propre, mon courage s'effrite lentement sur le sol.

3
LAISSE-MOI MA PLACE !

Ashley

Je pousse la porte en tentant de conserver une certaine contenance même si, au fond de moi, je n'en mène pas large.

Gabriel Simons, mon redoutable escamoteur de place, est assis derrière un large bureau, tel un roi sur son trône. Derrière lui, une immense baie vitrée balance la lumière vive et épurée du soleil froid de New York.

Des tas de buildings se dressent dans mon champ de vision comme s'ils n'étaient que des pions dans l'univers de mon supérieur.

Celui-ci est accoudé sur son siège, l'index devant la bouche, et me regarde approcher comme s'il s'apprêtait à dévorer un délicieux déjeuner – le déjeuner en question s'appelant Ashley.

– Installez-vous, me dit-il en désignant le fauteuil en face du sien d'une voix rauque et froide.

J'obtempère en déglutissant, ma salive ayant du mal à descendre dans ma gorge. Je défroisse ma jupe en prenant place et dissimule mon collant déchiré tant bien que mal.

Ses grands yeux bleus m'observent sans dévier. Le silence se tisse entre nous pendant un moment qui me paraît démesuré. Je sais qu'il agit sciemment pour m'intimider et me mettre mal à l'aise. Je n'ai pas l'intention de lui faciliter la tâche. Aussi, je décide de jouer le jeu. Je ne bronche pas et le soumets au même examen.

Après de longues minutes d'intense face-à-face, il se décide enfin à bouger et saisit une feuille sur son bureau. Il porte un bref instant son regard sur le bout de papier, avant de revenir dans ma direction.

– Un MBA à HEC à Paris, avec mention « très bien ». Un stage chez L'Oréal prometteur. Votre recruteur à Carter Corp a estimé que vous étiez en adéquation avec les valeurs de notre entreprise et votre dynamisme ne faisait aucun doute. Voici un CV pour le moins alléchant, n'est-ce pas ?

Je me crispe légèrement sous le mot « alléchant » comme s'il prenait un malin plaisir à me déguster, et serre les mains dans mon giron. Je préfère garder le silence. De toute façon, ma bouche est desséchée et je ne sais pas quoi répondre pour sauver les meubles du désastre.

Gabriel Simons repose mon curriculum sur son bureau et tapote dessus d'un air machinal, épiant mes réactions. J'essaie de les gommer et de demeurer stoïque, ce qui finit par lui arracher un sourire moqueur.

– Vous êtes arrivée le premier jour de votre embauche avec près d'une heure et demie de retard.

Je rêve ou il est en train de me balancer mon retard à la figure alors qu'il en est le responsable ?

– Avez-vous une explication à me soumettre, Mademoiselle Styles ?

Un sentiment de rage inconditionnelle envahit mon lobe frontal à la vitesse d'un missile thermonucléaire. Il doit le deviner, car un sourire outrecuidant s'accroît sur ses lèvres.

– Je me suis mal préparée à affronter les aléas de la vie new-yorkaise et le manque flagrant de courtoisie de certains de ses habitants.

Je reprends ma respiration avec difficulté, comme si mes poumons refusaient de fonctionner normalement.

– Vous n'êtes pas ici depuis très longtemps, remarque-t-il sans ciller.

– En effet, cela ne fait que quelques mois.

– New York est une jungle, dans laquelle il faut se battre pour survivre.

– En Ferrari, je suppose que c'est plus facile.

Mon Dieu, pourquoi ai-je lâché cette phrase ? Ligaturez-moi les cordes vocales !

Ses yeux bleus pétillent d'amusement. Visiblement, me mettre mal à l'aise et me soumettre à la question le divertissent beaucoup. Il jette un coup d'œil sur mon CV, puis répond :

– Vous n'habitez pas très loin d'ici, je vous conseille vivement d'emprunter le métro la prochaine fois.

Mais de quoi je me mêle ?

– Même si votre Fury est une magnifique voiture, ajoute-t-il avec ce satané sourire suffisant et un brin sexy.

Par quelles vicissitudes du destin le connard qui s'apprête à me virer s'avère-t-il aussi séduisant ? Non, il ne pouvait pas ressembler au manager lambda, avec de la brioche, un double menton et un nez en forme de patate. Il fallait qu'il soit grand, svelte, aux épaules carrées, que souligne adroitement son costume trois-pièces, avec un visage sculpté pour susciter le désir. C'est vraiment une journée de merde !

– Monsieur Simons, pouvons-nous nous débarrasser des préliminaires et rentrer dans le vif du sujet ?

Son sourire me revient comme un boomerang dans la figure. J'ai envie de me traiter de tous les noms d'avoir employé le mot « préliminaires » devant lui. Mon cerveau a dû fondre entre le moment où j'ai croisé son regard la première fois et cet instant où ma carrière est en jeu.

Il se redresse, les mains sur les accoudoirs, puis contourne son bureau pour s'y appuyer. Face à moi, sa présence tentaculaire me semble encore plus oppressante que dans la station-service, alors qu'il ne se trouvait qu'à quelques ridicules centimètres de mon corps. Mais là, dans cette pièce aseptisée qu'il domine, au milieu du luxe, avec le soleil qui s'étire sur la moquette jusqu'à créer un clair-obscur sur son visage, il me semble encore plus menaçant et délictueusement magnétique.

– Pourtant, les préliminaires sont toujours les meilleurs, non ?

Je me mords la lèvre. Son regard est accroché au mien, violent et frontal. Il ne dévie jamais sa route et devient obsédant. Mes paumes sont moites. Je croise mes jambes et ses prunelles en suivent la trajectoire un bref instant, comme s'il me caressait de ce foutu regard opalescent, avant de revenir vivre dans le mien.

– Si vous tenez à savourer pleinement ma chute, je ne tiens pas à perdre mon temps, Monsieur Simons, ni à vous faciliter la tâche.

(...)

– Oh, j'avais noté votre sens de la détermination et votre entêtement insensé.

– Ce n'était pas insensé. Vous étiez…

Je crispe la mâchoire pour ne pas achever cette phrase.

– J'étais ?

Il lève un sourcil moqueur. Oh, qu'il a l'air d'apprécier ce pouvoir… Je m'obstine au silence, si bien qu'il s'avance dans ma direction et incline le buste. Son parfum légèrement sucré m'enveloppe aussitôt. On pourrait croire à une agression d'odeurs non désirées, mais non, c'est un florilège de masculinité, un mélange de doux et d'amer, un peu comme ses iris amusés.

Mes mains sont contractées, mes doigts emmêlés les uns aux autres, tandis que ceux de Gabriel Simons s'enroulent autour des accoudoirs de mon siège. Il est si près de moi que je pourrais presque sentir son souffle effleurer mes lèvres. Je me tends de la tête aux pieds, comme si on étirait mes vertèbres avec un élastique, et me contiens pour ne pas perdre la face. Je n'ai pas l'intention de lui céder la moindre parcelle de terrain. Ce type a une confiance si aiguë en son charme et son physique attrayant….

Je lève les yeux pour le regarder bien en face, ce qui étire davantage son sourire arrogant.

– Impoli, lâché-je, excédée, presque à bout de souffle.

Le mot « connard » flotte entre nous.

– Je l'admets.

Je cligne des paupières plusieurs fois, peu certaine d'avoir bien compris ses paroles.

– Vous l'admettez ?

– Oui, cela vous surprend ?

Il me lance un sourire enjôleur avant de reculer et de s'appuyer de nouveau sur son secrétaire.

– Mademoiselle Fury, vous êtes délicieusement tentante. Je ne vais pas vous renvoyer pour votre retard. C'était un imprévu. Nous sommes à New York, cela se produit bien souvent, mais tâchez à l'avenir de mieux vous organiser. Je ne tolèrerai pas un nouveau retard de votre part.

Quoi ? Il est vraiment sérieux ? Il ne me vire pas ?

Il a déclaré que j'étais tentante ou j'ai rêvé ? Non, reste concentrée, Ash.

– Retard dont vous êtes en partie responsable…

Je me mords la langue. *Mais tais-toi !*

Ses paupières se plissent et son regard devient un instant glacial après la chaleur qui l'a envahie.

– Si vous attendez de ma part des excuses, je crains que vous ne vous adressiez à la mauvaise personne. Du reste, je vous rappelle que vous m'avez giflé.

– Vous l'aviez mérité.

Il ricane, en passant la main dans ses cheveux blonds, puis secoue la tête, atterré par mon manque de discernement.

– Mademoiselle Styles, je ne vous renvoie pas, alors que visiblement, vous vous attendiez à des représailles de ma part ; je m'estime plutôt courtois sur ce coup-là, non ?

– Ce n'est pas le premier mot qui me vient à l'esprit.

Il affiche un nouveau sourire.

– Qu'attendez-vous de moi, exactement ? Vous gardez votre poste au sein de Carter Corp et nous tirons un trait sur cette affaire. N'est-ce pas ce qu'il y a de plus intelligent à faire ?

– Si, bien sûr, vous avez parfaitement raison.

– Bien…

– Me renvoyer aurait été une erreur, de toute façon, daubé-je.

Il m'examine, un sourcil dressé.

– Ah oui ?

– Évidemment. Je suis extrêmement compétente. Votre recruteur l'a admis.

– Je ne me fie pas au CV, je préfère les actes. Nous verrons bien ce qu'il en est, Mademoiselle Styles. J'espère que vous tiendrez le rythme. Carter Corp est une boîte formidable, mais il faut y faire ses preuves, se démarquer, être compétitif. Ne me décevez pas.

Il me décoche un nouveau sourire railleur et se dirige vers son siège.

– Je vous laisse déjeuner. Nous aurons d'autres occasions de discuter. Bonne fin de journée, Mademoiselle Styles.

Il prononce mon nom comme si c'était une sucrerie acidulée.

Je me relève, tire sur ma jupe pour dissimuler le trou de mes bas et me dirige vers la porte.

– Je ne vous décevrai pas, Monsieur Berlinetta, rétorqué-je en ouvrant la porte.

Je lui dédie mon plus beau sourire carnassier avant de la fermer sur son regard outrageusement séduisant.

Une fois dans le couloir, j'ai l'impression de respirer enfin normalement. Mon cœur bat encore la chamade. L'atmosphère dans cette pièce était des plus enflammées, comme si l'électricité avait pris forme pour se développer à même ma peau.

Chancelante, je marche en direction de mon bureau, où doit m'attendre Matt pour déjeuner. En passant l'angle d'un box, je heurte l'épaule d'une femme en tailleur très chic, les cheveux bruns relevés en chignon. Elle me fusille du regard et me lance d'un ton dédaigneux :

– Faites attention. Regardez un peu où vous allez.

– Oh… euh… oui, excu…

Elle ne me laisse pas le temps de lui présenter des excuses et disparaît en direction du bureau de Gabriel comme une tornade. Ce n'est pas la politesse qui l'étouffe. J'ignore son interruption et rejoins Matt, en train de dessiner sur sa tablette graphique, une ride de concentration barrant son front. Il affiche un air déluré le reste du temps, mais lorsqu'il travaille, sa réflexion est à son maximum et lui confère une mine sérieuse des plus charmantes.

Je tapote sur la cloison du box pour attirer son attention. Il relève la tête et m'adresse un sourire en repoussant aussitôt sa chaise. Il saisit sa veste qu'il enfile, puis me désigne une petite boîte sur mon bureau.

– Lisa a déposé ça pour toi.

J'avise les bas tout neufs et bondis pour m'en emparer.

– Je suppose qu'on fait un arrêt pipi avant de partir, lâche Matt en ricanant.

Je hoche la tête, tout sourire. Cette journée s'apprête-t-elle enfin à devenir plus agréable ?

Je ne suis pas virée ; Gabriel Simons s'avère être un individu encore inclassable, à mi-chemin entre l'abruti autoritaire et le boss sexy ; j'ai des nouveaux collants et mon collègue a l'air adorable.

Après avoir fait peau neuve, déjeuné en compagnie de Matt des nachos absolument divins, tout en discutant de la société, de mon arrivée et de quelques potins assez triviaux, nous avons repris le travail. Matt a poursuivi ma formation le reste de l'après-midi, à coups de plaisanteries pour m'aider à ingurgiter la masse d'informations propres à Carter Corp. Le nombre de leurs clients est considérable et la manière de les gérer varie de l'un à l'autre. La tâche ne sera pas aisée, mais c'est un challenge de taille qui me plaît beaucoup.

Je reçois un mail de Lisa au cours de l'après-midi pour m'informer que la serrure de mon appartement a été changée et qu'elle tient les nouvelles clés à ma disposition. Mes papiers sont encore en cours et je devrais signer une déposition pour clore cette histoire désagréable de vol à l'arraché.

– Lisa est formidable, déclaré-je en lisant son message tandis que Matt s'amuse avec mon agrafeuse.

– Oui, c'est une chouette fille, trop parfois. Elle se plie en quatre pour tout le monde et…

– Elle n'en obtient pas toujours les retours.

– Non, c'est le moins que l'on puisse dire. Carter Corp est une boîte géniale mais, comme partout, tu as des gens aux dents longues prêts à écraser les autres, et Lisa est tellement gentille qu'il lui arrive souvent de se faire manipuler.

– Oui, je vois très bien le genre de personnes auxquelles tu fais allusion, réponds-je en songeant à mon père, mais j'efface rapidement cette image de ma tête.

– Hmm, t'as pas l'air du genre à te laisser marcher sur les pieds.

– Parce que j'ai des talons de dix centimètres ultra tranchants.

Il ricane en tapotant l'arrière de mon siège.

– Je m'en souviendrai. Ce soir, on avait prévu d'aller boire un verre au Starlite, avec quelques collègues, tu veux venir ? Ça sera l'occasion de te souhaiter la bienvenue dans un endroit plus informel. Qu'est-ce que tu en penses ?

– Oui, pourquoi pas ? Je n'ai pas encore eu le temps de rencontrer grand monde. C'est plutôt une ambiance studieuse, ici.

– Le Starlite est parfait pour casser cette image. On pourra mieux faire connaissance.

– OK, c'est une bonne…

Je suis interrompue par la sonnerie de mon téléphone. Cette fois, Matt me laisse répondre en me désignant le combiné avec un sourire. Je décroche, mais je n'ai pas le temps d'ouvrir la bouche :

– Mademoiselle Styles…

La voix chaude et profonde de Gabriel s'engouffre dans mon oreille, embrasant au passage quelques synapses idiotes. Mes doigts se crispent sur l'appareil. Je déglutis et tente de ramasser les morceaux de mon cerveau qui se disloquent aussitôt, partagée entre la colère qu'il m'inspire et ce truc étrange qui m'irrite encore plus – et sur lequel je refuse de poser un nom.

– Venez dans mon bureau, je vous prie.

Et il raccroche aussi sec, ne m'accordant pas le droit à une réponse.

– Monsieur Simons demande à me voir.

Il a peut-être changé d'avis…

– OK, il est 17 h 30, j'ai une course à faire avant le bar. On se retrouve au Starlite alors. Tu sais où c'est ?

– Mon téléphone a un GPS, je trouverai.

– Très bien, à tout à l'heure.

Tandis que Matt s'empare de son casque de moto, je me dirige vers le bureau de mon manager. Un nœud se forme dans mon estomac. Je prends une inspiration en toquant à la porte. Chaque fois que je le croise, nos entrevues se transforment en joute. Je me tiens prête. Je ne suis pas new-yorkaise, mais je peux lui montrer que même les provinciales ont du caractère.

Je pénètre dans son bureau lorsqu'il m'y autorise et le découvre assis sur son trône, une mèche de cheveux dorés tombant sur son front.

Son regard impérieux, ourlé d'ombres, se relève dans ma direction tandis que mes talons s'enfoncent dans la moquette. Il se transforme lentement, comme s'il se délestait d'un voile noir pour libérer plus de douceur, et m'enveloppe de la tête aux pieds. La chaleur qui se dégage subitement de lui a quelque chose d'étrange, de nocif et de dangereux. Je ne sais pas quel crédit accorder à cette électricité soudaine, comme j'ignore si mon esprit ne se crée pas une espèce de fantasme bizarre sur mon supérieur, notre lien hiérarchique apportant un sentiment d'interdit aguichant. Gabriel Simons a le physique pour alimenter le désir des femmes : il est beau, sexy, tantôt froid, tantôt... brûlant. Il a d'ailleurs l'air de brûler tandis que je m'approche, de plus en plus mal à l'aise, une flamme léchant mes reins.

Cordial, il me fait signe de m'asseoir, puis, comme la dernière fois, m'examine durant un moment bien trop inapproprié pour un manager. Je croise une jambe sur l'autre et soutiens son regard jusqu'à ce qu'il se décide à ouvrir la bouche.

– Vous auriez dû me le dire.

Perplexe, je hausse un sourcil.

– Vous dire quoi exactement ?

– Lisa Parker, la secrétaire, vient de m'informer que vous avez fait l'objet d'une agression avant d'arriver ici. Pourquoi ne pas m'avoir averti ?

Je suis surprise qu'il y accorde de l'intérêt. J'opte pour la franchise. Avec lui, ça me semble le meilleur terrain à emprunter.

– Vous n'aviez pas l'air disposé à l'entendre et je ne tenais pas à vous amadouer de cette façon pour conserver mon poste.

Ma réponse indifférente lui arrache un sourire amusé. Il s'accoude et enfonce son menton dans la paume de sa main. Son regard devient rieur.

– Vous êtes vraiment pleine de surprises, Mademoiselle Styles.

– Vous n'avez pas idée.

L'air crépite d'étincelles tandis que nous nous examinons les yeux dans les yeux, chargé de quelque chose de… non, je ne veux pas savoir ce que c'est. Hors de question que je m'aventure sur un tel chemin.

Gabriel laisse traîner son regard sur moi, mais je m'en détourne pour fixer l'Empire State Building à travers l'immense baie vitrée, les mains crispées, jusqu'à ce que je sente un mouvement. À l'affût, je tourne la tête et observe Gabriel contourner son bureau d'une démarche féline pour venir s'appuyer sur le rebord, face à mon fauteuil. Les mains dans les poches de son pantalon noir, ses prunelles aux teintes azurées deviennent plus profondes, déchirant la douceur qu'elles empruntaient pour la remplacer par cette lueur incroyablement sexy, ce regard par en dessous qui semble lacérer mon âme ou mes vêtements. Ce regard qu'il affichait lorsqu'il s'est rapproché de moi à la station-service, me défiant de lui tenir tête. Puis ce dernier s'efface, comme s'il n'avait jamais existé. Ses prunelles redeviennent douces et chaleureuses, comme un bon supérieur envers son employé, et il me demande à voix basse :

– Avez-vous été blessée ?

Machinalement, mes doigts s'enroulent autour de mon poignet meurtri. Gabriel y pose aussitôt le regard. Il se déplace à toute vitesse, manquant de m'arracher un hoquet de surprise.

Il s'agenouille aux côtés de mon fauteuil, saisissant mon poignet dans sa main avant de me laisser le temps d'esquisser le moindre geste de défense.

J'arbore un joli bleu. Il crispe la mâchoire, visiblement contrarié, puis me dévisage.

– Ashley, murmure-t-il, vous auriez dû m'en informer.

Décontenancée par le fait qu'il prononce mon prénom, je retire mon poignet de sa main chaude et le ramène sur mes cuisses.

– Ce n'est pas… si important.

Même agenouillé à mes côtés, il est presque à ma hauteur. Ses iris orageux fondent sur les miens. Le temps a l'air suspendu, dans ce bureau où seuls les battements de nos cœurs marquent la cadence. J'ai affreusement chaud. Je sens un filet de sueur couler le long de ma colonne vertébrale.

– Très bien, dit-il en se redressant.

Il me toise de toute sa hauteur, étendant son ombre sur mon fauteuil.

– Soyez rassurée, je n'aurais pas été plus doux avec vous si vous me l'aviez confié.

– Je n'en suis pas surprise. Vous ne semblez pas du genre à être séduit pour si peu.

Le terme ambivalent façonne un sourire sur les lèvres, si sublime que mon cœur oublie un battement.

– Peut-être devrais-je rouler en Berlinetta plutôt qu'en Fury, ajouté-je pour désamorcer cette tension insolite et beaucoup trop prégnante, tout à coup.

– Oh, ce serait fort dommage, la Fury vous va si bien, se moque-t-il en se dirigeant vers son siège. Allez-vous au Starlite après le travail ? me demande-t-il brusquement.

– Euh… Oui, Matt m'y a conviée.

– J'y allais. Nous pouvons faire le chemin ensemble.

Je bredouille, sentant cette lourdeur devenir encore plus pesante au fond de ma poitrine.

– Oui, bien sûr, avec plaisir.

– Je suppose qu'entre nous, le plaisir est relatif. Je suis rarement gentleman.

J'éclate de rire en me mettant debout.

– Tout dépend du plaisir dont nous parlons, Monsieur Berlinetta.

Je lui adresse un clin d'œil moqueur qui le fait ricaner. Mon Dieu ! Je viens de lancer un clin d'œil à mon manager, sans compter mes paroles ambiguës… Mais qu'est-ce qui ne tourne pas rond dans ma tête ? Depuis que j'ai croisé cet homme, je prends des risques inutiles, dans une ville dangereuse, et je mets mon emploi et mon orgueil en danger.

4

LAISSE-MOI TE REGARDER

Gabriel

Je ne sais pas ce que je suis en train de foutre. Appuyée contre la paroi de l'ascenseur, Ashley paraît sur la défensive. Son cerveau semble tourner à plein régime et je suis à peu près certain que j'en suis le responsable. Elle me lorgne du coin de l'œil avec ses grands yeux de biche, couleur caramel, et au lieu de prendre mon rôle au sérieux, tout ce que je trouve à faire, c'est mater ses lèvres. Cette satanée bouche sans artifices qu'elle ne cesse de mordiller. Je n'arrête pas de la contempler – véritable appel au péché. C'est une très mauvaise idée. Non que ça me dérange, d'habitude : séduire quelques-unes de mes collègues de boulot le temps d'une nuit agréable, sans lendemain, sans promesse et sans conséquence, mais ce spécimen étrange a beaucoup trop de répartie et de caractère pour ne pas détruire une nuit de baise comme je les aime. Mademoiselle Styles est à proscrire d'un plan cul lambda. Problèmes en vue. Je les sens toujours arriver, mais j'ai beau m'en savoir prévenu, mes alarmes hurlant dans ma tête, mon regard semble emprunter un autre chemin.

Celui de ses lèvres.

À l'instant même où elle est apparue devant ma voiture, furibonde, j'ai eu envie de poser mes mains sur ses hanches pour les conduire vers les miennes…

Non, Gab, pense à autre chose. Ôte-toi cette idée de la tête.

Je me penche vers elle pour appuyer sur le bouton du rez-de-chaussée et, aussitôt, les fragrances sucrées de son parfum envahissent mes narines et me ferrent comme un putain d'amateur. Je tourne la tête et plonge dans ses yeux bruns. Elle me renvoie mon regard sans sourciller, mais son souffle a l'air de disparaître à l'intérieur d'elle-même. Je pourrais mettre cet effet sur le compte de notre relation hiérarchique, mais je suis persuadé qu'autre chose est à l'œuvre – un truc avec deux corps nus, des gémissements et du désir sauvage. Je recule contre la paroi opposée, tandis qu'elle fixe un point sur le sol. Elle a l'air tendue, sa main s'enroulant autour de son poignet meurtri.

Je regrette un peu la petite joute verbale de ce matin, alors qu'elle venait à peine de vivre une expérience traumatisante. Quelle idée, de ne pas m'en parler, même si je n'ai pas aidé en la matière ? Mais Ashley Styles ne semble pas si fragile, malgré son apparence vulnérable. Son corps est petit et menu, mais ses yeux flamboient. Ils ont bien failli me brûler, quand elle m'a tenu tête à la station-service. Petit bout de femme qui se dresse devant moi comme si elle pouvait m'écraser. Je ne laisse personne m'écraser. Je suis celui qui repousse les autres, pas le contraire.

Tout à coup, elle lâche dans un souffle :

– On peut prendre ma voiture ? Je ne tiens pas tellement à monter dans la vôtre.

J'en reste comme deux ronds de flanc. Mon regard se pose sur elle. Qu'est-ce qui lui prend ? Je manque d'éclater de rire face à son visage déterminé.

– La Berlinetta vous effraie ?

– Elle est bien trop… arrogante à mon goût.

Je dresse un sourcil. Je rêve ou elle est en train de me chercher ?

– Mademoiselle Styles…

– Ashley.

– Ashley, il n'y a d'arrogant que son conducteur. Une voiture est une représentation de son propriétaire, non ?

Un sourire incroyablement taquin envahit ses lèvres. Son regard me percute de plein fouet. Elle semble retrouver tout son aplomb.

– Je vois que vous êtes honnête envers vous-même, se moque-t-elle.

– Parce que je n'ai pas à rougir de ce que je suis devenu.

Elle incline la tête, belle joueuse. J'en profite pour ajouter :

– Nous irons au Starlite à pied. C'est à deux blocs d'ici. Si vous supportez ma compagnie plus de quelques minutes, évidemment.

– Je suppose que cela risque de me demander un effort, mais autant m'habituer tout de suite, je crains que nous ne soyons amenés à nous rencontrer souvent.

Je ricane lorsque les portes de l'ascenseur s'ouvrent sur le hall. Elle ne manque pas d'audace. Son insolence est divertissante. Je m'efface pour la laisser passer et ne peux m'empêcher de reluquer ses fesses au passage. Son tailleur n'est pas d'une grande marque, mais il la met parfaitement en valeur, moulant sa taille et ses fesses rebondies.

À peine sur le trottoir, mon téléphone se met à sonner. Je suis agacé de devoir répondre alors que mon intérêt est, pour l'instant, situé ailleurs. Je fais signe à Ashley de partir sur la droite et je lui emboîte le pas en décrochant.

– Simons… Oui… OK… Dis-lui de me rappeler demain matin. Non, cette affaire est capitale. Ouais… J'en suis conscient. Écoute-moi, fais-lui passer le message et rappelle-moi demain.

Je raccroche et croise le regard curieux d'Ashley qui fait mine de s'intéresser aux embouteillages de cette fin de journée.

– Boulot, réponds-je machinalement.

Nous marchons les minutes suivantes l'un à côté de l'autre, sans desceller les lèvres. Ashley ne me regarde pas, concentrée droit devant elle, et je ne cesse de contempler la nuque blanche que j'aperçois sous sa chevelure. Je me rends compte qu'elle est nerveuse et tendue. Ses bras sont raides et elle marche d'un air mécanique. En fait, elle s'arrange pour ne pas tourner la tête, sentant probablement sur ses épaules mon regard insistant. Je finis par m'en détourner en me léchant les lèvres, amusé. Au moins, elle est distrayante. Un peu de piment n'est pas pour me déplaire. Son sens de la répartie me provoque. Ça fait longtemps que je ne me suis pas senti un peu excité par une femme, en dehors du physique. Mais là, il s'agit d'une autre forme d'excitation, quelque chose de plus cérébral, même si son corps est loin d'importuner le regard.

Nous tournons à l'angle de la 39e avenue, lorsqu'elle me demande brusquement :

– Pourquoi avez-vous choisi de ne pas me renvoyer ?

Je sens une légère tension dans sa voix.

– Je ne mélange pas le privé et le professionnel.

C'est un demi-mensonge. Disons plutôt que le privé ne dépasse pas la limite des draps. J'ai un parfait contrôle de ma vie et de mes désirs.

Son regard m'épie avec discrétion. Devant son manège, un sourire se peint sur mes lèvres. J'enfonce les mains dans mes poches.

– Vous imaginiez ne pas passer la journée, n'est-ce pas ?

– Ça m'a traversé l'esprit.

– Quand je me suis souvenu que vous aviez évoqué l'idée que j'aille me faire foutre à la station-service, j'ai été tenté pendant quelques secondes.

Elle pouffe de rire, avant de planter ses dents dans son index pour calmer son hilarité, nullement fautive. Sa beauté me saisit brutalement, serrant mon ventre d'un désir puissant et discordant. Pendant une courte minute, le doigt glissé entre ses lèvres provoque mes instincts primaires. Ashley Styles n'a peut-être pas conscience de ce qu'elle dégage, mais elle est bien trop jolie pour ma santé et ma carrière. Quand on croise certaines femmes, on sait d'emblée qu'elles peuvent se révéler dangereuses : soit parce qu'elles inspirent des sentiments, soit parce qu'elles désirent votre poste. Je ne sais pas très bien dans quelle catégorie ranger cette fille. Sous ses airs apprêtés et plutôt tendres, elle peut cacher son jeu sans problème. J'en ai vu des tas dans son genre : jolies d'apparence, et carnassières à l'intérieur. Il est préférable que je garde mes distances.

– Si vous accomplissez bien votre travail, vous n'avez rien à craindre de ma part, précisé-je.

Elle hoche la tête, manifestement soulagée.

En arrivant devant le Starlite déjà blindé de monde, je repère Lisa qui, moulée dans une robe bleue seyante, s'apprête à pousser la porte du bar. Ma compagne l'interpelle aussitôt et la secrétaire se tourne dans notre direction. Même si elle est surprise de nous découvrir tous les deux, elle n'en montre rien. J'ai déjà noté le professionnalisme sans faille de Lisa.

Les deux femmes se rapprochent, tout sourire, comme si elles étaient déjà devenues les meilleures amies du monde. Je me sens de trop.

– Je vous laisse entre de bonnes mains, glissé-je à Ashley, avant de m'éloigner vers le bar.

Je les abandonne à leur conversation après les avoir invitées à entrer. Je me dirige vers le comptoir, repère Mark en train de discuter avec des collègues de bureau. Je commande un whisky, puis me joins à eux.

Comme toujours, bien que nous ne soyons plus au travail, nous parlons boulot, affaires, clients, puis du dernier match des Mets et de la partie de golf à laquelle nous avons participé avec des partenaires la semaine dernière.

J'écoute et réponds distraitement, mon regard voguant sur la salle. Je ne me leurre pas. Je sais très bien ce que je suis en train de fabriquer : je la cherche.

Je ne mets que quelques instants à la dénicher. Elle est assise autour d'une table en compagnie de Matt, de Lisa et de Colin, le développeur de la boîte, un grand type un peu gothique aux longs cheveux noirs. C'est un génie de l'informatique et un rockeur à ses heures perdues. Encore un protégé de Ryan Carter. Il dégote toujours des perles aussi rares qu'énigmatiques.

Mon regard se fixe sur Ashley, saisi par la beauté de son sourire tandis qu'elle rigole, probablement à une blague de Matt. Il charme avec ses plaisanteries idiotes tandis que je séduis froidement, ne promettant qu'un délicieux moment charnel sans lendemain.

Elle remise une mèche de cheveux bruns derrière son oreille, avant de saisir un verre à cocktail qu'elle porte à ses lèvres. Dans la lumière ouatée du bar, les couleurs jouant sur sa peau, je devine la forme de sa bouche se courbant sur le rebord du verre. Mon palpitant s'active. Mes mains sont moites et mes jambes me démangent. J'ai besoin d'actions, mais tout ce qui me vient en tête est une très mauvaise idée. D'ordinaire, je me débrouille pour séduire des stagiaires. Elles vont et viennent dans la société. Pas d'attaches ; pas de problème. Mais Ashley n'est pas une stagiaire. C'est ma subalterne. Mon assistante. La désirer est une fâcheuse perspective d'avenir, même pour un coup d'un soir. Pourtant, je ne parviens pas à détacher mes yeux de son corps. Elle a retiré sa veste de tailleur et remonté ses manches sur ses avant-bras. Son chemisier s'est légèrement ouvert et dévoile les courbes d'une poitrine attrayante. Je mords dans ma lèvre inférieure, me détourne d'elle en me traitant d'abruti et siffle mon verre cul sec.

Mark se penche vers moi, tentant de suivre mon regard, que je détourne aussitôt pour ne pas être démasqué.

– Toi, tu n'as pas l'intention de rentrer seul, ce soir.

Je lui lance un clin d'œil peu convaincu avant de me commander un autre verre, puis je dévie la conversation sur un sujet moins houleux.

Je suis obligé de m'absenter quelques minutes pour un coup de fil d'affaires, mais lorsque je reviens dans le bar, celui-ci s'est sacrément rempli. La piste de danse est noyée de monde. La musique résonne, tape, fait vibrer les corps qui se trémoussent en rythme. Je commence par gagner le comptoir lorsque je l'aperçois brusquement au milieu de la foule. Je me fige. Tout mon corps se remplit de plomb fondu, partant à l'assaut de mes veines.

Ashley lève les mains en l'air, chaloupant sur la musique comme si un démon de la danse en avait fait son amante. Son corps chavire, emporté, aliéné par les oscillations de la basse, son addictif et lancinant. Ses cheveux se sont détachés et se répandent dans son dos. Ses paupières sont closes. Elle bascule dans le vide, prise dans la toile musicale.

Une attraction entêtante m'agrippe à elle. J'ai soudain l'impression de n'avoir aucun moyen d'y réchapper.

J'entrevois Lisa qui s'éloigne vers leur table, délaissant la silhouette qui se balance avec une lascivité telle que mon cœur prend vie dans ma carotide.

Mon cerveau rugit: « Mauvaise idée, mauvaise idée… »

Et mon corps lui rétorque: « Je m'en fous. »

Je m'avance dans la foule, jouant des coudes. Ashley me tourne le dos. Elle ressemble à une cible, à mesure que je m'approche. Je jette un coup d'œil à droite et à gauche pour m'assurer qu'aucun collègue ne puisse me surprendre. Lisa et Matt sont occupés à leur table. Je me concentre aussitôt sur elle, sur ses mouvements lascifs et instinctifs.

Quand je me glisse sur ses arrières, passant un bras sur son ventre, je m'attends à ce qu'elle me repousse brutalement, petit pantin s'arrachant de sa boîte, mais non. Sa main frôle ma chevalière et ses doigts s'enroulent autour de mon poignet. Mon cœur tape dans mon cou de plus en plus fort et lorsque mon corps se blottit contre le sien, mon excitation croît en profondeur. Mon sexe me trahit et durcit contre ses fesses. Mais Ashley continue d'onduler contre moi, penchant la tête sur le côté. J'en profite pour caresser sa nuque du bout des doigts, envelopper sa gorge jusqu'à lui incliner la tête sur mon épaule. Je pourrais presque entendre le gémissement qu'elle abandonne entre ses lèvres entrouvertes. Ses hanches calées contre les miennes me rendent fou. Comment cette fille, que je ne connais que depuis ce matin, peut-elle susciter en moi un tel désir ? Je me mets à haïr profondément tous les gens présents dans cette salle, à haïr son chemisier qui me dissimule cette poitrine aguicheuse, à haïr mon boulot parce qu'il m'empêche de la prendre sans ciller dans les toilettes du bar. Non… pas ici. Elle vaut bien mieux que des toilettes sordides dans un club.

Je me lèche les lèvres en enfonçant mon visage dans ses cheveux, humant son odeur. Ses doigts pressent plus fort mon poignet et son dos s'appuie plus violemment contre mon torse. Ce petit jeu l'anime autant que moi.

Ce n'est pas bien, Ashley. Tu es mon assistante, l'aurais-tu oublié ?

Ne suis-je pas en train de l'oublier ?

Mes warning se mettent en route et me hurlent de déguerpir, mais je n'y parviens pas. La chaleur de son corps m'enivre. La tension qui me parcourt depuis que je l'ai sentie en la bloquant contre ma voiture, ce matin, semble ne plus vouloir se tarir. Je ne m'explique pas cette attraction et, pendant que la musique s'écoule, je décide de ne pas m'en préoccuper. Je me concentre sur la taille que j'enveloppe de mon bras, de la pression de ses doigts sur ma peau et de son parfum qui m'assaille.

Ashley ne fait aucune tentative pour se retourner face à moi et je préfère rester contre son dos. Peut-être est-ce plus facile de ne pas affronter la réalité de notre désir mutuel.

Ma main se déploie en éventail sur son ventre. Je sens ses muscles se contracter sous ma paume. Cette crispation me fait bander plus fort contre elle. En proie à une envie brutale de lui arracher ses vêtements, je murmure contre son oreille :

– Ce n'est pas prudent, Mademoiselle Fury.

Ses ongles s'enfoncent dans mon poignet. Elle tourne légèrement la tête sur le côté pour saisir mon regard et j'y plonge, m'y noie. Ses lèvres m'attirent comme un aimant et je me penche pour m'en saisir, dévoré par l'envie, lorsque la musique change brusquement de piste, détruisant en un instant l'atmosphère électrique qui régnait entre nous. Ashley se crispe, parcouru d'un frisson désagréable, et détourne la tête, tandis que je mords ma lèvre à pleines dents, furieux de ma perte de contrôle.

Sans relâcher mon étreinte, je chuchote près d'elle :

– Ne baissez pas votre garde.

Et je disparais dans la foule, m'arrachant à ce corps tendu, irradié par le désir de sentir mes mains sur lui.

Le regard d'Ashley m'accompagne ; je la sens déroutée, mal à l'aise, et ses prunelles scintillent de cette même attraction.

Je crois qu'il est préférable que j'aille boire un verre au bar pour calmer la redoutable érection qui empoisonne mon pantalon.

J'ignore si je dois cataloguer cette journée comme bonne ou merdique…

5
LAISSE-MOI TE REPOUSSER

Ashley

Matt me fixe depuis son bureau. Ça fait une bonne minute qu'il n'a pas bougé, concentré sur moi. Je plisse les paupières, finis par relever le menton et lâche, excédée :

– Quoi ?

Un sourire éminemment taquin incurve ses lèvres.

– Non, rien.

– Si tu m'observes encore longtemps comme ça, je te jure d'enfoncer mon crayon à papier dans tes orbites puis touiller…

Il m'affiche une grimace dégoûtée.

– Ça doit faire mal, admet-il en hochant la tête, pensif.

– Ne me tente pas alors. Qu'y a-t-il ?

Son sourire revient comme un boomerang.

– Je vous ai vus.

Je me contracte aussitôt, comme si on venait d'engouffrer

des câbles d'acier dans mes muscles. Je le fixe, puis esquisse un sourire, l'air parfaitement innocent.

– Tu m'as vu prendre un café ? Garer ma voiture ? Emprunter le métro ?

Il secoue la tête. Ses yeux pétillent d'allégresse.

– Si tu continues, je vais revoir mon jugement sur toi, le menacé-je.

Il ricane et s'accoude à son bureau, inclinant la tête vers l'avant pour murmurer sans être surpris depuis les autres boxes.

– Gabriel et toi, sur la piste de danse, en train de faire frotti-frotta comme si rien autour de vous n'existait.

OK, je suis grillée. Je me décompose, me tasse dans mon fauteuil, lorgne à droite et à gauche pour être certaine que personne ne l'a entendu. Je me ronge un ongle tandis que Matt semble jubiler.

– On a dansé, c'est tout.

– Si tu appelles votre déhanché danser, ça me va, lance-t-il en haussant les épaules, moqueur.

– Tu es bien parti comme un voleur, hier soir, lui rappelé-je aussitôt. Je ne te pose pas de question pour autant.

– Oh, système d'autodéfense en route ! Tu évites carrément le sujet. Je suppose que j'ai visé juste. Gabriel aurait-il déjà percé ta carapace ?

– Pas du tout ! Nous ne faisions que danser. Et je note que tu détournes aussi la conversation.

Il me lance un nouveau sourire à peine mystérieux.

– Parce que tu es bien plus intéressante que moi, Ash. J'avais juste un truc de dernière minute à faire. Mais je crois qu'un café s'impose. Viens avec moi, Princesse, tu vas me raconter en détails !

– En réalité, tu es Monsieur Potin-de-service, c'est ça ?

– Juste avec toi, je te rassure.

– On ne se connaît que depuis hier.

– Mais je t'attendais depuis toujours.

Il m'adresse une mimique charmeuse qui finit par avoir raison de mes forces et je pouffe de rire. Matt est irrésistible, quand il sourit. Je me relève et lui emboîte le pas. Dans le couloir, il continue de me taquiner et de me harceler de questions, cherchant à savoir si Gabriel m'intéresse. Je détourne la conversation tant bien que mal – plutôt mal que bien, d'ailleurs. Il est bigrement entêté.

– Roh, Matt, je n'ai pas de vues sur mon supérieur. Il ne se passe rien. On a dansé, point final.

Si seulement ce mensonge éhonté pouvait ne pas en être un. La pression de son bras sur mon ventre hante encore ma peau. Lorsque je ferme les yeux, le souvenir de son after-shave me revient tel un boomerang en pleine tête, tout comme la fermeté de ses muscles contre mon dos et la rigidité de…

Rahhh, Ashley, arrête de penser à lui.

Armée d'un café, j'essaie de me concentrer sur l'exploration de mon ordinateur et des fichiers que Matt m'a envoyés pour que je puisse les étudier : le fichier clients, notamment, essentiels à la vie de la société. Des centaines d'icônes s'affichent et j'ai déjà envie de me taper la tête contre la cloison en carton-pâte de mon box. La masse de travail est aussi colossale que passionnante.

Je fais défiler les noms, ouvre les fichiers les uns après les autres, note quelques renseignements qui me paraissent capitaux, bois une gorgée de café.

– Tu t'en sors ? me demande Matt, en jouant avec son stylet.

– Hmm, je nage sous l'eau, mais je ne suis pas encore noyée.

– Si t'es au bord de l'asphyxie, n'hésite pas, je me dévoue pour le bouche-à-bouche.

Je lui jette ma gomme au visage, ce qui lui arrache un éclat de rire.

– Non, sans blague, Ashley, je suis là pour ça, n'hésite pas.

– Je sais, merci.

Je lui lance un sourire engageant tandis qu'il se replonge dans son travail, des mèches brunes tombant sur son front. Je l'observe quelques secondes en train de tracer des lignes sur sa tablette graphique, ses prunelles friponnes soudain très attentives, puis je me concentre de nouveau sur les fichiers clients.

Je referme l'un des dossiers et m'apprête à ouvrir le suivant, lorsque son intitulé attire mon attention : « Cassidy_Private ». Les autres fichiers portent tous le nom de la société ainsi qu'une suite de codes permettant de les identifier plus facilement. Pas celui-là. Je suppose que la personne à qui appartenait l'ordinateur a oublié d'effacer des documents personnels, avant que celui-ci n'atterrisse entre mes mains. Pas de bol ! Il ne reste peut-être rien de précis à l'intérieur, en dehors du nom, mais la curiosité est l'un de mes plus terribles défauts. Je ne peux pas m'empêcher de fouiller, surtout lorsque l'on me déroule le tapis rouge de cette façon, ce qui fait de moi à la fois une horrible personne, mais aussi une collaboratrice très compétente.

Poussée par le vice, je m'apprête à l'ouvrir avec une petite pointe d'excitation déplacée, lorsqu'une notification apparaît sur mon écran. Le nom de l'expéditeur du message provoque en moi un violent tressaillement, comme si je pouvais sentir son regard braqué sur mes omoplates avec le canon d'une arme chargée. Je déglutis avec peine, hésite, tourne ma souris dans tous les sens, puis je secoue la tête.

Quelle idiote! C'est mon manager... mon manager... Il m'envoie des mails professionnels. Je suis au travail.

Après cette petite séance de rappel à l'ordre, j'ouvre ma messagerie, faussement ragaillardie, et reste figée, la main en l'air. Le mail porte pour objet: « Private ». Mon pouls s'accélère brutalement. Je lorgne en direction de Matt, mais celui-ci est concentré sur sa tablette. J'agite les doigts sur ma souris, nerveuse, puis clique sur le message.

Gabriel: [J'ai aimé danser avec vous.]

Concis et droit au but. Berlinetta tout craché.

Je souris intérieurement, tout en me répétant à quel point ce dérapage est une mauvaise idée. Je ferme un instant les paupières et, aussitôt, le poids de son corps semble de nouveau appuyer sur le mien, la musique me heurtant de toutes parts comme si j'étais assaillie, prise au piège. En ouvrant les yeux, tremblante, je clique sur « Répondre », puis envoie:

Ashley: [Je n'ai pas le souvenir d'avoir dansé avec vous. J'en suis navrée. Je crains que vous ne lâchiez pas un souvenir impérissable.]

Je souris à demi en l'expédiant, prise d'une hilarité naissante. J'aimerais bien voir sa tête, en découvrant mon mail, toutefois, la réponse ne se fait pas attendre. Excitée, je l'ouvre sans tarder:

Gabriel : [Dans ce cas, vous dansez souvent avec des inconnus d'une façon aussi… indécente?]

Indécente? Il ne manque pas de culot! Je me rappelle parfaitement de son étreinte, de sa main caressant mon ventre, de son souffle sur ma nuque, de sa virilité contre mes fesses. Il ne peut pas feindre ou mentir.

Ashley : [C'est plus facile avec un inconnu…]

Gabriel : [Les lendemains sont moins compliqués?]

Je suis persuadée qu'il connaît bien les lendemains compliqués après une nuit indécente.

Je fixe mon écran, la main sur la souris, en me demandant ce que je suis en train de fabriquer avec mon supérieur. Je devrais mettre un terme à cette discussion de plus en plus houleuse. Terrain glissant. Mais… Ne sous-entend-il pas que je suis une femme facile?

Ashley : [La danse ne prête à aucune conséquence. Pas de lendemain. Pas de complication.]

Je ne suis pas la femme que tu colleras dans ton lit pour satisfaire ton besoin de pouvoir et de contrôle, Monsieur Berlinetta!

Gabriel : [Avouez que vous avez aimé danser avec moi, Miss Fury.]

Plutôt crever!

Ashley : [Vous êtes mon supérieur. Il aurait été inapproprié que je vous chasse comme un malpropre. Je suis navrée si mon comportement prête désormais à confusion.]

J'espère avoir été claire. Je me ronge un ongle en attendant sa réponse, mais celle-ci ne vient pas. Je rumine intérieurement, mais autant clôturer ce dérapage dans les plus brefs délais. Je ne serai pas un morceau de choix sur le palmarès de Gabriel Simons. Il paraît évident qu'il a l'habitude de ce genre de discussions et de procédés, mais je ne suis pas l'oie blanche qu'il pourra dévorer impunément. Il se fourre le doigt dans l'œil.

Tout à cette réflexion, je commence à paniquer. Et s'il me virait à cause de ça ? Je suis en période probatoire. Un mot de lui et oust… *Ashley Styles, vous êtes remerciée, car votre incapacité à vous asseoir dans le fauteuil du patron n'est pas de bon ton, ici.* La promotion canapé est peut-être de rigueur. Dans quoi me suis-je embarquée ? Mais quelle idiote ! J'aurais dû me douter que Gabriel était ce genre d'hommes, avec son comportement à la station-service ! Bon sang… Je me suis montrée stupide, stupide, stupide !

Je suis arrachée à ma litanie de jurons intérieurs par un nouveau mail. Celui-ci n'arbore plus l'objet « Private », mais « Détails missions ». Enfin, un terrain plus connu. Cependant, je déchante vite à la lecture de son courriel.

Gabriel : [Déjeunez avec moi, ce midi. Nous avons à discuter de certains points cruciaux.]

Je ferme les poings sur mes genoux. Je ne peux pas croire qu'il use de sa position pour m'obliger à déjeuner avec lui.

Si… Il s'amuse à ça depuis le début! En réalité, il me fait tourner en bourrique depuis notre rencontre.

Ashley : [Bien sûr, je serai ravie d'aborder avec vous les détails de ma mission.]

J'espère qu'il peut saisir toutes les nuances de mon mail. J'espère qu'il s'étouffera avec son déjeuner.

En m'entendant soupirer, Matt relève les yeux dans ma direction.

– Quelque chose ne va pas ?

Le menton fourré dans ma paume, je fixe tour à tour le dernier mail de Gabriel et le regard curieux de Matt.

– Comment qualifierais-tu notre manager ? lui demandé-je de but en blanc.

Un sourire se dessine sur ses lèvres. Il hausse un sourcil amusé.

– Irrésistible ? Tu es déjà folle de lui ?

Je grommelle. Pourquoi cette simple phrase me met-elle hors de moi ?

– Il me rend folle, oui. C'est le mot juste, je suppose.

Il ricane en enfonçant les doigts dans ses cheveux.

– Ne te laisse pas berner, Ashley. Gabriel est un charmeur. J'ai vu un certain nombre de femmes flasher sur lui, en tomber follement amoureuse et s'en mordre les doigts amèrement ensuite. Ça ne se termine jamais bien, tu peux me croire.

Je réprime un soupir, à peine étonnée. Certains hommes portent sur eux le parfum de la trahison et des lendemains qui font déchanter. Gabriel s'y inscrit assurément. Il est trop séduisant, trop sexy et trop sûr de son potentiel, sans compter sa position qui en fait un maniaque du contrôle et du pouvoir. Quel orgueil a pu me permettre de croire un instant que cette danse avait un semblant d'intérêt autre que le sexe ou sa domination dans notre relation de supérieur à subalterne ? Je suis une idiote qui s'est faite rouler en beauté, mais je ne compte pas me laisser traîner dans la boue sans réagir. Ce n'est pas mon genre. Si Monsieur Simons souhaite un duel, il va l'obtenir…

Pas plus tard qu'à ce déjeuner !

6
LAISSE-MOI TE COMBATTRE

Gabriel

Dans l'ascenseur qui nous escorte jusqu'au hall, le froid est si sensible que je pourrais presque en sentir la morsure sur ma peau. Ashley fixe un point sur le mur d'en face. Elle n'a pas desserré les dents depuis que je l'ai appelée pour notre déjeuner, si ce n'est pour m'accorder un salut gelé.

Notre échange par mails avait bien débuté, puis s'est brisé comme un verre qui explose sur le parquet. J'ai probablement dépassé les limites, je le conçois, mais sa façon de me rembarrer me déplaît. Je ne suis pas habitué à cette froideur et cette mise à distance. D'ordinaire, je suis celui qui repousse, pas celui qui cherche, et Ashley a la fâcheuse tendance à provoquer une certaine… rage en moi. J'ai autant envie de saisir ses longs cheveux bruns dans mon poing, jusqu'à lui arracher une grimace de douleur, que d'enfoncer ma langue dans sa bouche pour la posséder. Cette femme m'attire, alors qu'elle devrait provoquer l'effet inverse. C'est mon assistante, qui plus est, elle est irritante, trop sexy et trop intelligente. Trois bonnes raisons de la fuir. Il y a bien d'autres poissons dans l'océan plus faciles à pécher et à gérer ensuite, alors pourquoi l'ai-je invitée à déjeuner ?

Question idiote, Gab, parce que tu adores la taquiner.

Ce déjeuner promet d'être intéressant à tous points de vue.

Contrôle…

Une fois sur le trottoir, Ashley daigne lever ses grands yeux caramel sur moi et se rappeler de mon existence. Le vent new-yorkais saisit son visage et dépose sur ses joues un léger fard rosé. Elle coince une mèche de cheveux qui se rebelle derrière son oreille, comme si elle était indécise et mal à l'aise, et cette sensation ancre en moi un sentiment délectable. Je désire qu'elle soit déroutée, apeurée jusqu'à ce que je puisse refermer mes crocs sur sa chair attirante… *Non, Gab, bon sang, ce n'est pas ce que tu souhaites.*

– Je connais un italien sympa, en bas de la rue.

Elle m'emboîte le pas en silence. Sans le vouloir, j'inspecte sa taille fine et ses longues jambes fuselées, mises en valeur par des bas noirs et une jupe courte affriolante.

– Vous n'avez pas eu de problème pour rentrer chez vous, hier soir ? demandé-je en marchant à ses côtés, les mains dans les poches de mon pantalon.

Elle lève brièvement les yeux sur ma silhouette, comme si je n'avais pas de réelle consistance, avant de se concentrer sur le flot de véhicules défilant sur la 6e avenue.

– Non, j'ai un nouveau jeu de clés et mes nouveaux papiers devraient m'être envoyés prochainement. Lisa a tout réglé comme une chef.

– Tant mieux.

Je ne peux pas m'empêcher de la trouver sexy tandis que ses iris bruns se détournent vivement de moi, tenant à me garder à distance alors qu'elle n'en a aucune envie. Sa façon de me repousser m'attire d'autant plus, comme si je me confrontais à un mamba noir, l'adrénaline fusant dans mes veines à toute allure. J'éprouve le désir fulgurant de percer cette délicate carapace.

Le reste du trajet se déroule dans le silence, en dehors du bruit assourdissant de Manhattan. Je la sens tendue, prête à exploser, et son attitude a un petit côté jubilatoire et excitant. J'attends l'épreuve avec impatience.

Je m'arrête devant la façade d'un restaurant sans apprêt. Le décor est très sobre, mais la nourriture y est délicieuse. Ashley l'examine, laissant son regard courir sur les volutes sans finesse de la vitrine. Je pousse la porte et entre en premier, comme tout bon gentleman, puis me porte à la rencontre du garçon de salle. Ashley me suit docilement, tout en inspectant autour d'elle.

Le serveur nous place près de la fenêtre, dans l'intimité entre un énorme pot de fleur et le mur. Ashley s'installe dos à la cloison, retire sa veste et m'offre la splendide vue de son décolleté.

Nous commandons du vin, puis le silence s'immisce entre nous. Ashley regarde dehors, ne prenant pas la peine de dissimuler une indifférence manifeste à mon égard. Très bien, elle a décidé de jouer à ce petit jeu. Comme si j'allais me laisser dominer sans combattre.

– Ashley, regardez-moi.

Son nez se fronce joliment, mais elle ne m'obéit pas davantage. Je saisis son poignet dans ma main, la sens tressaillir comme si je lui avais injecté du courant directement dans les veines, mais ses yeux restent obstinément braqués sur la rue.

– Ashley, soufflé-je d'une voix plus rauque, regardez-moi…

– Je croyais que c'était un déjeuner d'affaires, m'attaque-t-elle aussitôt.

Son regard se détourne de la chaussée et je me prends au visage deux vagues surpuissantes, aussi furieuses que séduisantes. Je ne cède pas pour autant, conservant son poignet sous ma paume, qu'elle ne retire d'ailleurs pas. Elle n'exécute pas le moindre geste, comme figée sur son fauteuil. Seules ses prunelles de feu me laminent la cervelle d'un désir sous-jacent. Je dois faire appel à toute ma concentration pour l'affronter. Il se dégage d'elle quelque chose de sauvage et de magnétique. Je l'avais déjà constaté à la station-service : farouche et entêtée. Ce sont les premiers mots qui me sont venus à l'esprit en la découvrant devant ma voiture, les poings sur les hanches, le regard dévastateur.

– Nous savons, vous et moi, que ce n'est pas le cas, à moins que vous ne préfériez les mensonges.

– Je suis pourtant certaine que vous en êtes friand.

– Très souvent, en effet, et je suis passé maître en la matière, rétorqué-je avec un sourire mordant. Si jouer sur ce terrain vous attire, nous pouvons nous amuser, mais serez-vous suffisamment armée, Ashley ?

– Je vous vois venir, Monsieur Simons, dit-elle en appuyant sur mon nom. Ne croyez pas posséder sur moi un quelconque pouvoir sous prétexte que vous êtes mon supérieur.

– Je ne suis pas votre supérieur pour les trente prochaines minutes. Oubliez le déjeuner d'affaires ! Je vous offre une chance inestimable de vous mesurer à moi. La saisirez-vous ?

Son regard luit soudain comme un feu follet.

– Vous me sous-estimez…

– Bien au contraire, mais j'aime juger de mes adversaires.

– Je suis donc votre adversaire ?

– Aux jambes sublimes.

– Vous orientez sciemment la conversation sur mes jambes pour détourner mon attention du véritable sujet ?

Elle incline le buste vers l'avant, envahissant mon espace vital. Je l'imite aussitôt, me rapprochant d'elle à mon tour pour ne pas lui octroyer une position de force.

– Qui est ? me moqué-je, sans la quitter des yeux.

– Vous avez prétendu me mettre dans votre lit comme une vulgaire pétasse, m'attaque-t-elle, la mâchoire crispée et les yeux en canon de revolver.

– Qui a parlé d'une telle chose ? Il n'a jamais été question de vous mettre dans mon lit, répliqué-je en mentant éhontément pour tenter d'amoindrir le reflet insolent dans ses yeux.

– Oh ! Alors pourquoi être venu danser avec moi comme vous l'avez fait ? argue-t-elle.

– Parce que j'en avais envie, réponds-je du tac au tac pour la déstabiliser. Danser ne présuppose aucune fin charnelle, encore moins avec vous.

Tantôt chaud, tantôt froid. *Quelles sont vos dispositions, Miss Fury ?*

– Lorsque vous pressiez votre… vos doigts sur mes hanches, cela ne prédisposait à aucune fin charnelle ? Vraiment ? Vous n'envisagiez rien de plus ?

Je ravale mon sourire moqueur et hausse les épaules avec désinvolture.

– Vous êtes mon assistante. Le *plus* n'est pas envisageable.

Ce qui, dans la réalité, est plus que vrai. Si j'agissais avec raison, je garderais mes distances. Je n'aurais jamais dû l'inviter à déjeuner, ni danser avec elle. Je ne devrais pas insister et laisser le temps et nos positions nous séparer. Alors pourquoi ne suis-je pas en train d'agir de façon sensée ?

– Dans ce cas, pourquoi ces mails ? me demande-t-elle en écho à mes pensées.

J'humecte mes lèvres. Pourquoi, oui ?

Oh, Ashley, sûrement parce que tu attises mon goût des défis, parce que je rêve de saisir tes lèvres appétissantes, parce que je rêve d'arracher ces satanés boutons de chemisier pour saisir tes seins dans mes mains…

– Pourquoi y avoir répondu ? biaisé-je aussitôt.

Je lui lance mon plus beau sourire, peu dupe de ses tentatives pour me pousser à avouer que je la désire. Amusés et défiants, ses iris scintillent en réponse.

Du pouce, je caresse l'intérieur de son poignet, façonnant sur sa peau un début de chair de poule. Son regard tombe brièvement sur mes doigts et je sens la confusion l'envahir, mais elle ne me chasse pas. Elle feint de ne pas se rendre compte de notre connexion autant que je prétends moi-même de ne pas la voir.

– Je vous trouve parfaitement exécrable, me décoche-t-elle dans les dents.

Mes lèvres, incurvées en sourire, frisent le juron étouffé.

– Menteuse !

– Connard.

Mon sourire s'accroît, irrésistiblement attiré par notre joute.

– Frigide.

– Je suis sûre que vous prenez ça pour un défi !

Je lui lance un clin d'œil lascif et réponds :

– Oh ! Ashley, tu n'imagines pas à quel point.

Ses joues rosissent aussitôt, déroutée par mon honnêteté. Je la sens frémir, avant de récupérer le gouvernail de ses émotions.

– Je ne suis pas l'une de vos secrétaires que vous pouvez coucher dans votre bureau !

– Non, en effet, mais peut-être le regretterez-vous.

Nos regards ne se lâchent pas une seule seconde ; elle, flamboyante, moi, assuré. Je ne libère pas son poignet, massant sa chair délicate, tandis que le serveur dépose nos verres sur la table et prend notre commande. Il semble invisible pendant que nous sommes focalisés l'un sur l'autre, à la recherche de quelque chose qui nous échappe, mais qui ne peut être que corrosif et délétère, autant pour elle que pour moi.

– Vous me touchez, note-t-elle sans bouger pour autant.

– En effet.

– Pourquoi ?

– Comme pour la danse, j'en ai envie.

– Le *plus* n'est pas envisageable, répète-t-elle, son regard flamboyant comme deux torches.

Je souris, amusé que mes mots se retrouvent sur ses lèvres.

– Nous n'en sommes pas au *plus*.

– Nous n'irons pas ! m'assène-t-elle.

– J'ai hâte de voir comment vous comptez vous y prendre, lancé-je d'un ton de défi.

Elle affiche une moue adorable qui me donne envie de l'embrasser. Ses doigts enserrent brusquement mon poignet et nous nous retrouvons à nous maintenir l'un à l'autre. La douceur de sa main me saisit les tripes et me retourne le cerveau sans que je n'en comprenne les raisons. Certaines choses méritent de rester mystérieuses et, si je ne souhaite pas déraper dans mes travers, celle-ci doit absolument le demeurer.

– Pourquoi poursuivre ce petit jeu, Berlinetta ? Il est dangereux…

– Parce que vous êtes apte à le relever, Miss Fury.

– Il n'y a rien à relever. Nous sommes dans une impasse, vous le savez très bien.

– Je sais surtout que l'interdit vous excite. Nous n'en serions pas là, dans le cas contraire.

– Ce n'est pas pour autant que je vous céderai. Vous êtes du genre à prendre ce qui vous plaît sans vous soucier des conséquences.

– En général, oui !

Ma main se resserre involontairement sur son poignet.

– Je ne tiens pas à être l'une de ces conséquences. Un simple dommage collatéral à votre carrière. Pourquoi changez-vous vos habitudes, Monsieur Simons ? Qu'est-ce qui change ici ?

– Mais vous, bien sûr.

– Pourquoi ?

– Parce que vous êtes aussi teigneuse que dangereuse.

– Et ça vous anime ?

– Assurément.

– Pour quelles raisons serais-je dangereuse pour vous ? Vous êtes mon supérieur et vous ne semblez pas démuni le moins du monde par ma présence.

– Démuni, non, séduit, peut-être.

– La séduction est un terme ambivalent, note-t-elle, son regard toujours enfoncé profondément dans le mien. Est-ce une invitation à commettre un péché ?

– C'est à vous de me le dire. Vous me séduisez pour me tenter ou pour satisfaire un désir de vaincre ?

– Je ne fais rien de tel. Je crois plutôt que c'est vous qui jouez sur ces mots-là. Peut-être souhaitez-vous seulement m'attirer dans vos filets, me délaisser ensuite comme n'importe quelle de vos maîtresses d'une nuit ? Peut-être me prenez-vous pour une fille facile, une fille d'un soir, que l'on fait jouir pour la jeter le lendemain sans état d'âme ? Peut-être est-ce vous le séducteur qui tente de me détourner du droit chemin ?

Ce petit jeu est délectable. Elle semble avoir complètement oublié que je suis son supérieur, concentrée sur notre échange. Ses doigts se sont refermés plus fort autour de mon poignet au fil de ses mots et son regard s'obscurcit en explorant le mien. Ashley porte ce doux parfum qui me fait vibrer de désir et de corruption. Elle est une sublime tentatrice. Je sais d'avance que je ne devrais pas vouloir la toucher ou posséder ses lèvres, parce qu'elle couve de menaces, pour mon boulot d'abord, pour ma vie privée ensuite.

– Dans ce cas, repoussez-moi, Ashley, susurré-je.

Je la sens se tendre sous ma paume.

– Si je refuse ?

– Ce petit jeu risque de prendre des proportions…

– Désagréables ?

– Ce n'est pas le premier mot qui me vient en tête, réponds-je avec un sourire tout en nuances.

Son regard tombe aussitôt sur mes lèvres, comme si elle était aimantée par elles autant que je le suis par les siennes, puis, lentement, ses prunelles caramel caressent mon visage, en redessinent les contours avant de revenir mourir dans les miennes.

– Lequel est-ce ? me demande-t-elle d'une voix vibrante.

– Sulfureux.

– Une connotation diabolique.

– Vous ne m'évoquez pas un ange, Miss Fury, me moqué-je, ce qui lui arrache un léger éclat de rire.

– Vous ne m'en évoquez pas un non plus, Monsieur Simons.

– Gabriel.

– Gabriel… Vous avez tous les attributs d'un être démoniaque, plaisante-t-elle.

– Et cela vous effraie ?

Une grimace chiffonne ses traits, me permettant de comprendre que ce trait de caractère, qui devrait la faire fuir, l'attire au contraire inéluctablement vers moi. Je m'apprête à répondre lorsque le serveur surgit soudain à mes côtés pour déposer nos assiettes. Ashley retire aussitôt sa main de la mienne, laissant la morsure de son absence saisir ma paume. Je remercie le serveur, tandis qu'Ashley fixe de nouveau le défilé de voitures. Je l'ai perdue. Elle s'est refermée tel un coquillage, comme si elle s'était trop dévoilée, comme si elle m'avait trop permis d'entrer dans son monde.

Mais la parenthèse est close. Les trente minutes sont écoulées… Retour à la vie normale.

– Le fonctionnement du service est très simple, déclaré-je d'un ton univoque.

Son regard revient sur moi. Elle semble rassurée, même si je devine sur son visage un reste de confusion, ce qui me procure un éphémère sentiment de puissance.

– Nous ferons un point régulièrement dans mon bureau, à chaque nouvelle mission. Je gère et négocie les contrats ; vous vous occupez de faire fructifier les portefeuilles clients. Au moindre souci ou doute, vous venez me voir. Nous n'avons que peu de marge d'erreur. Une bourde et nous perdons un client, ce qui représente à chaque fois des milliers de dollars. Oh… excusez-moi…

Mon téléphone vibre dans ma poche. Je m'en saisis et décroche en manquant de grogner, perturbé dans mon laïus.

Je réponds par monosyllabe à mon interlocuteur, puis raccroche sèchement. Ashley ne m'a pas lâché du regard. La plupart des gens s'en détournent lorsque je les fixe trop longtemps. Certains prétendront que j'ai l'œil du prédateur, mais Ashley ne semble pas s'en inquiéter. Elle paraît même s'en distraire, sûrement parce qu'elle n'a rien d'une proie facile. Cette femme ne me lasse pas de surprises.

– Vous semblez vivre avec un téléphone dans la main, souligne-t-elle.

J'acquiesce en haussant un sourcil.

– C'est le job. Quand on rentre à Carter Corp, on vit pour Carter Corp. C'est passionnant et dévorant.

– Deux mots qui vous vont à merveille.

Je lui rends son sourire moqueur, en attrapant ma coupe de vin sur la table. Je la fixe par-dessus mon verre. Elle ne m'évite pas, me saisit de plein fouet, sa canine s'enfonçant avec sensualité dans sa lèvre inférieure.

– Je crois que les prochains jours risquent d'être captivants, en effet.

7

LAISSE-MOI TE FUIR

Ashley

Durant la semaine suivante, éviter mon supérieur s'est avéré être une expérience particulièrement malaisée. D'abord, parce qu'il a l'air de prendre beaucoup trop de plaisir à me convoquer dans son bureau pour des broutilles, ensuite parce que… je reçois un mail à 20 h 00 à mon domicile, *exigeant* ma présence à Carter à 6 h 00 du mat' ! Mais il se prend pour qui ?

… Mon patron, OK.

Je le déteste !

Cet amateur de contrôle narcissique a décidé de me rendre chèvre. Il tourne autour de moi sans arrêt, alimentant un désir de plus en plus difficile à ignorer. Gabriel est sexy en diable, mais il en a bien trop conscience. Il est dangereux pour ma santé mentale. Je risque de me péter les dents sur sa surface en titane, comme si ma Fury s'encastrait dans sa Berlinetta ; elle n'aurait aucune chance de survie. Non seulement je joue ma carrière, mais également ma réputation. Je ne tiens pas à être affichée dans son palmarès probablement très long.

En plus, je ne commence jamais avant 8 h 00 !

Agacée par son ordre, je lui envoie un mail à 22 h 00 passées :

Ashley : [J'apprécierai, à l'avenir, que vous me préveniez à l'avance.]

Son message ne tarde pas.

Gabriel : [Je te promets de t'envoyer un fax pour te prévenir que des urgences arrivent dans notre travail et que nous devons nous en accommoder. Si ça ne te plaît pas, tu peux toujours démissionner.]

Très bien, Monsieur Berlinetta est de retour. Non seulement il se permet de me tutoyer sans mon accord mais, en plus, il me rembarre. Hors de question de me laisser démonter.

Ashley : [Quand sommes-nous passés au tutoiement ?]

Gabriel : [Depuis que je l'ai décidé. Ça te dérange ?]

Hmm, non, mais je n'ai pas envie de le lui avouer. Je ne réponds pas à son message et opte pour :

Ashley : [Je serai au rendez-vous demain, prête à œuvrer corps et âme pour Carter Corp. Content ?]

Gabriel : [Je préfèrerais que tu œuvres corps et âme pour moi.]

Bordel ! Assise sur mon canapé, je manque de recracher la gorgée de soda que j'ai dans la bouche. J'avale en toussotant et fixe l'écran de mon téléphone. Il ne s'est pas permis une telle chose ?... Si, de toute évidence.

Ashley : [Chose qui ne risque pas de se produire dans un avenir proche.]

Gabriel : [Pour quelles raisons ?]

Il passe du chaud au froid sans marquer la moindre hésitation ; il est déstabilisant. Il me rembarre, me menace sous mots à peine couverts et maintenant, il me drague.

Ashley : [Berlinetta, reprends ton souffle des fois.]

Je pourrais presque visualiser son sourire amusé, le coin de ses lèvres délicieuses légèrement relevé en rictus.

Gabriel : [Il est possible que tu me troubles davantage que je ne l'imaginais.]

J'en reste comme deux ronds de flanc. Je fixe de nouveau mon portable comme une idiote, jusqu'à ce qu'une boule de poils en décide autrement. Blanche se jette sur mes genoux et se couche sur mes jambes en miaulant. Elle affiche une sale mine. Elle a vomi deux fois dans ma cuisine depuis une heure. Maintenant, elle semble rechercher la sérénité de sa maîtresse, chose que je ne suis pas en mesure de lui fournir actuellement. Je la caresse d'une main distraite, puis réponds de l'autre :

Ashley : [Tu avoues une faiblesse ?]

Gabriel : [Est-ce une faiblesse que de l'avouer ?]

Ashley : [Est-ce raisonnable de me l'avouer ? Je pourrais… m'en servir.]

Je reçois un smiley qui rigole, puis :

Gabriel : [Il n'y a rien dont tu puisses te servir contre moi. Je reste ton supérieur, Ash.]

Ashley : [Et tu aimes tellement me le rappeler. Ce n'est pas utile. Je suis navrée d'être une faiblesse pour toi. Monsieur Berlinetta a besoin de se sentir en position de force. Ne t'inquiète pas, je n'ai pas l'intention d'user de quoi que ce soit. Je serai là demain. Pouvons-nous mettre un terme à cette discussion ?]

Pourquoi faut-il toujours que cela dérive en bataille rangée ? Gabriel m'attire trop pour permettre à mes neurones de réfléchir de manière sensée, mais je dois rester prudente. C'est mon manager. Quoi que je fasse, quelle que soit la décision que je prends, celle-ci peut tout ruiner en un instant. J'ai bossé trop dur pour en arriver là. Je ne peux pas me permettre de tout foutre en l'air à cause du sourire ensorcelant d'un séducteur.

Gabriel ne prend d'ailleurs pas la peine de répondre à mon dernier mail, ce qui est une bonne chose. Je caresse ma petite boule de poils souffrante, mon antidépresseur à moi, puis finis par céder au sommeil. Je m'écroule dans mon lit, Blanche à mes côtés, et je suis persuadée que je rêve de Gabriel… ce qui ne me plaît pas du tout !

Le lendemain matin, c'est la course ! Je suis en retard, Blanche est toujours malade, pire, elle a l'air de souffrir et je déteste la voir dans cet état.

– Je sais que ça ne va pas te plaire, ma douce, mais je n'ai pas le choix.

J'installe une couverture au fond d'un sac et la calle confortablement dedans.

– Tu restes avec moi aujourd'hui. Je trouverai bien un moment pour t'emmener chez le vétérinaire. Allez, du peps !

Je caresse son petit corps amaigri depuis quelques jours, puis fonce au boulot. Il est bientôt 6 h 00 !

Malgré l'heure encore matinale, Manhattan est déjà bien réveillé. Le building de Carter Corp illumine, les immenses panneaux reflétant le lever du soleil. En revanche, le hall d'entrée est encore désert. Seul le vigil est présent au milieu du vaste vestibule aux lignes modernes et luxueuses. Les hôtesses, ainsi que Lisa, n'arrivent pas avant 8 h 00.

Je me glisse dans l'ascenseur ni vu ni connu, avec mon chat sous le bras, et pénètre dans l'open space vide. Très étrange de découvrir tous ces boxes abandonnés. Je dépose Blanche près de ma chaise, à l'abri des regards, et me surprends à examiner le bureau de Matt. Celui-ci n'est pas encore arrivé, ce qui est étonnant. Gabriel a parlé d'une mission urgente. Sans l'aide de Matt, je ne suis pour l'instant qu'un bébé ignare dans la société.

Je me tourne et aperçois la lumière filtrée entre les stores tirés du bureau de Gabriel. Je prends une profonde inspiration. À chaque fois, me confronter à lui requiert une énorme énergie de ma part. C'est fatiguant de lutter contre lui… contre le désir qu'il m'inspire autant que la colère. Il n'a de cesse de m'évoquer des sentiments contradictoires. Lorsque je regarde ses mains, j'éprouve l'envie qu'il les pose sur moi, comme lorsque nous dansions, et l'instant d'après, je ne souhaite que le repousser, prendre le large parce que je refuse d'être un jouet ou une croix de plus sur son tableau de chasse.

– Reste sage, Blanche. Je reviens.

Au vu de son état déplorable, je doute qu'elle gigote beaucoup. Elle dort, roulée en boule dans le sac.

Je prends le temps d'envoyer un mail à Lisa pour lui demander de prendre un rendez-vous chez le vétérinaire d'ici ce soir, et je la remercie mille fois par avance, puis, prenant une inspiration, je me dirige vers le bureau de Gabriel.

La porte est entrouverte. Je passe la tête en toquant contre le battant et le découvre assis derrière son bureau, en train de marteler son clavier. Sans lever les yeux vers moi, il m'encourage :

– Entre. Assieds-toi. J'en ai pour deux minutes.

En m'avançant sur la moquette, je ne peux m'empêcher de le trouver magnifique. Bon sang, pourquoi faut-il qu'il soit si troublant ? Je ne fantasme pas sur les costumes cravate, d'ordinaire, mais sur son corps élancé, celui-ci lui confère un charisme animal, d'autant que son nœud est défait et que le premier bouton de sa chemise est ouvert sur sa peau au léger hâle. Il est rasé de frais et le parfum de son aftershave flotte jusqu'à moi, me laissant déroutée. Je m'installe sur le siège en face de lui et m'abîme dans la contemplation de ses yeux bleus. Ma raison me crie de cesser cette manie tout de suite, mais mon corps, mes hormones et probablement un bon grain de folie me poussent à l'inspecter de la tête aux pieds, fantasmant sans honte sur les traits masculins de son visage et sur ses gestes félins. J'en viens même à mater ses longues mains fines, avec cette énorme chevalière qui semble avoir été sertie pour lui – arrogante à souhait.

Au bout d'un moment, un sourire étire doucement ses lèvres. Petit à petit, il grignote son visage.

– Ashley, tu devrais arrêter.

Je me mords la lèvre. Je n'ai pas besoin qu'il continue cette phrase embarrassante, mais quand il vire ses yeux azurés dans ma direction, je doute qu'il me laisse m'échapper si facilement.

– Toi aussi, tu es très séduisante, ce matin.

Je grimace, ce qui ne fait qu'accroître son sourire charmeur.

– Personne n'a affirmé que tu l'étais, objecté-je.

– Ton regard ne saurait me mentir.

– Je fais dire ce qui me chante à mon regard, et il ne te trouve pas si séduisant.

– Ah ? Comment me trouve-t-il alors ?

Ses prunelles pétillent d'amusement. Je grogne, prise au piège.

– Tout juste acceptable.

Il éclate de rire en secouant la tête.

– Tu peux me faire croire beaucoup de choses, Ash, mais certainement pas ça.

– Arrogance, quand tu nous tiens, plaisanté-je.

Il hoche la tête, se régalant de la situation, puis il glisse sur le bureau un dossier vert.

– Le travail d'aujourd'hui. Un important client a signé avec nous, hier soir. Il est très exigeant. J'ai bataillé pour l'obtenir. J'ai joué à fond la carte des délais ultra compétitifs pour qu'il ne se sauve pas vers la concurrence. Je suis navré de t'imposer ça aussi vite. J'espère que Matt t'a bien mis le pied à l'étrier, tu vas cravacher. J'ai besoin d'un rendu d'ici demain soir.

J'ouvre grand les yeux.

– Demain soir ? C'est un peu…

– Serré, oui, je sais. Tu compteras des heures supplémentaires. Briefe Matt dès qu'il arrive. Je t'ai fait un mémo sur la première page. Tu as tous les détails clients. Le fichier est à jour sur l'intranet.

– OK… euh… Très bien. D'ailleurs, pourquoi Matt n'est pas là, ce matin ?

Il secoue la tête.

– Je lui ai envoyé un message, il ne m'a pas répondu.

– J'ai été la bonne poire de service, si je comprends bien.

Il me dédie un sourire compatissant.

– La plus professionnelle des deux. Je compte sur toi.

Je lui lance un salut martial, auquel il répond d'un mouvement du menton. C'est assez déstabilisant de découvrir une nouvelle facette de Gabriel. Après l'arrogant personnage, le séducteur, le danseur, le supérieur désagréable, je me retrouve face à un manager accro au travail, prêt à tout pour assurer le développement de son service. J'aime beaucoup trop cette image d'homme d'affaires mordant et sûr de lui.

Se sentant observé, Gabriel relève les yeux de son écran d'ordinateur et me percute avec la force d'un train. Un rictus fleurit aussitôt sur ses lèvres.

– Tu devrais te dépêcher, Ashley. Le temps est précieux, aujourd'hui. Nous trouverons bien un autre moment pour… que tu puisses me reluquer.

J'arrondis les yeux, folle de rage, et me redresse d'un bond. Je saisis le dossier sur le bureau comme une furie et crache presque :

– Personne ici n'a envie de te reluquer ! Arrête ça, Gabriel !

Il ricane en se laissant tomber contre le dossier de son fauteuil.

– Arrêter quoi, Ash ?

– Ce petit jeu.

– Quel petit jeu ? Je n'en vois aucun.

Il m'énerve à jouer sur les mots, à passer du chaud au froid sans arrêt, à faire semblant de ne pas voir l'évidence. Je soupire. Quelle idiote ! Bien sûr qu'il me confronte à quelque chose d'évident !

Satané Berlinetta !

Je marche jusqu'à la porte comme si j'écrasais des mines antipersonnel sous mes talons.

– Ashley, moi aussi, j'aime beaucoup te reluquer.

Je grogne de plus belle et claque la porte sous son rire moqueur.

Je m'installe à mon bureau après avoir vérifié dans quel état se trouve Blanche, mais celle-ci n'a pas bougé, toujours endormie, puis j'ouvre le dossier. En quelques lignes, je me rends compte de l'importance du client que m'a confié Gabriel. Il a rudement confiance en moi, sur ce coup-là !

Je potasse le dossier jusqu'à l'arrivée de Matt à 8 h 00. Celui-ci se déleste de sa veste et m'adresse un sourire.

– Tu fais déjà du zèle ?

Je le regarde fixement, ce qui l'oblige à grimacer.

– Quoi ?

– On a du boulot. Gabriel t'a envoyé un message hier soir pour que tu te pointes ce matin aux aurores…

Il se laisse tomber sur sa chaise et me considère avec surprise.

– Non, je n'ai reçu aucun message de la part de Gabriel.

Son sourire suivant devient carrément dévastateur, tandis que, sans me surprendre, sa phrase finit de me plonger dans une déroute totale. Mes émotions ricochent les unes contre les autres comme un jeu de quilles, et je ne suis pas certaine de pouvoir y faire face.

Matt saisit son stylet et tapote sur son bureau d'un air railleur.

– Faut croire que le boss voulait être seul avec toi.

– Très drôle. En attendant, tiens, cadeau…

J'envoie le dossier sur son bureau pour clôturer une conversation que je ne souhaite pas entretenir.

– Voverdis, gros client. Rendu, demain soir.

Il fronce les sourcils en s'emparant du dossier.

– Gabriel a décidé de te jeter dans le bain sans bouée de sauvetage.

– On dirait bien.

– Prête ?

– Parée !

Nous passons l'heure suivante à faire un brainstorming. De temps en temps, je jette des coups d'œil discrets sur Blanche, en attendant la réponse de Lisa, mais ma boule de poils continue de dormir en tremblant.

Vers 11 heures, Matt s'étire, levant les bras au ciel, et marmonne :

– J'ai besoin d'un café ! Je vais mourir par manque de caféine dans les veines !

– T'en as bu quatre depuis ce matin, grommelé-je.

– Et t'as grogné à chaque fois que je me suis levé de mon siège. Détends-toi !

– On n'a pas le temps de se détendre, bon sang.

Il affiche une moue mignonne, s'incline vers l'avant pour se rapprocher de mon poste et me lance avec un sourire charmeur :

– Je bosse avec un vrai tyran. Je vais me plaindre à la direction. Ta beauté cache en réalité un être démoniaque !

– C'est la direction qui nous a refilé le bébé. Alors vas-y, plains-toi !

– T'as raté ta vocation : talons aiguilles et cravache, Ash. Tu aurais été parfaite…

Je tape dans mes mains pour le ramener brutalement à la réalité.

– On n'est pas dans *50 Nuances de Grey*, mon chou.

– C'est pas le mec qui tient la cravache dans *50 Nuances ?*

Il m'adresse un sourire lascif et moqueur.

– Prends pas tes rêves pour des réalités et file chercher ton café. Ce que tu es pénible quand t'as pas ta dose !

Il se relève aussitôt et tout en filant dans le couloir, me lance :

– Oui, maman, je me dépêche.

Je ricane en regardant sa crinière brune disparaître derrière les boxes. Ce boulot est aussi captivant qu'épuisant, mais Matt est un formidable booster.

Je profite de son absence pour m'assurer de l'état de Blanche. Je m'accroupis sous le bureau et caresse son petit corps malingre. À mon contact, elle pousse un miaulement plaintif.

– Chut, Blanche, chut…

Elle s'étire, puis se tourne dans le sac pour changer de position. Je m'apprête à me relever lorsque je me retrouve soudain face à deux jambes longilignes, une jupe de tailleur ultra chic et, à mesure que je me remets debout, un visage glacial et un regard brun furibond.

– Je peux savoir ce que vous êtes en train de fabriquer ?

Sa voix est aussi gelée que les traits de son visage. Je ne peux nier qu'elle est très belle, mais il se dégage de son allure un sentiment de supériorité et d'arrogance encore plus prégnants que chez Gabriel. Ils n'embauchent que des personnes suffisantes et conscientes de leur potentiel dans cette boîte !

Je suis rarement désappointée, mais là, aucune excuse ne me vient en tête. Le regard de feu continue de m'épier, apparemment peu encline à lâcher le morceau qu'elle tient entre ses mâchoires.

– C'est un chat ?

Non, une pieuvre !

– Euh, oui. Elle est malade. Je dois la conduire chez le vétérinaire. Je ne pouvais pas la laisser seule chez moi. Je suis déso…

– C'est une plaisanterie ?

J'écarquille les yeux, saisie par sa hargne. Elle ne compte tout de même pas provoquer un scandale pour un chat ?

– Je crains que non.

Je soutiens son regard de plus en plus agacé.

– Ramenez ce chat chez vous. Où vous croyez-vous ?

– Je ne peux pas, rétorqué-je le plus habilement possible. Monsieur Simons m'a remis un travail urgent à effectuer.

Au nom de Gabriel, une contraction tord son visage. On dirait qu'elle s'apprête à exploser comme un ballon trop gonflé.

– Hey, salut !

La voix de Matt me remplit de soulagement. En une fraction de seconde, il désintègre l'ambiance électrique qui commençait à submerger mon box. Matt adresse un grand sourire à mon interlocutrice glaciale qui, au contact de la beauté ténébreuse de mon collègue, se radoucit immédiatement. OK…

Apparemment, Matt a un talent inné pour charmer ses collaboratrices.

La brune lui rend un sourire crispé, puis elle me fusille du regard en bonne et due forme.

– Je dois y aller. Je vous prierai de ramener cet animal à votre domicile. Nous ne sommes pas dans une clinique vétérinaire ! Matt, tu passeras dans mon bureau demain.

Elle tourne les talons aussi sec et disparaît dans le couloir sans se retourner, le port altier. Je lui tire la langue avant de me laisser tomber sur mon siège. Matt ricane, le menton enfoncé dans la paume de sa main.

– T'as ramené un chat ?

– Ouais, elle est malade.

Matt se relève, contourne nos bureaux et s'accroupit au pied de mon fauteuil. Il tend la main vers le petit animal souffreteux et caresse sa tête qui se dresse aussitôt à son approche.

– Elle est mimi. Salut, toi. Oh, on dirait que ça ne va pas fort. Je suis sûr que ta maîtresse s'occupera bien de toi. Ne t'inquiète pas. Ne fais pas attention à notre coincée de service. Personne ne te jettera dehors.

J'écoute Matt réconforter mon chat, ou plutôt, me réconforter à sa manière. En se relevant, il me décoche un clin d'œil et retourne s'asseoir en m'expliquant :

– Tu viens de rencontrer notre douce et charmante Cassidy Sparke. Une putain de bombe, mais une langue de vipère.

– J'ai cru le remarquer, en effet. Visiblement, elle n'aime pas les animaux.

– En réalité, je pense que c'est plutôt toi qu'elle n'aime pas, mais rassure-toi, le beau sexe sans distinction lui déplaît profondément.

Je ricane face à son sous-entendu latent.

– Mais quoi que tu puisses penser d'elle, profil bas, Ash. C'est la directrice des ressources humaines.

Je manque de m'écrouler tête la première sur mon clavier.

– T'es pas sérieux ?

– Oh que si ! Elle en a fait tourner plus d'un en bourrique !

– Fantastique ! Je viens de faire très bonne impression à la DRH.

– Je te donnerai des tuyaux pour entrer dans ses petits papiers.

– À mon avis, je ne possède pas le matériel adéquat pour lui plaire. J'ai cru qu'elle allait me désintégrer avec ses rayons lasers.

Matt ricane.

– Ou te piétiner à coups de talons aiguilles.

– Oh ! Tu crois qu'elle mange les chats ?

Tout à notre petit jeu sadique, nous partons d'un grand éclat de rire tous les deux, avant de nous concentrer de nouveau sur notre travail.

En ouvrant un nouveau dossier sur Voverdis, mon regard se fige sur l'icône voisin. Ma souris reste suspendue au-dessus du dossier jaune : « Cassidy_Private ». *Non ? C'est une blague ?*

Un sourire délicieusement torve ourle mes lèvres. Oh vilaine curiosité ! *Qui es-tu, Cassidy Sparke ? Qu'est-ce que tu caches sous tes couches d'arrogance ?*

J'adresse un bref regard à Matt, concentré sur sa tablette, en train de tracer des lignes. Ravagée par l'indiscrétion, je m'apprête à cliquer sur l'icône pour découvrir ce que la DRH a à dissimuler, lorsque, brusquement, mon téléphone se met à sonner. Comme si quelqu'un venait de me prendre en flagrant délit de voyeurisme, je bondis sur mon siège, arrachant un rire moqueur à Matt. Je décroche, toute tremblante, en grognant vis-à-vis de mon collègue. Heureusement, la voix de Lisa, ma bienfaitrice, fait redescendre ma tension. Quelle gourde je suis ! Ça m'apprendra à jouer les curieuses.

Lisa me donne l'heure de mon rendez-vous à la clinique vétérinaire, mais comme je suis coincée au boulot, elle se propose gentiment de conduire Blanche après son travail. Je la remercie une nouvelle fois chaudement. Lisa est un amour, Matt a raison. Elle se plie en quatre pour satisfaire les autres. Je me promets de l'inviter à dîner pour la remercier.

Nous bossons comme des fous sans relâche. Lorsque Matt et moi sommes enfin prêts à quitter Carter Corp, les boxes sont vides. Seuls les néons donnent le sentiment que la société tourne encore. En nous dirigeant vers l'ascenseur, Matt s'étire en bâillant.

– Je suis éclaté de fatigue !

Manquant cruellement de volonté, mon regard se tourne vers le bureau de Gabriel encore allumé. Lui aussi, il travaille encore.

– Moi aussi, réponds-je d'une voix vague.

Matt suit mon regard et me donne un coup d'épaules.

– Ne flashe pas sur le boss, Ash. Mauvaise idée.

– Je ne flashe pas sur lui ! Seulement… hmm… il m'intrigue.

– Comme beaucoup de femmes. Le côté séducteur, froid et calculateur, non ?

– Je ne suis pas franchement sensible au charme des manipulateurs.

– Et pourtant, ils séduisent sans aucun mal.

– Je préfère les gars gentils.

– Comme moi ?

Il me lance un petit sourire en coin.

– Mais toi, tu es du genre à appeler toutes les femmes « Princesse » et à les aimer sans discernement.

– Parce que j'aime les femmes. Je ne les manipule pas. Je ne vois pas où est le mal.

Nous nous glissons dans la cabine d'ascenseur tandis que je ricane.

– Parce que tu n'en choisis aucune.

Il me dédicace une moue attachante, puis admet sans honte :

– Sans doute parce que je n'ai pas trouvé.

– Ça viendra.

– Je ne suis pas pressé. La vie est courte. Autant en profiter, non ?

L'ascenseur entame sa descente tandis que je lui claque dans la main, en songeant que j'aimerais beaucoup en profiter, mais que ce n'est clairement pas une bonne idée.

Matt m'embrasse sur la joue dans le hall, puis se sauve récupérer sa moto au parking tandis que je me dirige vers l'accueil. Lisa m'attend avec un petit panier, dans lequel repose Blanche. Elle me la tend avec son sourire habituel.

– Voilà ta maîtresse, Blanche. Ne t'inquiète pas, Ashley. Le vétérinaire pense qu'elle doit juste jeûner quelques jours et elle ira mieux ensuite.

– Je te remercie. Je ne sais pas ce que j'aurais fait sans toi.

– Pas de souci. C'est bien de pouvoir se reposer un peu sur les autres, non ?

J'acquiesce, même si j'ai perdu cette habitude depuis un moment déjà. Depuis le décès de ma mère, en réalité. De jeune fille couverte d'attention, je me suis retrouvée seule du jour au lendemain, impossible de compter sur un père inconsistant et absent. Ma mère m'a appris à être une femme forte et ambitieuse, cependant, avec son départ précipité, le cancer l'ayant ravagée et me la volant sans état d'âme, j'ai mis du temps à me reconstruire, à me connaître et, globalement, à avancer dans la vie. Tous les repères que je possédais ont volé en éclats, mais je ne voulais pas la décevoir. Elle avait fait tellement de sacrifices pour moi, pour l'avenir qu'elle souhaitait me bâtir. C'aurait été un sacrilège que d'offenser sa mémoire en me laissant aller à la dérive, même si c'était tentant, même si, par moments, j'avais envie de tout envoyer valser. Avant, je pouvais compter sur elle pour chaque instant de ma vie. Depuis sa mort, je m'occupe moi-même de mes problèmes, de ma vie, de mes soucis. Je n'ai personne à qui les confier et, jusqu'à présent, ça ne me gênait pas plus que ça. Pourtant, Lisa a ce petit quelque chose qui me rappelle ce que j'ai perdu. Elle réveille des sentiments enfouis, calfeutrés derrière mes couches de protection.

– Ça te dit un verre pour te détendre avant de rentrer ? me propose-t-elle.

Comment refuser ?

– C'est moi qui t'invite.

– Avec joie !

Chargées de Blanche dans son panier, bras dessus bras dessous, comme si c'était naturel d'être avec Lisa, nous fonçons au Starlite boire des bières et parler de nos vies, de nos amours, de nos espoirs ou de nos désespoirs. C'est agréable de se laisser porter, même si je lui dissimule la principale préoccupation qui hante mon esprit ces derniers jours. Ne mettre aucun mot sur Gabriel efface temporairement la réalité de mon désir de le voir. *Maintenant.*

Je mets ce caprice sur le compte de l'alcool qui déferle dans ma gorge, mais au fond, je sais très bien ce qu'il en est. J'éprouve l'envie redoutable, presque capiteuse, de croiser son regard sulfureux, son sourire moqueur et de sentir ses mains se poser sur mes hanches.

J'attrape mon téléphone et, sûrement poussée par l'ivresse, je tape sur mon écran :

Ashley : [J'ai envie de te voir.]

La réponse ne se fait pas attendre et me glace de l'intérieur.

Gabriel : [Tu oublies ta place, Ashley. Nous nous verrons demain au boulot.]

Comment ose-t-il me rembarrer de cette façon ? À quoi joue-t-il sans arrêt ?

Je suis tellement furieuse que j'enchaîne les verres. Peu importe ! Je compte bien oublier Monsieur Berlinetta pour ce soir.

8

LAISSE-MOI TE TOUCHER... TE HAÏR ?

Ashley

Le lendemain, la journée est intensive. Avec Matt, on échange, on débat, on rigole. La caféine déferle dans nos veines. Nous déjeunons au bureau, Lisa ayant eu la gentillesse de nous amener des sandwichs. Je n'ai pas aperçu Gabriel et je n'ai pas cherché à le voir. Me plonger dans le travail à corps perdu m'empêche de songer à cette façon mesquine de me renvoyer bouler alors que je… je ne sais même pas ce qui m'a pris d'agir aussi sottement. Je me promets de ne plus boire une goutte d'alcool – même si je sais pertinemment que je ne tiendrai jamais cette promesse – et, surtout, de tirer un trait sur mon supérieur sexy.

Quand nous refermons le dossier Voverdis, la nuit est tombée. Les bureaux ont été une nouvelle fois désertés sans nous. Matt bâille à s'en décrocher la mâchoire, puis fait craquer les articulations de ses bras en s'étirant.

– Bon sang, je suis mort.

– J'espère que ce n'est pas comme ça tous les jours…

– Déjà envie de nous quitter ?

– Non, tu ne te débarrasseras pas de moi si facilement.

– Tant mieux, tu es ma nouvelle bouffée d'oxygène au milieu des costumes cravates, Ash. Ne me fais pas faux bond.

– Aucun risque.

Il se redresse en m'offrant un sourire, puis enfile sa veste et saisit son casque de moto. Il regarde sa montre.

– Ça ne t'ennuie pas de le remettre à Gabriel ? Je dois y aller. Mon frère doit m'attendre. Je suis déjà très en retard.

– Je ne savais pas que tu avais un frère.

– Oh, tu ignores encore beaucoup de choses sur mon compte. J'ai une relation très conflictuelle avec mon frère. Un roman à lui tout seul.

– Très bien, vas-y. Je m'occupe de ça, dis-je en pointant le dossier vert bien rempli. Passe une bonne soirée.

– Déjà bien entamée. Bonne nuit, Ash. À demain.

Il se sauve sans s'attarder tandis que je fais pivoter mon siège en direction du bureau illuminé de Gabriel. J'ai autant envie de m'y rendre que de me pendre à l'un des lustres de Carter Corp. Je soupire profondément, prends mon courage à deux mains. Ça ne sert à rien de repousser l'inévitable. Je travaille avec lui ; je suis amenée à le voir tous les jours. C'est une réalité qui devient bien cruelle.

Je me lève, arpente la moquette, puis toque à sa porte. Un « Entrez » froid me répond. Je pousse le battant et m'avance vers son bureau en tentant de fixer un point par-dessus son siège, en direction des buildings et des lumières que crée la ville alors que le crépuscule se déploie. Je feins de ne pas sentir son regard parcourir mes formes et le maudis intérieurement de m'imposer cet examen après la remise en place de l'autre soir.

Je dépose le dossier sous son nez et me plonge malgré moi dans son regard opalescent.

– Voverdis, bouclé.

Il jette un vague coup d'œil sur le dossier et hoche la tête.

– C'est très bien, je te remercie.

Il l'attire jusqu'à lui.

– Je regarde ça ce soir, je te ferai un retour dès demain, avant de l'envoyer au client.

J'acquiesce. Ses prunelles ne dévient pas leur route, ce qui a la fâcheuse tendance à crisper tous les nerfs de mon corps.

– Bien.

Froide. Froide. Froide. Je me répète ce mot-là en boucle pour ne pas perdre contenance.

Je me redresse, puis commence à tourner les talons lorsque je juge que la conversation est close. Gabriel ne pipe mot et me regarde m'éloigner. La moutarde me monte lentement au nez. Je serre les poings, crispe la mâchoire puis, folle de rage, je pivote et lâche comme une bombe :

– Comment peux-tu m'inviter à déjeuner en ne cessant de me séduire pour ensuite me renvoyer bouler comme une malpropre de cette façon ? C'est quoi ton problème ?

Le regard de Gabriel ne me quitte pas. Je me sens toute petite et vulnérable face à son air glacial. Plus aucune trace de tendresse ou de séduction ne perdure sur ses traits. Comment peut-il changer de visage aussi vite ?

Je pousse un grognement furieux.

– Rah, laisse tomber. Il est tard. Bonne soirée.

Je me détourne de lui quand il effectue un mouvement, et me dirige vers la porte sans attendre. Au moment de l'ouvrir en grand, sa main se plaque contre le battant, la claquant brutalement sous mon nez. Son corps se moule au mien, sa respiration se couche dans mon cou. Sa main gauche se pose de l'autre côté de ma tête, m'interdisant toute échappatoire. Sa bouche se rapproche de mon oreille et il chuchote d'une voix rauque :

– Et toi, Ashley, à quel jeu joues-tu avec moi ? Tu me fais comprendre qu'il ne sert à rien de te séduire, que je ne te plais pas et pourtant tu me laisses te toucher, t'inviter, puis tu m'envoies des messages on ne peut plus explicites. Tu désires me voir. Me voir comment ? De quelle manière dois-je interpréter ton attitude ?

– C'est toi qui oscilles sans cesse entre le chaud et le froid. Tu prétends ne pas vouloir d'histoire. Pourquoi me draguer, alors ?

– Parce que j'ai envie de toi ! s'exclame-t-il, presque furieux face à ses propres désirs, avant d'enfoncer son nez dans mon cou, créant une ligne de frissons le long de ma colonne vertébrale.

Le silence se répand une longue seconde entre nous, seulement rythmé par les battements chaotiques de nos cœurs, puis il ajoute dans un murmure :

– Je ne devrais pas te désirer parce que tu es mon assistante et que tu ne te contenteras pas d'une nuit sans lendemain.

J'essaie de rire, mais ma prestation est peu convaincante.

– Tu n'en sais rien. Ça pourrait me plaire.

– Vraiment ?

Sa main se pose sur ma hanche, faisant voler en éclat toute mon audace. Il continue de chuchoter à mon oreille :

– Il m'arrive rarement de me tromper. Tu n'es pas une femme d'un soir, Ash. Tu es le genre de femmes qui s'incruste sous la peau jusqu'à faire regretter de l'avoir rencontrée…

– Et tu es le genre d'hommes qui blesse.

– Je suis celui qui blesse, pas le contraire, me confirme-t-il, sa bouche caressant l'espace sous mon oreille.

– Tu n'as qu'à cesser de m'envoyer des signaux contraires. Je me tiendrai éloignée.

– Dans ce cas, ne me dis pas que tu as envie de me voir. Putain, Ash…

Ses lèvres frôlent ma nuque, élançant mon corps d'un violent frémissement. Son nez me hume. Ses doigts s'enfoncent plus fort dans ma hanche. Son corps se rapproche encore, me permettant de sentir l'ampleur de son désir. Tous ses muscles sont tendus contre mon dos. Ses grands bras m'enlacent, tandis que je m'affaisse contre lui.

– Toi aussi, tu n'arrêtes pas de brasser le chaud et le froid sans arrêt, murmure-t-il contre ma peau, sa bouche traçant une ligne de baisers le long de ma nuque. Si tu savais à quel point j'ai envie de te toucher… C'est une putain de torture, Ashley.

Ses mains remontent le long de mes hanches sur mon ventre et glissent vers le renflement de ma poitrine.

– Effleurer ta peau, embrasser ton corps, caresser tes seins…

Ses doigts en frôlent l'arrondi, m'électrisant de la tête aux pieds, avant de poursuivre leur route, jusqu'à ce qu'ils se nouent autour ma gorge. Il me bascule la tête en arrière, sur son épaule, et ses yeux bleus s'incrustent dans les miens.

– Faire taire cette petite bouche insolente.

Son pouce masse ma lèvre inférieure avant de me forcer à entrouvrir la bouche. Perdue dans ses yeux, je lèche son doigt en écoutant tous les warning de protection s'éteindre dans mon esprit sans soulever la moindre protestation. Ils sont balayés d'un revers par la présence tentaculaire de Gabriel.

Celui-ci ferme un instant les paupières, reprenant son souffle, comme si m'enlacer le faisait souffrir. Sa main autour de mon cou se resserre et son corps se blottit davantage contre le mien, écrasant sa puissante érection contre mes fesses.

– Laisse-moi te posséder, Ash, susurre-t-il contre mon visage de ce ton sans concession, brûlant, dictatorial.

Je continue de lécher son doigt avec avidité, manquant clairement de jugeote, mais quand il le retire pour saisir mon sein dans sa paume, je réponds en suffoquant :

– Non…

– Laisse-moi être en toi.

– Non…

Je halète lorsque son pouce et son index pincent mon téton.

– Laisse-moi te goûter…

– Non.

Son regard ancré au mien me transperce de désir. Le bleu de ses prunelles semble pulser, s'approfondir, comme si ces nuances azurées variaient au rythme de son envie.

– Laisse-moi te caresser.

– Non…

Mon souffle se tarit lorsque sa main descend le long de mon ventre. Je bascule davantage contre son torse. Il remonte ma jupe sur mes jambes et en franchit l'étoffe. Sa main glisse contre mon sexe, créant une ondée de plaisir et de frustration, et l'enveloppe par-dessus mon sous-vêtement, chaude et puissante. Je gémis éhontément, ses lèvres à quelques centimètres des miennes. Son corps se tend au son que j'exhale contre sa peau.

– Laisse-moi te faire jouir, Ash, chuchote-t-il d'une voix rauque.

– Non, Gab…

Ses doigts effleurent mon clitoris et provoquent une armada de décharges électriques dans mon bas-ventre. Par réflexe, je saisis son poignet pour l'empêcher de poursuivre, mais je n'ai pas le courage de le chasser. Son index et son majeur vont et viennent contre mon intimité et allument tous mes signaux de détresse sensorielle. Mes jambes flageolent. Son bras me retient, passant contre mon ventre et ma poitrine.

– Laisse-moi te lécher, Ashley. Laisse-moi te prendre. Laisse-moi te faire gémir. Putain, Ash, laisse-moi te déshabiller.

– Non… non… non…

Son index passe sous mon string et, à son contact, mon esprit vole en éclats, dévoré par le désir. Son doigt me découvre, m'explore, étire mes chairs jusqu'à mon clitoris qu'il malmène délicatement, propulsant mon envie à son paroxysme. Je gémis de plus en plus fort contre ses lèvres. Gabriel me fixe avec une telle intensité que je suis à deux doigts de flamber comme une torche. Sa bouche m'effleure sans m'embrasser et j'en crève, de ne pas le sentir. Comme du désir que provoque en moi ce doigt inquisiteur. Bon sang, il souhaite me rendre folle, que je le supplie de me faire l'amour dans son bureau. Une nuit. Pas de lendemain. Pas de contraintes ou de conséquences. Mais on bosse ensemble ! Comment cela pourrait-il être possible ? Il est bien trop sexy, tentaculaire, oppressant… Je veux plus d'une nuit. Je veux le sentir me combler, m'envahir. Je veux le toucher, le posséder, le garder prisonnier entre mes cuisses pour effacer son petit air arrogant. Une nuit ne me suffira jamais pour taire mon désir.

Mon Dieu, je vais me déliter sous ses caresses.

Je pousse un gémissement rauque lorsque son index s'enfonce soudain en moi, manquant de me couper les jambes de plaisir. Je m'accroche à lui, basculant de plus en plus contre son corps.

– Bon sang, Ashley…

Il ferme les paupières, comme s'il savourait notre contact, et lorsqu'il les ouvre à nouveau, il murmure contre mes lèvres :

– Si chaude, si douce…

Sa voix devient encore plus basse, lorsqu'il ajoute :

– Laisse-moi te faire l'amour.

Je ne réponds même plus, perdue dans mon plaisir, heurtée de tout côté par sa force et son intensité. Il grogne contre mon oreille, passe sa langue sur son contour, irradiant ma peau à son passage. Il me renverse brusquement contre le battant de la porte. Le choc de mon corps contre le bois résonne dans la pièce. Il se moule contre moi et presse sa main plus sauvagement contre mon sexe, malmenant maintenant mon clitoris de son pouce. Ses doigts s'enfoncent en moi plus profondément, relâchant des nuées de bonheur affamé et vorace. Les jambes engourdies, je ressens, au contraire, le moindre frémissement de mes muscles, le moindre contact de son corps contre le mien, de son souffle sur ma nuque, de ses grondements de désir qui s'échappent de ses lèvres. Son regard me brûle la peau à mesure que je me perds dans le plaisir, dévorée, happée par la pression de sa main en moi. Je sens monter l'onde de choc qui me laissera tremblante et dévastée. Elle devient énorme, colossale, tandis que Gabriel resserre sa prise sur moi. Pendant un court instant, je me sens en sécurité dans cet espace entre ses bras. Tout commence à vaciller sur ses fondations. L'air devient électrique, chargé. Je gémis de plus en plus fort tout en tentant de retenir mes cris derrière le barrage de mes dents serrées. Je crispe les poings sur le battant, mes jambes trémulent. L'orgasme commence à distiller sa délivrance empoisonnée, transperçant mon bas-ventre, ma poitrine et chaque parcelle de chair mise à nue lorsque soudain...

– Gabriel travaille toujours tard, ça ne devrait pas poser de problème... Oui, je te rappelle dès que je l'ai vu...

Des bruits de pas retentissent dans le couloir et cette voix masculine sortie de nulle part déchire la plénitude qui commençait à m'envahir.

Gabriel grogne et recule aussi sec.

– Merde.

Il me pivote face à lui et englobe mon visage de ses mains puissantes pour juger de mon état. Je suis déboussolée. Je n'arrive plus à réagir, à articuler un mot.

Ce n'est pas en train de se produire ! Non !

Ma jouissance vacille. J'ai encore l'impression de sentir ses doigts en moi, et là, ses doigts rabattent ma jupe sur mes cuisses et me poussent brutalement jusqu'au siège. Il me force à m'asseoir, ses mains sur mes hanches pour m'aider à conserver mon équilibre. Je voudrais l'insulter un peu, parce que je devine l'air fripon et moqueur sur ses traits face à mon état déplorable, au bord de l'apoplexie.

Non, non, ce n'est pas en train de se produire !

Gabriel n'était pas sur le point de me donner un orgasme fantastique pour le réduire en cendres quelques secondes plus tard ?

– Ashley, reviens parmi les vivants...

– Je te déteste ! bredouillé-je, la mâchoire crispée, les poings refermés sur le col de sa veste.

– Je n'y suis pour rien, ricane-t-il en ôtant mes mains.

– Si, tout est de ta faute !

Il rit en se redressant, son regard bleu flamboyant.

Au moment où il contourne son bureau à toutes jambes pour s'installer, quelqu'un frappe à la porte. C'est à ce moment-là que mes neurones se reconnectent violemment. Mon bas-ventre se récrimine et me brûle de désir. Le regard licencieux de Gabriel semble me déshabiller lorsqu'il s'assoit dans son fauteuil. Un sourire amusé et suave lisse ses lèvres pleines, me donnant envie de mordre à pleines dents dans leur chair appétissante.

– Partie remise, Ashley….

Je lâche un juron tellement obscène qu'il rigole avant de répondre :

– … Oui, entrez.

À ce moment-là, je voudrais m'enterrer dans les sous-sols de Carter Corp.

9
LAISSE-MOI TE RÉCONFORTER

Ashley

Frustration quand tu nous tiens!

Je rumine dans mon salon. La télé déverse ses immondices publicitaires et tout ce à quoi je suis en train de penser, ce sont aux doigts de Gabriel, au bourbier dans laquelle je viens de me fourrer, qui plus est en parfaite connaissance de cause. Je l'ai laissé me toucher, m'envahir, pénétrer mon espace vital et en plus, j'en aurais volontiers redemandé. Une nuit, n'est-ce pas? Une seule nuit? Est-ce possible, envisageable?

J'ai déjà eu quelques nuits faciles lorsque ma mère est décédée. Je me suis noyée quelques temps dans l'alcool et surtout la fête. J'ai fréquenté des hommes peu fréquentables, plus soucieux de ma libido déchaînée que de mon intérêt spirituel. J'ai aimé ça le temps que ma dérive a duré: me perdre pour ne pas penser au manque, à la douleur que suscitait son absence, jusqu'à ce que je réalise que je me perdais en chemin, dans tous ces lits. Ça ne me ressemblait pas le moins du monde. Auparavant, mes relations étaient agréables, posées, pas vraiment passionnelles, mais je les vivais bien. Cependant, Gabriel ne m'inspire pas le calme ou les week-ends à la plage. Il m'évoque le feu, la brûlure sur la peau, la violence des sentiments. Rien ne peut être simple, avec lui. Il est trop ambivalent en permanence, jouant sur les mots, sur le désir, et sa façon de virer de bord sans arrêt est déroutante, ce qui m'attire autant que cela m'effraie. Gabriel peut rapidement devenir une drogue délétère. Je peux me nourrir de lui, mais si je m'attache, je sais pertinemment qu'il me piquera, me volera quelque chose, me perdra en cours de route. Ce n'est pas le genre d'hommes dont on doit tomber amoureuse. C'est le genre d'hommes qu'on baise et qu'on oublie… Alors pourquoi suis-je en train de dériver sur son visage, son regard me hantant comme si son spectre était dans la pièce près de moi ?

Mon téléphone vibre soudain sur la table basse. Je le fixe comme si un monstre en éveil venait de s'élever du goulot de ma bouteille de bière. Blanche soulève brièvement sa tête de mes cuisses au son de mon portable avant de retomber dans sa somnolence. Il est 1 h 00 du matin, il n'est pas déraisonnable de penser que l'expéditeur du message n'est pas mon père. D'une main tremblante, j'attrape mon téléphone et allume l'écran.

Gabriel : [Dans quel état es-tu ?]

Je grogne. J'imagine tellement son visage condescendant en écrivant son message.

Ashley : [Je me porte comme un charme. Merci de t'en soucier.]

Gabriel : [Bon sang, Ash, si tu savais à quel point j'avais envie de virer cet abruti de mon bureau, tout à l'heure.]

Sa confession me réchauffe le cœur. Je m'apprête à répondre lorsqu'un nouveau SMS me coupe dans mon élan :

Gabriel : [Si tu savais à quel point tu étais excitante, les joues fardées de rouge, la jouissance au bord de te submerger.

Ashley : [Ton ego d'homme a dû s'en trouver flatté.]

J'essaie de plaisanter pour tenter de retrouver la maîtrise de mes sens. Gabriel est capable de m'enflammer en trois secondes. C'est inadmissible de perdre tout mon self-control sous un regard ou un geste de lui.

Gabriel : [Ce n'est pas mon ego qui était flatté.]

Je glousse comme une idiote.

Gabriel : [Je suis aussi frustré que toi, Ash. Très frustré.]

Ashley : [J'ai appelé mon voisin. Ça a réglé le problème.]

Gabriel : [Il a dû apprécier l'incendie que j'ai provoqué.]

Ashley : [Beaucoup, mais il a rencontré des difficultés pour l'éteindre.]

Gabriel : [Voilà ce qui arrive quand on se contente d'une copie !]

J'ai l'impression de sentir encore ses doigts pétrir mon corps, sa bouche souffler contre mon visage tout ce qu'il rêvait de m'infliger. Je bascule la tête contre l'accoudoir et m'étends sur le divan. Je tapote mon téléphone sur mon front. Tout ceci est une très mauvaise idée, mais je ne parviens pas à m'en empêcher.

Ashley : [L'original m'a abandonnée affamée et brûlante.]

Je rigole en envoyant mon message.

Gabriel : [Ash… Redis-moi ces mots-là demain.]

Je fixe mon portable. Demain ? Il est prêt à recommencer ?

Mon cerveau turbine à plein tube. Mes doutes m'assaillent. Je ne suis pas sûre que ça soit l'idée du siècle et pourtant, je crève d'envie de le voir, de le toucher, de le sentir à nouveau. Le Gabriel érotique me plaît beaucoup trop pour assurer la survie à ma santé mentale.

Ashley : [Demain ?]

J'attends une réponse à mon message pendant vingt minutes, les tripes nouées, mais celle-ci ne vient pas. Je lâche un petit rire maussade. Prévisible, non ? Monsieur Berlinetta n'aime pas les lendemains. J'hésite à envoyer un autre message pour l'incendier, mais cela ne ferait que me rabaisser. J'ai bien trop de fierté pour lui montrer que son absence de réponse et sa façon détournée de me rembarrer me blessent davantage que je ne veux l'admettre. Je me flanquerai des claques au visage. À quoi puis-je m'attendre de sa part ? Il ne fausse pas les règles. Il les a édictées. Je peux m'estimer prévenue !

10
LAISSE-MOI T'EN VOULOIR

Ashley

J'ai été chargée à bloc toute la journée. Une véritable pile électrique montée sur ressort. Matt se moque de moi, même s'il ne connaît pas les raisons de ma nervosité. À 17h30, il ramasse ses affaires et, étonné, me surprend en train d'ouvrir un nouveau dossier.

– T'as pris goût aux heures sup ?

Je lève un sourcil, amusée.

– Non, pourquoi ?

– C'est l'heure de la débauche.

– Oui, je sais, mais j'ai deux ou trois trucs à finir avant de partir.

Provoquer une rencontre avec Gabriel, lui crier dessus, éventuellement lui violer la bouche… Non, l'insulter, bien meilleur pour ma santé.

Il secoue la tête avec un sourire peu crédule. Son regard se dirige brièvement vers le bureau de notre manager, mais je feins de ne pas m'en rendre compte. Il s'appuie contre la cloison de notre box et, à voix basse, me décoche :

– Attention, Ash, Icare s'est brûlé les ailes à tenter de s'approcher du soleil.

– Je ne suis pas Icare. Je n'approche pas le soleil, réponds-je, même si une petite boule stagne au fond de mon estomac. Gabriel n'a rien d'un soleil ; il ressemble davantage au Styx !

– Oh ! Une traversée de l'Enfer, mais tant que tu n'oublies pas les dangers, tout ira bien, insiste-t-il en secouant la tête, faussement exaspéré.

– Je suis toujours prudente.

– Tant mieux, ça m'ennuierait beaucoup que tu te fasses mal en tombant.

Je relève la tête et lui offre un large sourire, touchée par son attention.

– Ne t'inquiète pas pour moi, Matt, je suis une grande fille.

Il acquiesce en me rendant mon sourire, puis s'approche et dépose un baiser sur ma joue.

– À demain, Princesse.

– Bye, beau prince.

Il m'adresse un signe de la main, puis disparaît dans le couloir en fredonnant, se moquant de nos collègues qui travaillent encore. J'envie parfois son attitude désinvolte, assurée et charmeuse. J'aimerais être capable d'ériger des barrières sous couvert de l'humour, dissimulant derrière mes sourires mes peines et mes tourments. Matt est très doué pour se camoufler derrière son air rieur et nonchalant, mais ce n'est qu'une façade de granit. Au fur et à mesure des journées passées à ses côtés, je m'en suis vite rendu compte. Pour une raison inconnue, il me laisse entrer dans son espace, m'y invite même et me laisse m'installer et prendre de la place.

Quitte à attendre que l'open space se vide, je me lance à corps perdu dans le travail et en profite pour avancer sur mes tâches en cours. Je réponds à quelques mails, promets à Lisa une nouvelle soirée entre filles, classe les derniers documents de Voverdis et sans m'en rendre compte, il est déjà 20 h 00. Autour de moi, les bureaux se sont désertifiés. Le soleil s'est couché et les premières lumières des buildings creusent le crépuscule. Je me relève, m'étire en fixant les bâtiments qui s'étendent à perte de vue sur l'île de Manhattan. J'ai toujours rêvé de travailler ici. J'ai encore du mal à réaliser que mon vœu a été exaucé, même si tout ne se passe pas entièrement comme je l'avais espéré.

Je me détourne de la grande baie vitrée et repère la lueur des néons dans le bureau de Gabriel. Prenant mon courage à deux mains pour régler cette désagréable situation, je me dirige vers lui. Dans le reflet d'une vitre, j'arrange ma coiffure et déboutonne le premier bouton de mon chemisier bleu. Sans le vouloir, celui-ci est assorti à ses prunelles addictives.

Je prends une grande inspiration et m'apprête à cogner contre sa porte lorsque je surprends deux voix en pleine conversation. Merde ! Je pensais qu'il serait seul. Je vais être obligée de patienter encore un peu pour pouvoir le saisir entre quatre yeux. Je m'apprête à tourner les talons, mais me fige en entendant le mot « Voverdis » s'échapper des lèvres de Gabriel.

Son interlocuteur répond :

– Tu as produit un travail fantastique, Gab. Tu as vraiment assuré sur ce coup-là.

– C'est le job, se gausse Gabriel. J'ai passé deux jours sur le dossier à le peaufiner pour séduire Voverdis. Le travail amassé vaut le coup, c'est l'essentiel. J'aime quand ça paie.

Pardon ?

Je me crispe de la tête aux pieds en surprenant cette dernière phrase. Je dois avoir l'air d'une fouineuse, le nez collé au battant, les deux mains calées et crispées sur le chambranle. Mon regard doit ressembler à un faisceau laser en surveillant le couloir, m'assurant que personne ne puisse me surprendre en pleine indiscrétion. Mais je n'en reviens pas ! Gabriel n'est pas en train de faire ce que je pense tout de même ?

– Je te revaudrai ça, lance son interlocuteur. On peut compter Voverdis parmi nos nouveaux clients. Carter est ravi, et moi aussi. Félicitations !

J'entends du mouvement et, comme une gourde, je panique. Sur mes talons hauts, je détale, manquant de m'étaler à cause de ma jupe fuseau. Je m'arrête à l'angle du couloir et me dissimule derrière un box. Mon Dieu, heureusement qu'il n'y a personne ! La honte autant que la colère pourraient me dévaster en l'instant si quelqu'un me surprenait.

La porte du bureau de Gabriel s'ouvre. Les deux hommes continuent de discuter de Voverdis et de l'incroyable intervention de Gabriel. Leurs ronds de jambes me donnent la nausée.

Dès que le battant se referme, je penche la tête sur le côté et observe la silhouette de Mark Leviels, le directeur de filiale, en train de rallier l'ascenseur. Je n'ai jamais eu l'occasion de lui parler, en dehors de ma première rencontre avec Gabriel devant son bureau, mais je le reconnais immédiatement. Cheveux bruns volontairement décoiffés, petites lunettes sexy juchées sur le nez, costume impeccable, *work addict* en puissance.

Poussée par un élan d'adrénaline, je fonce vers l'ascenseur en courant du haut de mes talons et lui fais signe de retenir les portes. J'arrive à sa hauteur, essoufflée, en me demandant ce que je suis en train de foutre. Tout ça à cause de Gabriel ! Je grogne intérieurement. Je sais très bien ce que je fabrique : je dois savoir s'il n'est pas en train de me mener en bateau !

Mark Leviels m'adresse un sourire charmant, quoique discret. Il appuie sur le bouton du rez-de-chaussée, après m'avoir saluée d'un ton policé. Je lui souris beaucoup trop largement, un brin nerveuse. Il ne faudrait pas qu'il pense que je tente de le séduire. Je n'ai vraiment pas besoin d'une telle chose. Je me rappelle aussitôt que j'ai déboutonné mon corsage pour rendre visite à Gabriel et que je dois arborer une allure pour le moins sexy, mais j'essaie d'occulter cet aspect de mon physique pour me concentrer sur les paroles appropriées. Je décide de foncer dans le tas. Advienne que pourra !

– Monsieur Leviels, j'espère que vous avez été satisfait du dossier de Voverdis.

Ses prunelles irisées de vert se posent sur moi avec attention.

– En effet, répond-il prudemment.

– La tâche a été difficile en un laps de temps aussi court, mais ce fut une expérience très enrichissante pour ma part.

Je tente un coup dans l'eau. Mark ne me quitte pas des yeux, mais je ne parviens pas à déterminer ce qu'il pense. Il demeure très lisse, impeccable.

– Je n'en doute pas. Gabriel m'a, en effet, parlé du lourd travail que cela a représenté.

Oui, mais accompli par qui ?

Je me force à sourire, tandis que la cabine dévale les étages.

– Je suis nouvelle dans l'entreprise. J'ai fait mes armes avec ce dossier, mais Gabriel et Matt ont été d'excellents instructeurs…

Cette fois, il me dévisage comme si j'étais une extra-terrestre. Je ravale la flopée de jurons que je réserve à Gabriel. Cet enfoiré s'est approprié notre travail ! Cette fois, c'est clair. Mark Leviels n'a aucune idée de qui je suis ni du travail que j'ai fourni sur ce dossier. Ce connard se réserve tous les lauriers !

Il semble réfléchir à ce qu'il convient de répondre, puis m'octroie un sourire poli :

– Je suis ravi de constater que les nouveaux éléments de la société s'intègrent si vite et si bien, d'autant plus dans des circonstances difficiles. Je ne manquerai pas de rappeler à Gabriel votre dévouement.

Je peine à déglutir tout en forçant mon sourire à demeurer sur mes lèvres.

– Je vous remercie, mais je suis seulement contente de savoir que le travail vous convient.

– Parfaitement.

Les portes de l'ascenseur s'ouvrent enfin, mettant un terme à mon calvaire grandissant. Mark Leviels s'efface pour me laisser sortir de la cabine.

– Mademoiselle ?

– Ashley Styles.

– J'ai été ravi de faire votre connaissance. Vous avez réalisé un excellent travail sur Voverdis… avec Matt…

Il paraît gêné. Je le serais aussi si je découvrais que mon manager tente de s'approprier tout le triomphe d'un projet dans le but de… quoi ? Monter les échelons de la société plus vite ? Écraser les autres ? Me réduire à néant au passage ?

Il me tend la main, que je m'empresse de serrer.

– Je vous souhaite une bonne soirée.

Il m'invite à avancer dans le hall, mais je feins aussitôt de m'exclamer, de plus en plus nerveuse, paniquée et furieuse :

– Oh, mais quelle tête de linotte je suis ! J'ai oublié mon sac à main à mon bureau. Je vous laisse partir. À très bientôt, Monsieur Leviels.

Il me sourit, sûrement peu crédule de ma présence dans cet ascenseur, incline la tête en guise de salutation, puis disparaît en direction des portes tambours.

Je me retourne aussitôt, martèle le bouton de la cabine comme une furie, me répétant en boucle tout ce que je m'apprête à hurler à la face de cette enflure !

La remontée vers le 42e étage est épique. Je trépigne, vocifère entre mes dents, voue Gabriel à toutes sortes de tortures plus infâmes les unes que les autres. J'essaie d'oublier mon attirance pour lui, ses lèvres chaudes et le contact de ses doigts sur mon corps, me rappelant à quel point il m'a manipulée, peut-être même dans ce but : se faire bien voir de ses patrons !

Lorsque je m'arrête devant son bureau, je suis remontée comme une pendule. J'inspecte le couloir et l'open space. Mes collègues ont quitté les lieux depuis quelques temps déjà. C'est une bonne chose : si je crie, personne ne m'entendra.

Je toque à sa porte et pénètre sur son territoire sans attendre de réponse. J'ignore quel visage ou quelle allure je renvoie, mais Gabriel se carre dans son fauteuil tandis que je piétine la moquette. Il ne semble pas surpris de me découvrir dans son bureau à cette heure-ci. Un sourire délicieusement torve s'étire sur ses lèvres. J'ai autant envie de l'embrasser que de le mordre tant il se dégage de lui un magnétisme animal. Mais je n'oublie pas les raisons pour lesquelles je suis là, furieuse et humiliée.

Je m'arrête devant son bureau, me penche, saisis le rebord à pleines mains pour m'empêcher de l'étrangler et attaque :

– Bonsoir, Gabriel. J'espère que je ne te dérange pas ?

Sous mon timbre faussement suave, son regard se perd sur mon décolleté avant de revenir dans mes yeux.

– Bien au contraire, Ash, c'est un plaisir de te voir.

Un sourire malicieux se pose sur mes lèvres.

– J'ai croisé Mark Leviels dans le couloir.

– Hmm, il sort de mon bureau.

Ses prunelles azurées me fixent avec intensité. Sa main droite enveloppe l'accoudoir de son fauteuil et je ne peux m'empêcher de désirer ces longs doigts fins. Mon corps est en train de décimer ma raison, mais je n'ai pas l'intention de me laisser gouverner par mes hormones.

– Oui, je sais, Gabriel, dis-je en appuyant sur chaque mot, mais il ne réagit pas.

Il se contente de se relever avec sa désinvolture habituelle, et de contourner son bureau de sa démarche aérienne tandis que je me redresse comme un seul homme, la panique gagnant sur ma rage. Affronter Gabriel avec un meuble entre nous est bien moins dangereux que de le combattre aussi proche, sa prestance risquant de faire voler en éclats mon assurance.

Son corps s'arrête à quelques centimètres du mien et j'ai l'impression de perdre pied, de plonger dans son regard aux nuances d'orage.

– Tu attendais qu'il s'en aille, chuchote-t-il en levant la main vers mon visage pour s'emparer de mon menton.

Je lutte pour me dérober et recule d'un pas.

– En effet.

– Tu souhaitais me voir ?

Il réduit de nouveau la distance entre nous, sa main glissant sur ma taille. Il s'imagine sans doute que tout ceci est un jeu.

– Oui, réponds-je.

Même si, de toute évidence, ce n'est pas pour la raison à laquelle tu penses !

Je me transforme en brandon de paille au contact de ses doigts ; je recule aussitôt pour couvrir mes arrières.

– Je suis là, maintenant.

Il se colle à moi, tout son corps s'imprimant sur le mien. Je grince des dents, me retrouve acculée contre la cloison, son nez dans mon cou, mes deux mains posées sur ses épaules pour le retenir autant que possible.

– Tu souhaites que nous finissions ce que nous avons commencé hier, Ashley ?

Je me glace de l'intérieur et le chasse de toutes mes forces. Je ne serai pas l'une des subordonnées de plus qui fond dans son lit !

– Non ! m'écrié-je. Je ne tiens pas à terminer ce que nous avons commencé. C'était une erreur grotesque de ma part !

Il se fige, son regard braqué dans le mien, se couvrant peu à peu de givre face à mon ton furibond.

– Ben tiens, tu n'avais pas l'air d'estimer que c'était une erreur lorsque mes doigts étaient…

– C'était bien avant de découvrir ton petit jeu de dupes.

Il hausse un sourcil, surpris.

– Quel jeu ? De quoi tu parles ?

– J'ai surpris ta conversation avec Mark Leviels. Tu voles souvent le fruit du travail des autres ?

Ma pique vise juste. Il fronce les sourcils. Une ride profonde marque son front. Toute trace de luxure ou d'allégresse s'évanouit de son visage. Il recule d'un pas, enfonce une main dans la poche de son pantalon. Il me toise, avec sa foutue arrogance. Monsieur Berlinetta dans toute sa splendeur.

– J'aurais dû me douter que c'était ton genre… Après l'épisode de la station-service, c'était prévisible ! Je ne suis qu'une pauvre idiote d'avoir cru que quelque chose était possible entre nous.

Il crachote un petit rire moqueur.

– Tu as cru qu'il pourrait y avoir quelque chose entre nous ? répète-t-il d'un ton froid, comme s'il faisait sienne ma propre colère.

Je me crispe sous son regard de glace pilée. Mon souffle s'accélère, mes poings se ferment alors que mes jambes tremblent de rage et de confusion. Il réduit la distance entre nous et me considère brusquement avec un tel mépris que je me sens rapetisser, devenir informe et minuscule.

– Je ne vole pas le travail de mes assistantes, pas plus que je n'entretiens de relations avec elles, Ashley. Tu t'es trompée de cheval si tu imagines pouvoir me mettre des bâtons dans les roues pour accélérer ta carrière ou que sais-je encore ?

J'ouvre les yeux en grand, ahurie. Il n'est pas en train d'inverser la vapeur, tout de même ?

Je reprends un peu d'aplomb et me redresse du mur contre lequel je suis acculée, le forçant à reculer.

– Je n'imagine rien, Gabriel. J'ai entendu ta conversation. Tu as revendiqué tout le succès de Voverdis alors que, Matt et moi, nous avons travaillé comme des fous sur ce dossier. Comment peux-tu agir de cette façon ? Comment peux-tu me traiter comme ça alors qu'hier encore, tu...

Je n'achève pas ma phrase, trop bouleversée. Je suis ravagée autant par la douleur de découvrir une nouvelle facette de Gabriel que par la tournure que prend soudain notre relation.

– Très bien, j'ai compris quel genre d'hommes tu peux être. J'ai été trop stupide et aveuglée par ton charme, mais je vois clair en toi, maintenant. Approprie-toi tout le succès que tu veux, mais sache que tu ne m'épingleras pas parmi tes victimes sur ton tableau de chasse. Tu peux aller te faire foutre ! Et si tu souhaites me renvoyer parce que je te manque de respect, surtout n'hésite pas !

Je lui adresse le regard le plus furax de mon répertoire et m'élance vers le couloir. Je l'entends grogner dans mon dos, mais je ne me retourne pas. Je franchis la porte et me dirige vers les ascenseurs pour fuir cet endroit le plus vite possible. Cependant, à l'instant où je m'apprête à appuyer sur le bouton d'appel, une main me saisit brutalement par le bras.

– Viens par-là, toi, maugrée Gabriel en m'entraînant vers la salle des archives.

Je traîne des pieds et tente de m'extirper de sa poigne, mais il ne cède rien.

– Lâche-moi !

Il ne répond pas à ma supplique, pousse la porte et me précipite au milieu des rayonnages emplis de dossiers et de boîtes en carton. Une légère odeur de poussière et de renfermé règne dans la pièce, et un néon rouge éclaire l'entrée, créant des ombres inquiétantes sur le visage de Gabriel lorsque je pivote vers lui. J'essaie de m'échapper de son emprise, mais il continue de serrer mon bras.

– Lâche-moi, bon sang, tu me fais mal !

– Tu vas m'écouter, petite idiote ! grogne-t-il sans me libérer pour autant.

La lueur rouge qui flotte au-dessus de nos têtes greffe dans ses pupilles une férocité que je ne lui ai encore jamais vue.

– Pour me dire quoi ? Hein, Gabriel ? Que tu n'es pas un immonde salopard ? Que tu ne comptes pas me baiser pour me bazarder le lendemain ? Que tu n'as pas volé mon travail ? Arrête, je me passerai de tous tes mensonges !

– Mais putain, Ashley, je n'en ai rien à foutre de ton boulot avec Voverdis ! Je n'ai pas volé ton travail. Mark m'a remercié pour le job, c'est tout. Il sait très bien qui vous êtes, il sait très bien que vous bossez avec moi sur tous mes dossiers ! Je n'ai pas besoin de toi pour monter les échelons de la société. Je n'ai pas besoin de toi pour me faire bien voir. Tu crois être qui, bordel ?

Je me prends le coup dans les dents et me débats aussitôt avec fureur, mais Gabriel raffermit sa prise sur mon bras et m'attire contre lui. Il saisit mon menton entre ses doigts.

– Tu n'es pas en colère à cause de ce dossier. Ce n'est qu'un putain de mensonge, Ash. Tu es en colère parce que tu ne veux pas être une fille parmi tant d'autres dans mon lit. Tu es en colère parce que tu veux compter pour moi. Tu es en colère parce que tu ne te contenteras jamais d'une nuit et tu es en colère parce que je ne t'ai pas encore embrassée.

Sur ces mots, il plaque brutalement ses lèvres sur les miennes, me coupant net la respiration. Les deux mains posées à plat sur ses pectoraux, j'essaie de le repousser, mais ma tentative est vaine. Il me retient avec force, je n'ai aucun moyen de m'échapper, et je… manque clairement de conviction pour ça. Sa bouche s'écrase sur la mienne et sa langue me force à l'entrouvrir pour s'emparer de moi. J'essaie de lutter farouchement, mais le duel est déjà gagné. Il remporte cette manche : ses lèvres succulentes, sa langue chaude, sa saveur, sont un véritable appel aux baisers et à l'abandon. J'ai l'impression d'éclater entre ses bras, de me perdre partout dans la pièce au contact de cette bouche si sensuelle, si douce, si puissante. Je perds pied, recule d'un pas, mais ses mains me retiennent, se crispent contre moi. Sa violence m'irradie la peau, me transperce la poitrine. Je deviens une boule incandescente et lorsque je l'entends grogner, son grondement disparaissant dans notre baiser, tout mon corps se contracte contre lui, avide, affamé de caresses.

Comme s'il lisait parfaitement dans les lignes de ma chair, il agrippe mes hanches, passe sous mes fesses et me soulève brutalement pour me plaquer contre l'une des étagères métalliques des archives. Je laisse échapper un gémissement en sentant les barres en métal s'enfoncer dans mon dos, mais la douleur n'est rien qu'une donnée éphémère ; elle s'efface au profit de ses doigts, qui glissent sous mon chemisier.

– Tu n'es qu'un enfoiré, grommelé-je avant de mordiller sa lèvre inférieure, ce qui lui arrache un léger rire sitôt étouffé.

Mes jambes se nouent autour de sa taille. Je bascule la tête en arrière lorsque sa bouche dérive le long de ma mâchoire, plonge dans mon cou. Il murmure contre ma peau dans un souffle rauque :

– Tu ne t'échapperas pas cette fois, Ash.

Je n'ai plus aucune envie de m'échapper. Toute résistance est devenue inutile. Ma détermination à lui résister s'amenuise de façon dangereuse à mesure que ses grandes mains passent sous ma jupe, remontant le tissu sur mes hanches, et disparaît complètement lorsque son regard profond, rayonnant de désir, s'enfonce dans le mien, juste avant que ses lèvres ne me happent à nouveau.

– Tu crois que tu as les moyens de m'en empêcher ? ricané-je en déboutonnant rapidement sa chemise, entre deux baisers affamés.

Avec impatience, je libère ses épaules du tissu, dévoilant des lignes musculeuses, épaisses et douces. Il m'aide à jeter son vêtement au sol en affichant un sourire carnassier, avant de se ruer sur mes lèvres.

Mon chemisier défait, pendouillant sur ma jupe, ses paumes glissent sur mes flancs, puis sur l'arrondi de mes seins, et s'en saisissent sauvagement, son pouce maltraitant mes tétons à travers mon soutien-gorge.

– J'ai les moyens de t'attacher à moi si profondément que tu me supplieras de recommencer.

Il donne un brutal coup de reins au creux de mes cuisses écartées, me faisant mesurer la puissance de son érection. Celle-ci m'enivre et je m'accroche à ses lèvres, insinuant mes doigts dans la masse de ses cheveux blonds. Je gémis sans pudeur tandis qu'il ondule des hanches contre les miennes, se moquant du tissu qui nous sépare encore. De sa main, il saisit mes cheveux, me renverse la tête et lèche mon cou comme s'il me dévorait.

– Ton odeur, chuchote-t-il, ton goût… Putain, Ashley, j'en rêvais… Tu n'imagines pas à quel point tu me hantes.

Ses doigts s'enfoncent dans ma fesse pour me maintenir contre lui, modelant nos formes les unes aux autres. Puis sa main quitte mes cheveux, longe ma tempe, ma mâchoire, mon cou, se perd sur mon corsage, frôle mon mamelon dressé, tire dessus, caresse mon flanc, avant de disparaître entre mes cuisses. Il mélange tant de douceur et de férocité que j'en perds la raison. À son contact, je halète. Il relève la tête de mes lèvres pour plonger son regard farouche, avec toutes ses teintes de bleu et de froid, dans le mien, mais tout à coup, il n'y a plus rien de froid dans ses iris. C'est un arc électrique, brûlant, lumineux. Il me remplit de quelque chose de chaud et d'avide, malgré son air insolent qui le rend d'autant plus sexy. À cet instant précis, alors que ses doigts tirent sur mon string pour l'écarter de son chemin, alors que sa peau douce rencontre la mienne, alors que j'ai l'impression de suffoquer, Gabriel n'a jamais été aussi séduisant. Il respire le sexe, l'érotisme, l'arrogance et la concupiscence. J'ai envie de lui à tel point que cela m'effraie. J'ai envie de le sentir, d'apaiser ma gorge desséchée, de sustenter la faim vorace qu'il éveille brutalement, court-circuitant tous mes nerfs et mes neurones. Je deviens complètement déraisonnable et affamée. Je déboucle sa ceinture en me laissant aspirer par son regard de feu.

Comme s'il devinait mes pensées, un sourire malicieux fleurit sur ses lèvres avant de disparaître sous l'assaut d'un nouveau baiser. Sa bouche me dévore, me happe, et je n'ai jamais autant aimé embrasser un homme.

Son index tournoie autour de mon clitoris, le malmenant avec délicatesse, et à chacun de ses mouvements, je me contracte et gémis dans sa bouche.

– Tu es si belle, murmure-t-il avant d'enfoncer ses dents dans mon cou, tel un vampire assoiffé de sang. Si sexy. Si… humide…

Son doigt glisse en moi, mes ongles s'enfoncent dans ses épaules pour m'empaler plus fort sur lui et faciliter ses gestes. Mon sexe se referme sur lui pour le retenir prisonnier, mais il s'échappe sans arrêt. J'ai envie de plus, tellement plus. Ma main s'enfonce dans son pantalon et rencontre, par-dessus son boxer, la forme allongée de son sexe bandé. Je gémis encore plus fort en le sentant, submergée de désir. Il ricane contre mes lèvres, si fier de lui. Pour l'obliger à se taire, je glisse ma main sous le tissu et referme le poing sur son sexe. Celui-ci est doux, puissant, parcouru de veines épaisses. Oh mon Dieu ! Je vais exploser alors même qu'il n'est pas encore en moi !

Les doigts de Gabriel deviennent plus sauvages à mesure que je le caresse et me frotte contre lui sans aucune décence. Sa bouche, humide et gonflée, effleurant ma joue, il murmure d'une voix rendue rauque par l'excitation :

– Je te ferai oublier tous les autres, Miss Fury.

Je ricane face à son arrogance démesurée avant de m'emparer de ses lèvres, puis je le provoque à mon tour :

– C'est moi qui te ferai oublier toutes les autres, Berlinetta.

– J'aime ce genre de défi... Laisse-moi entrer en toi... Maintenant, Ash.

Son timbre est presque déchiré, caverneux. Sa bouche est sur ma mâchoire tandis qu'il donne un coup de reins contre mon intimité, enfonçant ses doigts plus fort avant de les retirer, m'abandonnant fébrile et déroutée. Je n'ai jamais ressenti une telle attirance pour un homme alors même que j'étais en train de le haïr quelques minutes plus tôt.

Mais mon cerveau n'imprime plus rien, si ce n'est le contact doux de son membre qui me rend ivre. Je gémis déjà alors qu'il n'est pas encore en moi. Je suffoque, me crispe contre lui, rapprochant son torse de ma poitrine et, lorsqu'il écarte mon sexe pour s'engouffrer au fond de moi, je lâche un cri de plaisir éhonté. Il coulisse doucement, prenant le temps de me sentir ou de se raisonner. Il grogne un juron contre mon cou. Ses bras se referment tout autour de moi. Je me sens enveloppée de plaisir, de désir et de chaleur. Le sentir m'envahir me procure un effet addictif, comme si je m'injectais une drogue directement dans les veines. Et lorsqu'il parvient tout au fond de mon ventre, me remplissant totalement, épousant toutes mes courbes, je ne réponds plus de moi. Je ne suis qu'une boule de plaisir entre ses bras.

Il me prend avec force, sa queue déchirant mes chairs, mais ses mains me caressent avec tendresse, ses lèvres avec sensualité et sa langue avec avidité.

L'étagère trémule contre mon dos à chaque nouveau coup de boutoir. Je me maintiens au-dessus, agrippant la barre métallique, les seins pressés contre son torse, sa peau nue irritant mes tétons sous la dentelle de mon soutien-gorge.

C'est brutal, sexy, déraisonnable, et je m'en fous. Je prends du plaisir. Je ne me pose aucune question. Je le laisse me posséder et me conquérir, ses coups de reins me faisant de plus en plus basculer dans la jouissance.

Il gronde contre mes lèvres lorsque sa langue n'effleure pas ou ne caresse pas sauvagement la mienne. Ses mains me transportent au bord de l'orgasme et me maintiennent à lui. Je plante mes talons dans ses fesses pour l'obliger à s'enfoncer plus profondément en moi. Je veux perdre la tête. Il agrippe soudain mes cheveux, plante ses yeux dans les miens, et me pénètre avec plus de violence. Je sais ce qu'il est en train de fomenter. Il veut me voir, me déshabiller, ôter toutes mes couches de protection pour que je lui montre à quel point j'ai envie de lui.

Alors, quand la jouissance me saisit brutalement, balançant des décharges électriques dans toutes les directions de mon corps, lorsque la douleur de l'orgasme m'embrase, lorsqu'il ne reste rien de moi, je me force à garder les yeux ouverts, le contemplant en train de jouir à son tour, prisonnier de mon corps. Il m'offre son plaisir, l'expose sans fard face au mien, tous ses muscles contractés contre ma peau à vif et brûlante. Il gronde, malgré sa mâchoire contractée. Il est magnifique, sensuel et électrique. Ses prunelles bleues à la pupille dilatée m'enivrent tandis que cette sensation de pouvoir et de jouissance mêlés se dégage à l'intérieur de mes veines, accroissant la faille en moi.

Gabriel s'y engouffre et je ne suis pas certaine qu'à la fin, il reste quelque chose à sauver de mon cœur.

11
LAISSE-MOI T'EMBRASSER ENCORE

Gabriel

L'arrière du crâne appuyé contre l'étagère, Ashley m'observe, le souffle court, une lueur de désir perdurant dans ses iris caramel. Son corps tremble encore contre le mien, tandis que je suis toujours en elle, mes mains pressant ses fesses pour la maintenir contre moi. C'est tellement bon que je n'ai aucune envie de m'en échapper. Je me laisse tomber contre son cou, lèche d'un dernier coup de langue sa carotide qui palpite fort, puis la regarde à nouveau dans les yeux.

Sa colère était à la fois déstabilisante et enivrante tandis qu'elle m'affrontait, sortant les griffes. Personne ne m'a jamais autant énervé que cette femme et excité dans le même temps, me faisant bander comme jamais alors même qu'elle ne me touchait pas. J'avais envie de faire taire cette bouche impertinente. J'avais envie de l'embrasser, de la caresser, de provoquer ses délicieux gémissements.

C'est une connerie. Ashley est une arme létale braquée sur ma poitrine. Je ne laisse personne pénétrer si loin sous ma carapace. Je ne laisse personne envahir mon territoire. Mais elle me provoque, me cherche, m'attise. Comment résister à une attirance si puissante que mon cerveau et mon corps se retrouvent branchés sur sa fréquence ?

– Tu es encore énervée ? finis-je par demander avec un sourire moqueur.

Elle répond à mon sourire, ce qui est plutôt bon signe.

– Furieuse.

– C'est ce qui me semblait. Je vais devoir te calmer une nouvelle fois ?

– Si tu t'y prends à chaque fois de cette façon, je risque d'être énervée très souvent.

J'éclate de rire.

– Ce n'est pas un problème. Je suis pourvoyeur officiel d'orgasmes pour les assistantes récalcitrantes.

Elle me lance une pichenette entre les deux yeux avant d'approcher son visage du mien, ses lèvres effleurant mes lèvres.

– Berlinetta, tu es encore en moi, fais attention à tes paroles.

Je m'enfonce plus profondément au cœur de son intimité, mon sexe encore un peu dur, et lui arrache un gémissement qui gonfle mon ego à merveille.

– Je sais que je suis encore en toi. Je sais aussi pertinemment que ma vie tranquille vient de s'achever avec ce coup d'éclat. Tu t'apprêtes à y foutre un beau bordel.

Son sourire est sublime. Il caresse son visage, illumine ses traits, la rend plus attirante, plus farouche et plus à moi…

Ce qui est une très mauvaise idée. Très mauvaise !

– Je n'y suis pour rien. Tu… tu as fait en sorte que ça se produise.

Je lève un sourcil décontenancé, à deux doigts du fou rire.

– Tu plaisantes, j'espère ? Tu es arrivée comme une walkyrie sur le point de m'arracher les couilles.

– Tu l'aurais mérité.

– Conviens qu'elles viennent de te servir.

– J'en conviens, mais j'ai cru que tu t'étais comporté comme… comme toi !

– Ce qui signifie ?

– Comme l'individu égoïste, arrogant et séducteur que tu sais être, la plupart du temps.

– Et donc, tu couches souvent avec un individu égoïste, arrogant et séducteur ?

Elle fronce le nez, ses doigts flottant sur ma nuque, et pousse un nouveau gémissement en me sentant en elle.

– Seulement parce que je garde l'option « arrachage de couilles » en magasin, pour le cas où.

– Je reste ton supérieur, Ashley.

– Et tu aimes tellement me le rappeler. Ça t'excite, n'est-ce pas ? Ce pouvoir sur moi.

– Absolument ! Tu n'imagines même pas à quel point je trouve ça bandant !

– J'en ai une vague idée, en cet instant précis.

Je ricane avant de m'emparer de ses lèvres pleines. Elle se laisse manipuler, engourdir et déguster, puis elle écarte brusquement son visage du mien d'un air paniqué :

– Berlinetta, t'as pas mis de préservatif !

Oh merde !

La magie retombe d'un coup sec. Je pousse un grognement, puis dégage mon sexe du sien, comme si ça pouvait changer quelque chose, maintenant… Je repose Ashley sur ses pieds. Ses jambes tremblent un peu après notre exercice sensuel, et elle s'accroche à l'étagère pour retrouver son équilibre et son souffle.

– Tu me pousses vraiment à faire n'importe quoi, lancé-je en réajustant ma queue dans mon caleçon. Ne panique pas. Je me protège toujours.

– Sauf avec moi, c'est ça ?

– Apparemment. Tu m'as neutralisé le cerveau pendant quelques minutes.

– Un exploit, se moque-t-elle en réajustant son chemisier et sa jupe.

– Tu ne crois pas si bien dire. Je n'ai jamais autant eu envie de baiser une femme qui me pousse à bout. J'avais déjà très envie de te prendre sur le capot de ma voiture, la toute première fois que tu t'es dressée devant moi !

Elle me décoche un sourire machiavélique.

– La réciproque est vraie, avoue-t-elle.

Je l'attrape par la taille pour l'attirer contre moi.

– Je suis toujours prudent avec les femmes que je fréquente, Ash, mais je dois admettre que je n'ai jamais autant apprécié de ne pas l'être. Te sentir… hmm…

Je fourre mon nez sous son oreille, lape sa peau, l'entends gémir, ses bras se refermant autour de mon torse.

– C'était puissant.

Elle acquiesce contre ma peau, avant de déposer un baiser sous mon pectoral. Elle recule ensuite, le visage troublé. Elle essaie de me le cacher en réajustant ses vêtements sur son corps meurtri par le plaisir, puis murmure :

– Je suis prudente aussi et je prends la pilule, m'explique-t-elle avec une timidité soudaine qui m'arrache un sourire.

Je la saisis par la nuque et l'approche de moi.

– Tu n'es pas prudente, tu es même l'exact opposé de la prudence. Depuis le début, tu joues avec le feu avec moi.

Ses iris s'embrasent comme si je venais de la brancher sur une centrale nucléaire. Son sourire devient mutin et m'anime.

– Et tu aimes ça ?

Je l'embrasse vivement, calant ses hanches contre les miennes. Ses doigts se glissent dans la boucle de ma ceinture tandis que les miens maintiennent son crâne contre moi. Notre baiser est langoureux, libéré du désir, lent, familier et agréable. Son cœur bat de manière désordonnée contre mon torse et j'adore ce lancinement rythmant notre étreinte.

Au moment où elle s'apprête à parler, ses lèvres au bord des miennes, le « ding » de l'ascenseur résonne. Je plaque aussitôt ma main contre sa bouche pour qu'elle se taise. Les portes de la cabine s'ouvrent et je pousse Ashley parmi les rayonnages, au cas où quelqu'un aurait l'idée d'entrer dans cette pièce. J'ai déjà vu des choses plus étranges se produire à Carter Corp, mais je ne tiens pas tellement à ce que l'on me surprenne la bite à l'air avec mon assistante. Mauvaise presse.

Une fois que le bruit de pas s'est suffisamment éloigné, Ashley lâche un éclat de rire.

– Tu trouves ça drôle ?

– Ta tête est à encadrer ! T'as frisé la crise de panique.

– Pas du tout. Je gère juste une situation d'urgence.

– Tu as peur qu'on te surprenne avec moi, Berlinetta ?

– Ce serait fâcheux pour nous deux, crois-moi.

Un voile sombre sur son visage et elle détourne la tête pour me le cacher tout en se rhabillant rapidement.

– Ashley…

Je la saisis par le bras pour la forcer à me regarder.

– Oui, c'est bon, Gabriel.

– Qu'est-ce qui est bon exactement ?

Son regard iridescent me heurte avec violence.

– Rien, ne t'inquiète pas.

Elle réajuste sa coiffure, mais je ne suis pas dupe une seconde de son revirement d'attitude. Elle dégage son bras et s'avance vers la porte. Je la rattrape et pose ma main sur le battant pour l'empêcher de l'ouvrir.

– Une seconde.

– Quoi ?

– Tu t'en vas comme ça ?

Elle me regarde avec froideur, comme si je déraisonnais. Qu'est-ce qui lui prend ?

– Écoute, Gabriel, je ne suis pas une petite fille. Je… je ne tiens pas à entendre un remerciement pour ce moment qui me fera me sentir sale et… Bref, je n'attends rien de toi. Tu ne m'as pas caché ta manière de fonctionner : une nuit sans lendemain. J'avais très bien saisi. Alors je nous épargne à tous les deux la gêne d'une telle situation. C'est tout.

Elle me cloue le bec. *Putain…*

– Très bien.

Je me redresse et libère la porte.

Ma carapace de froideur revient à toute allure masquer mon visage et mes sentiments. Mon pouls s'accélère, plus lourd et plus désagréable, comme si quelque chose appuyait soudain sur mon cœur.

– Tu veux que je te reconduise chez toi ? demandé-je par galanterie.

Son regard finit de m'achever. Il est si ironique face à cette situation, presque résigné face à mon inéluctable comportement, et je suis trop con et trop orgueilleux pour lui avouer que je n'ai pas envie qu'elle s'en aille. C'est pourquoi je ne réponds rien quand elle ouvre la porte en lâchant :

– J'ai ma voiture.

Je la regarde partir, la nuque raide. Je fais abstraction de tous ses muscles tendus et du regard triste qu'elle m'adresse une dernière fois en s'échappant dans le couloir. Parce que mon putain d'orgueil ne peut pas admettre qu'elle m'a battu à plat de couture sur ce coup-là. Bien joué, Miss Fury, je crois bien que tu viens d'infliger une entaille dans ma poitrine et à mon orgueil.

Je déteste cette sensation et, quand je franchis la porte à mon tour, j'ai bien l'intention d'y mettre un terme rapidement.

12
LAISSE-MOI TE GIFLER !

Ashley

Je me sens mal, sale et en manque. Une semaine que le calvaire se poursuit. Une semaine que Gabriel m'évite, sinon pour me transmettre des dossiers, encore que, lorsqu'il peut passer par Matt, il n'hésite pas une seconde. Tout avait si bien commencé… enfin non, ce n'est pas exact, notre étreinte avait été tellement puissante, intense. Pff, je savais que ça se terminerait de cette façon, mais même en prenant les devants, la douleur n'en est pas moins violente. C'est difficile de croiser son regard froid, difficile de le sentir me frôler dans un couloir, difficile d'entendre sa voix basse et profonde. J'en viens à regretter mon lâcher prise avec lui, puis je change d'avis et souhaiterais encore me vautrer lamentablement dans ses bras. Une vraie girouette.

– Princesse, tu affiches une tête tellement bizarre que je suis à deux doigts d'appeler le Dr Jekyll pour te filer une potion !

La voix de Matt m'arrache à ma torpeur.

– Une potion de quoi ?

Le regard qu'il m'adresse est si futé qu'un sourire franchit mes lèvres lorsqu'il répond :

– D'oubli ?

– C'est pas mal, mais je ne suis pas sûre d'avoir envie d'oublier quoi que ce soit.

– Tu veux en parler avec moi ? m'interroge-t-il d'un ton prévenant.

Je m'apprête à lui répondre que je ne préfère pas étaler ma vie sexuelle et amoureuse au boulot, quand mon téléphone me coupe dans mon élan. Je décroche et me tends de la tête aux pieds lorsque sa voix s'évade dans mon oreille. Un horrible frisson de désir me couvre de chair de poule.

– J'ai besoin de vous immédiatement.

Ni « Bonjour », ni « Ashley, venez me voir dans mon bureau », juste « J'ai besoin de vous immédiatement ! ». Le ton est donné.

– Bien sûr, Monsieur Simons. J'arrive.

Le vouvoiement me fend le cœur. Mais « J'ai besoin de toi immédiatement » aurait sûrement pris une tout autre connotation. Matt hausse un sourcil, surpris face à mon ton froid. Je me redresse, un peu fébrile.

– Oh ! Le grand manitou offre enfin un peu d'attention à sa petite brebis chérie…

Même Matt a remarqué que Gabriel me fuyait comme la peste. Je lui lance un regard noir qui le réduit immédiatement au silence, puis il m'adresse un sourire compatissant en secouant la tête.

– Attention à toi, petite brebis. Ne te fais pas dévorer.

– Aucune chance !

C'est déjà fait!

Je m'engage dans le couloir sans rien ajouter. Lorsque j'arrive près de son bureau, une silhouette familière s'en échappe, refermant la porte derrière elle. Cette garce est toujours aussi odieusement belle et un épouvantable sentiment de jalousie empoisonne mes veines. Elle était dans le bureau de Gabriel! Et je sais très bien ce qu'il peut s'y passer. C'est peut-être sa victime suivante?

Bon sang, aujourd'hui, je suis trop vulnérable pour affronter ses piques acerbes, mais apparemment Cassidy Sparke n'en a rien à cirer:

– Mademoiselle Styles, pas de ménagerie aujourd'hui?

OK, elle aussi est en forme. Le ton est tranchant comme un rasoir. Si je devais décerner la palme de la personne la plus antipathique et pédante du monde, elle ferait une lauréate parfaite. Je lui collerais bien le trophée dans sa tête trop apprêtée!

– Pas de ménagerie aujourd'hui, lui confirmé-je avec un sourire puant l'hypocrisie.

– À la bonne heure!

Je grince des dents. À croire que c'est devenu une routine pour elle, lorsqu'elle me croise dans un couloir, de m'envoyer un uppercut dans la mâchoire. J'ignore si elle réserve le même traitement aux autres, mais elle semble apprécier de me rouler dans la boue. Rabaisser ses semblables a l'air de lui procurer un intense plaisir, d'autant plus qu'elle sait pertinemment que mes réparties sont limitées face à son statut dans la société. Un mot d'elle et il en est fini de mon boulot. Je suis sûre qu'elle jubile, du fond de sa grotte. Je suis certaine qu'elle accroche des vipères au plafond pour en sucer le venin!

– Vous n'avez pas du travail ? ajoute-t-elle de sa voix de crécelle, en désignant l'open space. Votre bureau est par là-bas, me semble-t-il.

Si je frappe la DRH, que risque-t-il de se produire ?

– Je dois voir Gabriel.

Je discerne dans ses prunelles brunes un sentiment proche de la rage lorsque je prononce son prénom. J'aimerais me gausser auprès de cette pimbêche de l'intense, quoiqu'éphémère, relation sexuelle que j'ai pu entretenir avec Gabriel, mais étant donné la situation actuelle, irriter un peu plus le penchant sadique et misogyne de Cassidy me tournerait plus en ridicule qu'autre chose.

– Il est occupé, repassez plus tard !

Mais de quoi je me mêle ? Je meurs d'envie d'effacer ses traits outrecuidants, son maquillage trop impeccable, son chignon tiré à quatre épingles, gommer son sourire hypocrite. Tout un florilège de jurons jaillit dans mon esprit.

– Probablement, mais c'est lui qui a sollicité ma présence, réponds-je avec un sang-froid effarant.

Je me surprends moi-même à demeurer aussi calme. Dans ma tête, c'est l'explosion.

Une crispation parcourt son visage. Elle a l'air indisposé ou constipé.

– Bien, ne perdez pas de temps, dans ce cas.

Elle m'adresse un regard suffisant, tourne les talons et disparaît dans le couloir comme une fusée.

Le mot « connasse » flotte partout autour de moi.

Je reprends une inspiration. Me prendre un coup dans les gencives par Cassidy juste avant de me confronter à Gabriel n'était pas prévu dans mon scénario initial. Je me sens cassée, comme s'il manquait une pièce à mon cerveau. Je ne tourne vraiment pas rond. Moi qui croyais que ça serait facile. Hop, on couche ensemble et on passe à autre chose, ni vu ni connu. Une étoile filante dans ma vie, un brin de torride et d'interdit et l'histoire se termine. Mais non, ça aurait été trop simple, n'est-ce pas ? Il faut bien que mon cœur se mette à battre de manière déraisonnée lorsque je le croise, sinon ça ne serait pas drôle !

Je frappe à la porte comme si je partais assister à ma propre pendaison. Il me répond un « Entrez » aussi distant que je pouvais m'y attendre. Je pousse le battant et le découvre au téléphone, sa cravate légèrement défaite, ce qui provoque un nœud dans mon estomac. Il est si beau, sur son fauteuil, les cheveux légèrement décoiffés comme s'il venait de... baiser. *Ne pense pas à ça, Ash !*

Sa coiffure post-orgasmique agit sur moi comme un réflecteur. Le souvenir de notre éphémère relation, de sa bouche, de ses mains manque de me faire chavirer. Je me morigène intérieurement, tandis que son regard me fuit. Il fixe son ordinateur, en tapotant son annulaire sur le rebord de son bureau, sa chevalière en droite ligne.

Je m'installe tandis qu'il lâche dans le combiné :

– Fais ton travail ! Je n'appellerai pas une fois de plus !

Fantastique ! Il a l'air de brillante humeur.

Il raccroche sèchement et lève des prunelles acidulées dans ma direction. Les muscles de sa mâchoire sont tendus. Toute son allure me hurle qu'il préférerait que je sois ailleurs, loin de lui, ce qui me blesse d'autant plus fort, creusant un trou dans mon ventre.

– Je dois partir en séminaire à Atlantic City dans deux jours, avec Cassidy Sparke.

Je me fige. Quelque part dans ma poitrine, j'entends le bruit de mon cœur qui se fracture. Je me force à respirer.

– Je ne rentrerai que la semaine prochaine, ajoute-t-il.

Mon Dieu, une semaine entière en compagnie de cette harceleuse perverse et démoniaque, c'est une blague ?

Je renferme à l'intérieur de moi-même la jalousie, la peur et l'effroyable douleur qui me retournent l'esprit, dévastant ma raison.

Gabriel se relève, se dirige vers une console et saisit une pile de dossiers. Il les jette quasiment sous mon nez, manquant de me faire sursauter.

– Les dossiers à traiter cette semaine. Je te laisse voir avec Matt pour les détails. Si tu as des questions, tu gères avec lui ou avec Mark Leviels pour les urgences. Inutile de m'appeler.

Ok, le message est limpide. Je hoche la tête d'un air mécanique, avant d'attraper les dossiers. Je sens monter en moi une douleur abrupte et délétère, accompagnée de tout ce qui la constitue, notamment la pellicule de larmes qui semble vouloir voiler mon œil. Je me force à tout ravaler, à tout contenir. Je ne lui offrirai jamais le plaisir de céder devant lui. Je m'en suis sortie sans trop de dommages, ma dignité juste un peu écorchée. Je ne tiens pas à être réduite en bouillie sous son regard de glace.

– Ce sera tout, merci.

Cette phrase finit de m'achever. Je me relève, les jambes tremblotantes. Ces foutues larmes me piquent les yeux, menaçant de couler. Heureusement, Gabriel détourne le regard et n'aperçoit pas ma détresse soudaine. Il commence à se diriger vers son fauteuil, mais sa voix me transperce la poitrine tel un foret :

– Oh, Cassidy aura besoin que tu lui prépares certains documents en vue du séminaire. Sois performante. Elle n'aime pas le travail bâclé.

Mes doigts se crispent autour des dossiers. La rage monte en moi aussi vite que la souffrance d'avoir été éjectée de cette façon. Je pivote sur mes talons tandis que le regard de Gabriel heurte le mien comme s'il avait senti le changement de vent. Je me prends l'onde de choc en pleine figure, mais je fais front.

– Je n'imaginais pas une seconde que coucher avec toi générerait un tel impact dans nos relations de travail, déclaré-je d'un ton posé, maîtrisant les trémulations de ma voix. Je t'imaginais plus professionnel que cela.

Ses sourcils se froncent. Son visage devient encore plus froid – si c'est possible !

– Je te demande pardon ?

Il se rapproche de moi à l'instar d'un prédateur, et je suis tendue comme un câble électrique au milieu de son bureau, les dossiers pressés contre ma poitrine.

– À qui crois-tu t'adresser, Ashley ?

– Si tu oses me balancer que tu es mon manager, je ne réponds plus de moi, Gabriel. Je m'adresse à toi. Pas à mon supérieur.

– Oh, très bien. Tu as des doléances ? Je ne t'ai pas assez satisfaite la dernière fois ? Tu en désires davantage ?

La crispation de sa mâchoire est tangible. La colère vivote dans ses prunelles métalliques. Je me pince les lèvres, ravagée de l'intérieur sous ses mots qui font office de tirs de canon.

– Tu traites toujours tes maîtresses avec aussi peu de considération ? Les avoir baisées sous-entend que tu doives te comporter comme un connard ensuite ?

– Maîtresse ? répète-t-il, un air machiavélique luisant dans ses iris. Non, Ashley, tu as été un plan cul éphémère. Te qualifier de maîtresse signifierait que nous entretenons une relation. Ce n'est pas le cas. Une nuit, une seule. Sans lendemain. Sans conséquence. Ce n'est pas toi qui parlais de nous épargner la gêne d'une telle situation ? Où sont passées ces belles paroles ? Tu as peur de te sentir sale à mes côtés ? Je n'ai pas de temps à perdre avec ce genre de crise d'hystérie…

Ma main part si vite que je n'ai pas le temps de réaliser la portée de mon geste. Je suis dévastée, mon orgueil écrasé sous ses chaussures sans égards. Son regard polaire a raison de moi. Mes doigts heurtent sa joue si brutalement que leur empreinte s'y dessine aussitôt. Gabriel n'a pas un mouvement. Figé, il me contemple, un éclair meurtrier dans les yeux.

Je recule, mon cœur tambourinant à plein tube. Je tremble de partout. Mon cerveau a l'air de bouillir, comme si je l'avais laissé tomber au fond d'une marmite d'eau brûlante.

Gabriel lève le doigt et le passe sur ses lèvres comme s'il venait d'avaler un délicieux petit-déjeuner, puis il lâche d'une voix tellement calme que son stoïcisme est à deux doigts d'avoir raison de mes forces :

– Tu te sens mieux ?

À cet instant plus qu'aucun autre, je souhaiterais être ailleurs. J'ai l'impression d'être un étron sur son chemin. Je me fais violence pour desserrer les dents.

– Tu n'es qu'un abruti, Berlinetta.

Je tourne les talons sans lui laisser le temps de saisir mon trouble et claque la porte en partant avant de céder aux larmes. Je suis si fébrile qu'au lieu de retourner vers mon bureau, je fonce vers l'ascenseur. J'ai besoin de prendre l'air quelques minutes. Subir la hargne de Gabriel me fait l'effet d'un combat de boxe. Je suis sonnée par K.O. Il a gagné !

J'appuie comme une furie sur le bouton d'appel, priant pour que l'ascenseur se dépêche. Les larmes me brûlent les yeux. Mon cœur me fait mal. La douleur amère du rejet se distille dans mes veines et me tord les boyaux.

Lorsque les portes de la cabine s'ouvrent enfin, je pense reprendre une inspiration, me laissant aller à mon chagrin, mais un homme se tient contre la cloison, les bras croisés sur la poitrine. *Merde !* Je n'avais pas besoin de spectateur.

Je pénètre malgré tout à l'intérieur, m'incline pour appuyer sur le bouton du rez-de-chaussée, mais celui-ci est déjà illuminé. Je m'appuie contre la cloison opposée à celle de mon compagnon d'ascenseur. Je détourne la tête pour éviter que mon désespoir soit étalé au grand jour. J'ai l'impression que les portes mettent trois heures à se refermer. Le temps me semble long. Il s'étire comme s'il souhaitait que mon cerveau prenne la dimension de ce qui vient de se jouer. Je mordille la pulpe de mon pouce avec nervosité. Les yeux sombres et froids de Gabriel me hantent, et ce ton… si loin de la suavité des mots chuchotés au creux de mon oreille lorsqu'il était en moi. Cela me semble soudain si loin, comme si j'avais rêvé cette scène, ses mains sur moi, en moi, ses lèvres dévorant les miennes et ce regard si brûlant, si farouche…

Une larme roule brusquement sur ma joue.

Oh non, pas ça !

Je me tourne davantage vers les portes pour que l'homme à mes côtés ne me surprenne pas en pleine détresse. Je m'essuie les yeux du dos de la main, si bien que je tartine ma peau de mascara.

Fantastique ! Je vais ressembler à un panda !

La délicatesse d'un mouchoir frôle soudain ma joue. Malgré moi, je relève les yeux et croise un regard bleu ciel, presque grisé, qui me considère avec bienveillance. Faites que ça ne soit pas de la pitié… Si, sûrement, mais qu'importe. Ce bout de tissu peut me sauver la face.

J'attrape le mouchoir en tremblant. Je me sens effroyablement stupide. Je me force à sourire malgré tout en bredouillant :

– Merci… Excusez-moi… C'est… grotesque.

Il se déplace dans la cabine pour se positionner à ma droite, me permettant d'observer son profil tout en instaurant une distance respectueuse entre nous. Il est plus grand que moi d'une bonne tête. Ses cheveux bruns sont parfaitement lissés à grands coups de gel. Son visage est sculpté dans le marbre, lisse, impeccable. Aucune trace de barbe. Il est rasé de frais et son aftershave épicé se répand dans le petit espace. De magnifiques lèvres rosées, légèrement étirées en un sourire compatissant, ornementent ce faciès séduisant. Il porte un costume ultra chic, probablement hors de prix, assorti d'une cravate bleue, de la couleur de ses iris.

Il ne prononce pas un mot et se contente de me regarder d'un air affable, avec ce petit sourire en coin bienveillant, comme s'il comprenait parfaitement toutes les pensées et la souffrance qui sont en train de me submerger au point de m'asphyxier. En dépit de son attitude paternaliste, il ne doit pourtant pas avoir plus de trente ans, mais il se dégage de lui quelque chose de magnétique, d'apaisant. Son calme apparent me fait l'effet d'une chaude couverture jetée sur mes épaules, effaçant momentanément le froid qui glace mes os.

Les étages défilent et je suis contente que les portes ne s'ouvrent pas sur des gens qui pourraient se gausser de mon état désespéré. Je n'ai vraiment pas envie de subir les médisances de couloir.

Le silence se répand dans la cabine, mais celui-ci n'a rien d'étouffant. La façon qu'a cet homme de me considérer remplit l'espace. Je me force à sourire, même si je meurs d'envie d'éclater en sanglots. Je presse son mouchoir dans ma main, avant d'oser tamponner mes yeux. Je vais flinguer son mouchoir.

J'essaie de faire attention, mais peine perdue : le tissu se macule de noir. Je crispe les doigts sur la soie blanche.

– Je suis… désolée.

Son sourire s'accroît et une voix de contrebasse me répond :

– Ce n'est rien. Gardez-le.

Je presse l'étoffe dans mon poing en hochant la tête. Lorsque les portes de l'ascenseur s'ouvrent enfin sur le hall, il s'efface pour me laisser sortir la première, puis passe à mes côtés d'une démarche assurée.

– J'espère que votre journée se terminera mieux qu'elle n'a commencé, me dit-il, avant d'incliner la tête pour me saluer.

– Euh… oui, merci. Bonne journée à vous aussi.

Il m'offre un nouveau sourire chaleureux, puis se lance rapidement vers les portes tambours du building.

Mon regard tombe sur le mouchoir souillé par mon sentiment d'humiliation et je distingue, au milieu du noir, deux initiales : R. C.

Sidérée, je lève les yeux dans sa direction, mais il a déjà disparu dans la rue.

R. C.

Ryan Carter ?

13
LAISSE-MOI TE RÉSISTER

Ashley

Cassidy me fixe. Je crois que c'est officiellement la pire journée de ma vie. Elle me regarde comme si j'étais un parasite irritant sa peau. On dirait qu'elle veut me gratter pour me faire disparaître.

Après m'avoir refourgué ses photocopies comme si j'étais sa secrétaire, empilé des dossiers en vue du séminaire, après m'avoir assuré que mes cheveux seraient plus «saillants» en blonds, parce qu'en l'état, ils manquaient cruellement de panache et de volume et, globalement, d'intérêt, la voilà qui s'installe sur mon bureau, une fesse sur le rebord, dévoilant de longues jambes bien trop aguicheuses pour que Gabriel le séducteur puisse y résister pendant toute une semaine. Un odieux pincement de jalousie s'engouffre dans ma poitrine à cette idée.

Cassidy arbore son petit rictus méprisant en laissant traîner son regard sur moi, comme si elle pouvait lire mes pensées.

Elle jubile à l'idée de me commander, de m'ordonner de travailler pour satisfaire son penchant sadique. Je rêve de l'étrangler de mes mains, d'effacer son sourire satisfait et de lui flanquer un coup de pied !

– Ouvrez votre bloc-notes.

Le « s'il vous plaît » est en option. J'avais déjà pu en juger ce matin. J'attrape mon bloc de papier et mon stylo. Elle me considère comme si j'étais une pestiférée.

– Votre bloc-notes sur votre ordinateur. Mon Dieu ! Mais vous vivez encore à l'âge de pierre.

– Je préfère le papier, rétorqué-je en tentant de garder mon sang-froid. Je m'y retrouve plus facilement.

Elle pousse un soupir irrité avant de remiser une mèche de cheveux derrière son oreille.

– Peu importe. Ne perdons pas de temps. J'ai autre chose à faire aujourd'hui. Notez ceci…

S'ensuit une longue liste de tâches à réaliser avant le séminaire, pendant le séminaire et après le séminaire. Je serre tellement les doigts autour de mon stylo que ses motifs s'impriment dans ma chair. Des pensées sanguinolentes envahissent mon lobe frontal. Est-ce qu'un cadre sup' peut pousser au meurtre ? Oui, définitivement !

– Arrêtez de rêvasser et écrivez.

Je vais la tuer ! Je le jure sur ma vie !

Une silhouette familière se découpe de l'autre côté de mon box. Matt se laisse tomber sur sa chaise, un mug à la main, en poussant un râle de plaisir, puis il avise la présence de Cassidy et l'expression furibonde de mon visage. Il fronce les sourcils avant de forcer un sourire à naître sur ses lèvres.

– Salut, Cassidy. Belle journée, non ?

Celle-ci se trémousse aussitôt sur mon bureau et bat des cils en reluquant mon partenaire. Elle minaude ou je rêve ?

– Oh oui, excellente. Tu sais que je pars à Atlantic City pendant une semaine ?

– Des vacances, en somme.

– Oh non, glousse-t-elle, nous aurons beaucoup de travail avec Gabriel.

Au nom de Gabriel, Matt laisse tomber un lourd regard sur moi, mais je préfère dévier et me concentrer sur mon bloc-notes.

– Avec Gabriel, ça risque d'être festif, argue Matt, contractant le moindre de mes muscles.

Je me force à respirer. J'ai besoin d'une pause ou je vais éclater comme un ballon de baudruche. Mais non, visiblement, la fatalité s'acharne sur moi.

Une ombre s'étend par-dessus la mienne et, au vu des picotements qui courent sur ma nuque, je n'ai pas besoin de me retourner pour savoir qui se trouve derrière moi. Mon corps le reconnaît d'instinct et je hais cette sensation.

Cassidy ne se tient plus. Elle risque d'exploser tant elle rougit comme une adolescente face aux deux hommes sexy, l'un par son charme naturel et ses sourires, l'autre par sa carrure magnétique et sensuelle. Je retiens mon souffle avant de lever la tête vers Gabriel.

Cassidy jacasse tout en souriant, au risque de péter le botox de son visage   je ne suis pas objective, mais personne ne m'en blâmera –, puis lâche tout de go :

– Je ne sais vraiment pas comment tu fais, Gabriel. Sans vouloir paraître désobligeante, ton assistante est d'une lenteur…

Humiliée, j'ouvre les yeux en grand. Mes doigts se referment sèchement sur le rebord de mon bureau. J'en reste muette de stupéfaction. Je trime depuis hier après-midi à remplir toutes les corvées que madame refuse de se farcir, subissant dans les règles ses piques mesquines et sans fondement, et la voilà à me dénigrer ouvertement devant mon supérieur ! Même Matt a l'air surpris, mais ce n'est pas sa réaction que je souhaite jauger.

Gabriel serre la mâchoire un quart de seconde avant de retrouver son allure habituelle, froide et distante. Les deux mains enfoncées au fond des poches de son pantalon, il affiche une décontraction calculée, parfaitement maîtrisée, du manager sûr de lui, irréprochable et sublime. Un nœud me tord le ventre, la douleur se diffusant dans tous mes membres. Le regarder est un supplice, même s'il fixe cette mégère de Cassidy au sourire affûté.

– Tu m'en vois navré, répond-il avec professionnalisme. Ashley n'est pas ici depuis très longtemps. Elle a encore besoin de trouver ses marques, mais je veillerai à ce qu'une formation supplémentaire lui soit octroyée, si tu juges qu'elle n'est pas assez performante.

Je n'arrive pas à déterminer s'il me défend ou m'enterre. Son regard croise le mien, s'enfonce au fond de moi, martyrise ma chair et mon cœur. Ses beaux yeux bleus qui n'ont jamais été à moi. Même pas un instant. Même pas quand il m'embrassait si chaudement.

Je lui renvoie son regard en espérant rester maître de moi-même, mais je ne suis pas sûre d'y parvenir. La douleur m'étrangle. Les sanglots se tapissent au fond de mon âme, mais je les ravale, y mettant toute ma force. Je n'ai jamais été faible devant quiconque, si ce n'est lorsque ma mère est décédée. Ce n'est pas pour un motif aussi ridicule que le harcèlement méprisant de Cassidy ou le comportement froid de Gabriel aura raison de moi. Jamais!

Je serre les points et réponds:

– Je suis vraiment désolée si vous estimez que mon travail n'est pas à la hauteur de vos attentes. Je vous promets de me corriger à l'avenir.

Ma mâchoire est douloureuse tant elle est tendue. Je peux en sentir chaque muscle, chaque nerf.

Cassidy ne me regarde même pas. Elle s'abîme dans la contemplation ténébreuse de Gabriel. À cet instant, je la hais profondément. Je n'ai jamais détesté quelqu'un à ce point-là, même pas Gabriel.

Mais Gabriel me regarde moi. Moi…

– C'est parfait, dit-il. Je n'ai aucun doute sur tes capacités.

Agit-il sciemment? M'enfoncer un pieu dans le cœur plutôt qu'un maigre espoir d'entrer de nouveau sur son territoire.

J'ébauche un faible sourire, mais il se détourne et toise Cassidy.

– Nous allons déjeuner?

– Oh oui, bien sûr, s'exclame-t-elle en se relevant de mon bureau. Ashley, nous verrons la suite cet après-midi.

– J'ai hâte, marmonné-je.

– Qu'avez-vous dit?

Son regard brun me déshabille comme si elle désirait secrètement me fouetter.

– Rien. J'ai seulement faim aussi.

– Alors, allez déjeuner. Il faut vraiment tout vous dire…

Gabriel saisit son bras pour l'entraîner dans le couloir.

– Allons-y, moi aussi, je meurs de faim.

Ils déjeunent ensemble ? Vraiment ?

Il ne m'accorde pas un seul regard tandis qu'il se dirige vers l'ascenseur. Alors, c'est vrai : c'est sa prochaine victime. Ça l'est peut-être déjà. D'ailleurs, Cassidy ne ressemble pas exactement à une victime, plutôt à une partenaire consentante pour des lendemains sans complication.

Je m'affaisse dans mon fauteuil dès qu'ils se sont suffisamment éloignés. J'observe leurs silhouettes décroître dans le couloir, puis mon regard tombe sur mon écran d'ordinateur.

« Cassidy_Private »

Merde, comment ai-je pu oublier ça ?

Je me jette sur ma souris, clique sur « Mes Documents » et cherche le dossier parmi les centaines que compose mon portefeuille clients.

Que caches-tu, Cassidy Sparke ?

J'ai peut-être un moyen de la réduire en miettes ou, au moins, de lui rendre la monnaie de sa pièce pour toutes les humiliations de ces derniers jours.

Je parcours des yeux la multitude d'icônes. Deux fois. Il n'est nulle part.

Ce n'est pas possible !

Je recommence une troisième fois, puis décide de chercher avec l'outil ad hoc. Toujours rien !

Mon regard se perd vers le fond du couloir, en direction de l'ascenseur.

Je dois me résoudre à cette réalité : cette garce a profité de ces dernières heures, les fesses posées sur mon bureau comme une reine, pour fouiller dans mon ordinateur. C'est la seule explication possible à la disparition de ce dossier. Mais bon Dieu ! Pourquoi ne l'ai-je pas consulté plus tôt? Je me foutrais des claques! Ça m'apprendra à m'être comportée correctement, en tentant de rester discrète sur la teneur d'un dossier qui ne me concernait pas. Ça m'apprendra à avoir voulu faire preuve de sagesse avec une femme qui ne le mérite aucunement. Oh, je regrette tellement de ne pas l'avoir ouvert!

Je réprime un lourd soupir. Je suis moralement épuisée.

– T'as l'air d'avoir besoin d'un remontant, remarque Matt en me balayant de son regard bienveillant et fraternel.

– Plutôt d'un fusil d'assaut.

Il ricane.

– Pour dégommer la peste ou le boss?

– Les deux!

Son rire me fait du bien, même si cette sensation s'estompe rapidement.

– Ne fais pas le malin, elle est toute mielleuse avec toi. On croirait que tu es un caramel mou et délicieux sous sa langue.

– Mon charme irrésistible... mais ce n'est pas sur moi qu'elle fait une fixette.

Je grelotte de l'intérieur, sentant la morsure du froid pénétrer mes os.

– Inutile de m'en convaincre. Elle regarde Gabriel comme si elle comptait le dévorer au dîner.

Matt me sourit, mais son sourire est empreint de compassion.

– Alors ne sois pas surprise qu'elle te déteste et te le fasse payer.

Je relève les yeux de mon ordinateur, stupéfaite.

– De quoi tu parles?

– Du regard de notre cher manager sur toi dès que tu es dans les parages. Elle en meurt de jalousie.

– Tu plaisantes? Il me fuit comme le choléra.

– Ce n’est pas ce que j’ai remarqué. Il passe son temps à t’observer l’air de rien, je ne suis pas aveugle. Note que ça m’emmerde de le voir tourner autour de toi, Ash.

De plus en plus estomaquée, j’ouvre la bouche comme une carpe.

– Je pense que tu vaux mieux qu’un Gabriel, ajoute-t-il à voix basse. C’est un professionnel surdoué, mais un coureur de jupons et tu es une fille géniale qui mérite un mec en qui tu peux avoir confiance. Et je n’aime pas te voir souffrir à cause de lui.

Je suis tellement touchée par sa sollicitude que je suis à deux doigts de lui sauter au cou.

– Ne t’inquiète pas pour moi, Matt. Une petite erreur est toujours corrigeable, non ?

Son regard me transperce.

– Mais est-ce une petite erreur ?

14

LAISSE-MOI TE RENDRE JALOUX

Ashley

Je suis presque soulagée quand cette mégère de Cassidy a enfin pris son vol pour Atlantic City. Mais chaque fois que je songe que Gabriel l'accompagne, mon soulagement se désagrège aussitôt. Je rumine et bosse comme une forcenée pour oublier la tension qui parcourt mes muscles. Matt et Lisa ont tenté de détourner mon esprit de mes idées noires pendant deux jours, en vain. Je suis toujours focalisée sur ma souffrance. Je devrais m'estimer chanceuse de ne plus m'intégrer dans le palmarès de ce don Juan, pourtant une petite voix ne cesse de me répéter que je passe à côté de quelque chose d'exceptionnel. Gabriel me hante. Je rumine deux fois plus, au bord de la crise de nerf. Mais plutôt que de céder à la débandade, je tente de faire bonne figure et me noie sous le travail.

– Eh ben, y en a qui ne se refuse rien, lance Matt, de l'autre côté de son bureau.

– De quoi tu parles ?

Face à son mutisme inhabituel, je relève les yeux de mon clavier et aperçois sur son visage une mimique gênée.

– Euh… L'ordinateur dernier cri issu de Carter Corp… hasarde-t-il, mal à l'aise, avant de dégainer son plus beau sourire.

Je hausse un sourcil perplexe.

– Tu te moques de moi ?

– Je ne me permettrais pas. Tu as des talons acérés, je n'ai pas oublié.

– Matt, tu es un exécrable menteur. Que se passe-t-il ?

Il fronce le nez, pousse un soupir, puis me désigne son ordinateur avec résignation. Je me lève, contourne nos bureaux et le rejoins dans son box, le ventre tout à coup noué. Je n'aime pas la lueur embarrassée qui vivote dans ses prunelles.

Mon collègue s'écarte pour me permettre de mieux voir et, soudain, comme si de l'eau gelée se déversait brusquement sur ma tête, je me prends au visage une multitude de photos aussi suggestives qu'horribles. Sur la page Facebook de cette greluche de Cassidy, je découvre avec effroi que les séminaires de Carter Corp ne sont pas seulement studieux, mais également des plus festifs. Non… *festif* n'est plus le terme approprié pour décrire ce qui se dessine sous mes yeux : Gabriel et la DRH se tiennent enlacés près d'un bar, son bras jeté nonchalamment sur les reins de la jeune femme moulée dans une sublime robe bleue. Cocktails à profusion, spots de couleurs, tenues de soirées, boîtes de nuit sélectes, casinos, buffets grandioses dans les plus beaux palaces… Les photos défilent, sur lesquelles ils affichent leur bonne humeur ; ils semblent tellement bien s'amuser. Gabriel est tout sourire, aussi beau qu'il puisse l'être, et Cassidy minaude sur toutes les images, cherchant sans arrêt à le coller. Même sur les photos, ses tentatives sont aussi visibles qu'un astéroïde franchissant la stratosphère.

Un goût de bile imprègne ma bouche. Mes doigts se referment sur le rebord du bureau de Matt. Celui-ci m'observe, confus et inquiet. Il pose la main sur la mienne et presse mes doigts.

– Ça va, Princesse ?

– Oui, très bien, ne te fais pas de souci. À quoi pouvais-je m'attendre franchement ? Tu m'avais pourtant mise en garde.

– Je suis désolé pour toi.

– Ce n'est rien. Ce n'est qu'un sale type parmi des milliers d'autres.

Il hoche la tête et m'offre un sourire chaleureux. Je me redresse, m'étire et pousse un soupir en essayant de dégager de mes poumons le poids immense qui les écrase.

– Facebook est vraiment une invention diabolique, remarque Matt en tentant de plaisanter. Tout le monde observe la vie de tout le monde. Aucune décence !

– Toi le premier, je te signale.

– Je suis rusé. Toujours se tenir informé. Je me sens concerné par la vie de l'entreprise, rien de plus.

– Et depuis quand tu t'intéresses à Cassidy ?

Pitié, faites qu'il ne s'intéresse pas à elle ! Pas lui. Elle me vole déjà Gabriel, je ne supporterais pas de perdre Matt au profit de cette garce.

– Tu es jalouse ? se moque-t-il, un sourcil haussé. Tu penses que je pourrais m'intéresser à cette fille ?

Sa perspicacité m'agace horriblement, mais je lâche avec un sourire démoniaque :

– Absolument pas ! Si les morues aux poumons surdéveloppés te font craquer, c'est ton problème.

– Ah non, la pêche au gros, c'est pas mon truc, rétorque-t-il en rigolant.

Matt parvient à me faire rire et à effacer momentanément ma douleur comme personne. Il me tape dans la main, et je retourne, plus légère, jusqu'à mon bureau.

– On sort ce soir, me propose-t-il, tandis que je m'assieds en face de lui.

– Je n'ai pas très envie de sortir.

– Si ! Tu as envie de te distraire, d'oublier tes soucis et de profiter de tes amis. J'appelle Lisa. Fais-moi plaisir, viens.

Sous son regard insistant et son sourire adorable, je cède. Il n'a pas tort : il est temps que je passe à autre chose, oublier ce délicieux instantané qui s'est produit dans la salle des archives, rayer Gabriel de la carte.

À cette pensée, mon cœur se serre effrontément. Cela risque d'être plus difficile que je ne l'imaginais.

Avant de les rejoindre au Starlite, je passe chez moi pour prendre une douche et enfiler une jolie robe noire, mettant en valeur mes hanches et mon décolleté. J'ai envie de plaire ce soir, de m'amuser, de me laisser aller. Je relève mes cheveux en un chignon aux mèches rebelles, me maquille d'un fard brun, en mode smokey eyes, rehaussant la couleur caramel de mes prunelles, puis, fin prête, je m'élance en taxi jusqu'au Starlite. Je n'ai pas l'intention de rentrer sobre ce soir, ni peut-être seule.

Lorsque je parviens au club, Matt et Lisa sont déjà installés autour d'une table, cocktail en main. Lorsque je m'effondre aux côtés de Matt, celui-ci, vêtu d'un jeans et d'un tee-shirt noir près du corps, me lance un sourire dévastateur en m'examinant de la tête aux pieds :

– Bon sang, Princesse, il va vraiment falloir que je te garde à l'œil ce soir, l'autre vient de tomber. Tu ne l'as pas écrasé sous tes talons de dix centimètres, hein ?

Je lui donne une tape sur l'épaule en gloussant.

– Matt, elle n'a pas besoin de baby-sitter, intervient Lisa. J'adore ta robe, Ash.

– Merci et, en effet, je confirme que, cette nuit, je suis libre, disponible et prête à faire la fête jusqu'à l'aube.

Si j'avais annoncé la fin du monde à Matt, il n'aurait pas arboré une expression plus alarmiste. Il ouvre grand les yeux, ainsi que la bouche et manque de renverser son verre sur la table basse. Lisa éclate de rire face à son air ahuri.

– Non, mais ça ne va pas de balancer une chose pareille, Ash ! Pas devant un mec, bon sang, se plaint-il en avalant une gorgée de sa boisson.

– Petite nature. Je n'ai pas le droit de m'amuser ?

– Si, si, mais… J'ai peur de mordre le sale type qui aura le cran de s'approcher de toi.

– Je n'ai pas besoin de grand frère ce soir, crois-moi. J'ai besoin d'un ami. Allez, viens danser.

Je l'attrape par la main et le tire de la banquette. Il manque de se prendre les pieds dans la table, jette un regard inquiet vers Lisa, qui rigole de sa maladresse, puis cède et se laisse entraîner au milieu de la piste de danse.

Après trois cocktails, deux shots et une dizaine de danses plus tard, je me sens enfin libérée de mes entraves. Je ne songe plus à Gabriel – du moins, je tente de m'en convaincre, mais ce n'est pas très efficace. Dans la brume halitueuse qui commence à nimber mon cerveau, j'ondule des hanches au milieu des corps en transe. La musique de The Eden Project se diffuse dans le club, plongeant la foule dans une danse sulfureuse et extatique. Un léger voile de sueur perle le long de ma colonne vertébrale, tout comme sur le front de Matt. Je me presse contre son torse, un bras autour de sa nuque. Son genou glissé entre mes jambes, nous chaloupons ensemble, pressés de tous côtés par la masse. Matt possède un corps sculpté et charpenté par le sport, mais sous le tissu fin de son tee-shirt, j'éprouve le contact d'acier de ses muscles. Cela fait des heures que nous dansons, mais je ne ressens même plus la douleur de mes jambes. Je m'enivre de musique et d'alcool et je profite des bras musclés et rassurants de Matt qui m'enferment contre lui. Pendant un bref instant, je me sens bien, apaisée, pourtant, lorsque j'enfonce mon visage dans son cou, humant son parfum agréable, je ressens au fond de ma poitrine la brutale douleur du rejet et du manque.

Au lieu de m'enfuir et de me raisonner, je me love plus étroitement contre lui. Sa main se déploie en éventail sur mes reins. Il souffle contre mon cou plus fort, comme si je le martyrisais ou exigeais de lui un redoutable effort physique. Sa main me ramène près de ses hanches. Contre mon ventre, je sens soudain la puissance de son excitation. Je devrais me reprocher de l'animer en jouant avec lui sur cette piste de danse, cependant, je ne m'en sens pas capable. Profiter de sa chaleur m'est tout à coup indispensable. Mais ce parfum épicé, qui n'est pas celui de Gabriel, me fout en l'air et m'oppresse la poitrine. Mon cœur se serre, mon ventre se noue jusqu'à la douleur.

Enfermée par un violent sentiment de rage, percutée par les images de Cassidy et lui en si étroite collaboration, je saisis mon téléphone et prends discrètement une photo de nous enlacés, saisissant sur l'écran le visage de Matt plongé dans mon cou, la piste de danse et nos deux corps moulés parfaitement l'un à l'autre. Je ne réfléchis pas lorsque j'envoie cette photo à l'homme que je devrais fuir de toutes mes forces. Je ne pense pas une seconde aux conséquences de mon acte. J'ai soudain si mal que plus rien n'a d'importance. La réalité me grignote morceau par morceau. À la fin, il ne restera rien de moi. J'ai envie de le voir, de le sentir, de… l'aimer, mais rien de tout cela n'est possible. Il me l'a retiré avant même que nous puissions envisager un « plus ».

Je resserre mes bras autour de la nuque de Matt qui m'étreint. Mes lèvres effleurent sa peau sous son oreille et déposent un fragile baiser, presque timide et apeuré. Il redresse aussitôt la tête pour saisir mon regard voilé par l'ivresse. Il a cessé de danser et ses mains sont crispées sur mes hanches. Il se pince les lèvres, puis détourne les yeux pour fixer un point sur le mur du club. Loin de moi. Puis il incline la tête, frôle ma joue et murmure à mon oreille :

– Ashley, je crois qu'il est temps que je te ramène chez toi. Tu es saoule.

– Je vais bien.

– Non, je ne crois pas. Tu pleures, ma princesse.

Je sursaute lorsqu'il passe son pouce sur mes pommettes humides. Je recule aussitôt, prise en flagrant délit de faiblesse, mais il me rattrape pour me blottir contre lui.

– Je suis désolé de ne pas être lui, Ash. Viens avec moi. Ce n'est pas encore le bon soir pour t'amuser.

Il m'entraîne hors de la piste de danse. De loin, il adresse un signe à Lisa, lui indiquant qu'il l'appellera plus tard, et me pousse jusqu'à un taxi garé sur le parking du Starlite.

Je regarde vaguement défiler les buildings à travers la vitre mais, sous mes larmes, tout devient flou et fuyant, les lumières des néons colorés se transformant en stroboscope.

Une fois arrivés chez moi, Matt me conduit directement dans ma chambre et m'assoit d'autorité dans mon lit.

– J'espère que tu es suffisamment en forme pour te déshabiller toute seule, me lance-t-il avec un sourire en coin.

– Je devrais m'en sortir… Merci…

Agenouillé à mes côtés, il me relève le menton et croise mon regard.

– Hé, c'est rien, Princesse. Ça arrive de perdre les pédales quand on est malheureux. Garde en tête que je suis là pour toi. Je ne tiens pas à perdre une fantastique partenaire de box.

– Tu… aurais pu profiter de la situation.

– C'est me faire offense. Je ne suis pas de ce genre : je ne couche pas dans mon lit les jeunes femmes éplorées amoureuses d'un autre, même pour les réconforter un peu. Tu ne m'en voudras pas : je préfère nettement notre relation, non que tu ne me plaises pas, Ashley. Tu es une femme très séduisante. En d'autres circonstances, je t'aurais probablement draguée et tu n'aurais pas pu résister à mon charme suprême.

Je glousse en enfonçant ma joue dans la paume de sa main lorsqu'il caresse mon visage avec tendresse.

– C'est sûr, comment te résister ?

Il m'embrasse sur la joue, puis recule et se relève, les mains dans les poches de son jeans. Il me dédie un sourire avec un petit air paternaliste, et me lance :

– La photo n'était pas une très bonne idée, au passage, Ash.

Je grimace. *Oups*…

– Oui, je sais. C'était puéril.

– Il risque de ne pas être ravi.

Je hausse les épaules.

– Je pense qu'il s'en fout.

– Je pense que tu as tort.

Je pousse un soupir et me laisse tomber en arrière sur mon lit, un bras sur les yeux.

– Peu importe, de toute façon, c'est trop tard. Je ne peux pas revenir en arrière.

Je réalise la portée de mon geste : j'ai envoyé une photo provocante à mon supérieur avec qui j'ai entretenu une brève liaison dont il ne souhaite pas se rappeler. Mais qu'est-ce qui ne tourne pas rond chez moi ?

– Il a répondu, au moins ?

Le choc de sa question me prend aux tripes. Je secoue la tête sous mon bras.

– Non. On ne peut pas dire que cela me surprenne.

– Ce n'est peut-être pas plus mal qu'il oublie cette photo.

– Je doute que l'on voie ton visage.

– Je ne m'en fais pas pour moi, Ash, mais pour toi.

Il me saisit soudain par les jambes et les bascule sur le lit.

– Allez, je te conseille de dormir. Demain, tu auras les idées plus claires. Essaie de ne pas trop cogiter.

Je ne réponds pas, perdue dans l'afflux d'émotions et de questions qui me laminent de l'intérieur.

– Bonne nuit, Ash.

Je l'entends refermer la porte derrière lui, le son de ses pas décroissant dans le couloir. Je me roule en boule dans mon lit, puis attrape mon téléphone. J'allume l'écran, fixe le néant de ma boîte de réception, puis jette un coup d'œil à l'objet de mon crime. Sur la photo, on peut à peine distinguer le visage de Matt, mais notre étreinte lascive est, au contraire, parfaitement identifiable. Quelle idiote ! Me servir de Matt pour rendre jaloux un homme qui ne veut pas de moi, je suis pathétique ! Je dois vraiment trouver le courage de prendre cette décision : renoncer à lui.

15
LAISSE-MOI T'ÉNERVER

Ashley

J'ai passé un week-end épouvantable. Non seulement j'ai eu la gueule de bois, mais je n'ai pas arrêté de surveiller mon téléphone pour capter une réponse de la part de Gabriel. Bien sûr, celle-ci n'est jamais venue.

Qui a dit que je devais l'oublier déjà ? Ah oui, la fille sans volonté !

Cependant, le lundi matin me semble pire que mon éprouvant week-end. Lorsque j'arrive à l'accueil de Carter Corp, mes tripes sont nouées, mon cœur tambourine, menaçant d'exploser, et mes mains sont moites.

Je m'arrête au poste de Lisa pour la saluer. Elle me fixe d'un air de chien battu, comme si elle avait déjà deviné la source de tous mes maux.

– Comment vas-tu ? Matt m'a prévenue que tu ne t'étais pas sentie bien, vendredi soir. Tu te sens mieux ?

– Oui, ne t'inquiète pas. Un petit coup de chaud, avec l'alcool…

Son regard aux nuances de jade s'éclaire. Elle n'est probablement pas dupe de la raison de mon coup de chaud, mais, avec sa discrétion coutumière, elle se contente de hocher la tête avec un sourire.

– On déjeune ensemble ce midi ? lui proposé-je.

– Avec plaisir.

– OK, à tout à l'heure, je me dépêche. Je suis déjà en retard.

Alors que je commence à me diriger vers les ascenseurs, Lisa me stoppe net dans mon élan :

– Gabriel m'a appelée ce matin – dès que je suis arrivée à mon poste, pour être exacte. Il souhaite te voir dans son bureau immédiatement.

Un frisson désagréable, proche de l'humiliation à venir, se loge soudain entre mes vertèbres comme un morceau de glace tranchant.

Je hoche mécaniquement la tête. Lisa baisse le ton et ajoute :

– Il avait l'air de très mauvaise humeur, Ash.

Tu m'en diras tant !

– Gabriel est toujours de mauvaise humeur avec moi, réponds-je en levant les yeux au ciel, avec un sourire faux imprimé sur les lèvres. À plus tard, je vais affronter le monstre assoiffé de sang.

– Bon courage.

Dans l'ascenseur, je me crispe de la tête aux pieds en fixant mon reflet sur les parois de verre. Bon sang, à peine rentré, il me saute déjà dessus pour détruire ce qui reste de ma dignité. Certes, je l'ai un peu cherché, mais il aurait pu m'accorder la grâce d'ignorer ce stupide message. Hmm... comme si c'était son genre de laisser passer une chose pareille!

Je jette mon sac au pied de ma chaise et attrape un bloc-notes comme si j'avais l'intention d'écrire quoi que ce soit, mais j'éprouve le besoin de m'occuper les mains, peut-être pour ne pas étrangler mon supérieur. Matt n'est pas encore arrivé. Pas de mots d'encouragement avant le peloton d'exécution.

Je marche jusqu'à son bureau avec la sensation d'avoir une corde au cou. Je me remémore les photos de Cassidy et lui pour me donner une contenance et conserver ma rage intacte, parce que je sais pertinemment que, lorsque je croiserai son regard, une partie de moi le désirera avec toute l'amertume, la colère et la douleur de l'amour non partagé.

J'entre lorsqu'il m'y autorise de sa voix de glace. Le ton est donné d'emblée, mais je n'en suis pas surprise.

Contrairement à ce que j'imaginais, il n'est pas installé derrière son bureau, mais debout, face à la grande baie vitrée s'ouvrant sur le Manhattan qui s'éveille. Les lumières mordorées de l'aube illuminent ses iris nacrés et leur confèrent une étincelle acérée, semblable à une lame de couteau. Ses bras sont croisés dans son dos. Il ne porte pas de veste, celle-ci déposée sur le dossier de son fauteuil. Il arbore une chemise noire, rehaussant son teint halé et la profondeur de ses prunelles bleues. Ses manches sont relevées jusqu'au coude et lui donnent un faux air négligé des plus sexy.

J'ai mal au ventre lorsque je m'approche de son bureau. Il ne me regarde même pas, tourné vers les buildings.

– Assieds-toi.

Pas de bonjour. Une voix tranchante et amère.

Je m'installe sur le fauteuil et croise une jambe sur l'autre. Je m'accroche à mes notes comme après une bouée.

– Je ne suis pas satisfait, Ashley.

Je me contracte de la tête aux pieds.

– Je t'ai donné plusieurs dossiers à traiter durant cette semaine et je constate que ces derniers ont été négligés.

Quoi ?

Il désigne d'un geste une pile de dossiers qui traîne sur son bureau.

– Il est hors de question que je transmette ces documents à nos clients. Je te laisse jusqu'à la fin de la semaine pour peaufiner tout ça. Ne me mets plus dans un tel embarras à l'avenir. C'est inadmissible.

Mes doigts sont repliés à l'intérieur de ma paume, déchirant ma peau. Il ne me regarde même pas. Il n'a pas la décence de m'affronter.

Folle de rage, je me redresse, laissant tomber à terre mon bloc de papiers, et marche jusqu'à lui comme si j'écrasais des braises sous mes talons.

En me sentant approcher, il daigne s'arracher à la contemplation du paysage et je me prends au visage deux billes d'acier furieuses. Une crispation parcourt sa mâchoire lorsque nos regards se heurtent de plein fouet. La douloureuse envie de le sentir s'empare de mon corps, mais je la repousse de toutes mes forces.

– Comment oses-tu démolir tout mon travail seulement à cause d'une photo ridicule ?

Il hausse un sourcil dubitatif et un rictus se greffe sur ses lèvres. Je sais d'office que sa prochaine phrase sera piquante. Il a même la décence de m'en avertir à sa façon.

– Ta photo est en effet ridicule. Je ne mélange pas le privé et le professionnel. Ton travail est mauvais, c'est tout. Mais peut-être as-tu trop fêté mon absence. Quand le chat n'est pas là, les souris dansent, n'est-ce pas ?

J'ai envie de l'attraper par la cravate pour éteindre sous mes lèvres toute la hargne que je devine dans ses yeux. Si ce n'est pas de la jalousie, qu'est-ce que c'est alors ?

– Oh, pardonne-moi d'avoir passé une soirée agréable pendant que tu te déhanchais aux côtés de Cassidy dans toutes les boîtes de nuit d'Atlantic City !

Il plisse les paupières, l'onde de rage pénétrant son regard. L'électricité envahit son bureau au point que la chair de poule se grave sur ma peau. Il réduit la distance entre nous, m'obligeant à lever la tête pour ne pas le quitter des yeux. Mon cœur s'affole, poussant mes côtes avec frénésie.

– Ma vie privée ne te regarde pas. Je suis ton manager, Ashley.

– La mienne non plus. Je suis ta collaboratrice.

– Alors pourquoi m'envoyer cette photo ? Tu désirais me prouver quelque chose ? C'était bon, au moins ?

– N'importe quel autre homme que toi peut s'approprier ce qualificatif !

Il éclate d'un rire moqueur et me saisit brutalement par la nuque pour me rapprocher de lui, m'interdisant toute évasion. Son regard s'enfonce au fond du mien, avec une lueur sauvage.

– Sale menteuse !

Sans crier gare, sa bouche se plaque sur la mienne, me forçant à écarter les lèvres pour s'approprier ma langue. Je tente de me débattre et de le mordre, mais je ne peux que poser mes paumes sur son torse. Sa langue me pousse, ses lèvres me forcent, tandis que tout son corps m'adosse contre la paroi de verre, découvrant le monde à nos pieds. Son genou s'insinue entre mes cuisses, sa main droite enveloppe ma taille et me rapproche de lui, au point de sentir le moindre de ses muscles tendus. Il m'embrasse comme s'il était en train de me punir pour un crime. Il m'embrasse comme s'il cherchait à éteindre sa colère à travers moi, et je lui rends son baiser avec la même hargne et passion. J'essaie d'en prendre possession, mais Gabriel ne m'abandonne pas le contrôle. Son corps se presse plus fort contre le mien et le froid de la vitre se répand dans mon dos. Ses doigts tirent sur mes cheveux et ses dents me mordillent, tandis que mes ongles s'enfoncent dans ses pectoraux. Je gémis contre sa bouche, lacérée par le désir. Je manque d'arracher les boutons de sa chemise pour sentir sa peau, mais il grogne en me plaquant plus violemment contre lui.

Quand il écarte enfin ses lèvres, il me lance d'une voix rauque :

– Je n'aime pas qu'on se joue de moi, Ashley. Tu as baisé avec lui ?

– Je ne vois pas en quoi ça te concerne, haleté-je, en glissant mes mains le long de son cou.

Le contact de sa peau sur la mienne me rend folle.

– Parce qu'il a touché à ce qui m'appartient !

– Même pas en rêve, Berlinetta…

Il a un mouvement subtil du menton en lâchant un rire sarcastique, laissant supposer que je me trompe lourdement.

Sa main masse ma fesse tout en me remontant à sa hauteur, me dressant sur la pointe des pieds. Je sens aussitôt contre mon bas-ventre la lourdeur de son érection, mais je ne me laisse pas démonter. Je ne le laisserai pas gagner.

– Je ne suis pas Cassidy ! Je ne serai pas la pétasse que tu sautes quand bon te semble.

– Ah oui ! Tu préfères un mec levé dans un bar ? À moins que tu ne préfères quand Matt te touche ?

J'essaie de m'extirper de son étreinte, furieuse, mais ses doigts s'enfoncent plus violemment dans ma nuque.

– N'essaie pas de te sauver… susurre-t-il à mon oreille, greffant en moi des tentacules de douleur et de désir mêlés. Pourquoi cette photo, Ashley ?

Ses lèvres maltraitent de nouveau les miennes, m'obligeant sans cesse à les écarter pour s'emparer de moi, puis il se dégage et plante un regard farouche au fond du mien.

– Tu souhaites que je te salisse une nouvelle fois ?

Sa bouche revient aussitôt, frôle la mienne, implacable et sournoise. Son regard opalescent ne me lâche pas d'un iota. Je me fais l'effet d'une proie croustillante lorsqu'il me toise de cette façon, à la fois animale et séduisante.

– Je ne suis pas un second choix ! lâché-je en tentant de le repousser en vain, mais je manque de conviction.

– Pourquoi as-tu cherché à me rendre jaloux ?

Des décharges électriques passent à travers mon corps à mesure que ses mains me caressent.

– Je… pour te faire payer.

Sa main se glisse dans mes cheveux, emprisonnant mon crâne.

– Me faire payer quoi ?

– Ton incroyable arrogance.

Il soulève ma cuisse pour se blottir contre mon intimité brûlante.

– Tu aimes mon arrogance, Ashley, autant que j'aime ton insolence.

Pourquoi ai-je l'impression de me prendre des flèches en plein cœur ? J'essaie de me raisonner en me répétant qu'il me manipule – tantôt chaud, tantôt froid – et que la glace ne tardera pas à pénétrer à nouveau son regard. Je le sais, mais je ne parviens pas à le rejeter. Je ne peux qu'entrouvrir les lèvres pour recevoir son baiser, m'agrippant à ses épaules pour mieux le sentir contre moi. Il grogne dans ma bouche à mesure que nos langues se mélangent, se goûtent, se conquièrent. Son sexe appuie sur le mien et me vole un gémissement, puis sa bouche dévale le long de mon cou et de ma poitrine, humectant mon chemisier sous ses lèvres chaudes et humides. Ses mains agrippent mes hanches à mesure qu'il se laisse tomber à mes pieds.

Appuyée contre la vitre, dos aux buildings démesurés de Manhattan, avec cet homme sexy et magnifique agenouillé devant moi, je suis traversée par une puissante vague d'excitation qui me laisse tremblante. Un sourire amusé remonte ses lèvres lorsque ses mains glissent sous ma jupe. Même à mes pieds, il demeure impérial.

Il saisit la bordure de mon string et me le retire doucement.

Non, non, non… crie ma raison.

Oui, oui, oui, crie mon corps.

Je suis foutue. Je devrais le repousser et prendre mes jambes à mon cou, mais quand il saisit mon genou pour le caler sur son épaule, ma volonté éclate en mille morceaux sur la moquette.

Mes doigts s'enfoncent dans ses cheveux à l'instant où sa langue frôle mon clitoris. Sa chaleur et son humidité m'arrachent un gémissement que je tente de maîtriser ensuite. L'open space est rempli de monde. Tous nos collègues sont dans la pièce voisine. Et je suis collée à une vitre face à tout Manhattan, un homme délicieux entre mes cuisses, en train de me lécher comme si j'étais une glace à son parfum préféré.

Gabriel me lape, me dévore, et je gémis doucement, presque en apnée, ravagée par le plaisir. Oh mon Dieu ! Je ne veux pas que ça s'arrête.

Sa langue trace des cercles mouillés sur mon intimité, ses lèvres déposent des milliers de baisers, et lorsqu'il commence à me baiser avec sa bouche, j'ai l'impression de devenir folle, de perdre pied, de m'enfoncer dans le béton de l'immeuble. Je me laisse presque tomber sur lui, l'obligeant à me retenir par la taille. Il ne me quitte pas des yeux, savourant ma défaite entre ses bras. Mais bon sang, il est si sexy, si torride à mes pieds, sa langue fichée en moi, que ce serait inhumain de tenter de lui résister.

Gabriel semble aussi excité que moi. Lorsqu'il m'observe enveloppée de plaisir, proche de l'orgasme, il grogne contre ma peau, m'électrisant davantage, comme un animal affamé. Et lorsque ses doigts s'enfoncent en moi, m'arrachant un terrible frisson d'extase, son arrogance et son dévouement à me faire jouir greffent dans ses pupilles un éclat triomphant.

La peau de ses lèvres contre la peau des miennes, il murmure, amusé :

– Tu es excitante, Ash, quand tu plisses les paupières pour te retenir.

J'ai envie de lui hurler de la fermer, mais son sourire suivant me décoche une flèche dans la poitrine. Elle harponne mon cœur, et je suis à peu près certaine qu'il ne bat plus de la même façon ensuite.

Sa main se glisse sur l'arrière de mes cuisses et remonte sur mes fesses pour me presser plus fort contre ses lèvres voraces. Il me donne tout, me prend tout, sans aucune règle ni pudeur. Je m'effondre sur lui au moment où l'orgasme me saisit violemment, m'emporte au loin, me déchire le ventre et contracte les muscles de mes jambes. Quelque chose me secoue avec brutalité, comme si ma jouissance sonnait comme une menace. Je fous tout en l'air avec lui. Il est dangereux, n'est pas façonné pour moi, et il risque de me blesser à tout instant, mais sa façon de me faire l'amour sans rien prendre en retour me trouble. Sa façon de me considérer, les yeux étincelants de désir, me rend confuse et sa façon de m'attirer tendrement sur ses genoux a raison de mes forces.

Il retire ses doigts avec douceur pour les lécher, un air fripon au visage, puis il les pose sous mes cheveux, à la base de ma nuque. Il m'entraîne sur ses lèvres, m'embrasse langoureusement. Je suis soudain comme une poupée chiffonnée, manipulable entre ses mains. Sa langue perfide continue de maltraiter mes lèvres et j'en redemande, aveuglée par mon désir et par cette autre chose, brutale et tangible, qui m'envahit lorsqu'il est dans la même pièce que moi.

Lorsqu'il écarte son visage du mien, nous nous observons en silence. Un silence profond, presque tactile. Il remplit l'espace, tout comme mon esprit.

Je sens entre nous l'ampleur de son excitation. Son sexe est dur contre mes cuisses ouvertes. Mais il ne bouge pas, ne fait pas mine de vouloir me faire l'amour. Il se contente de caresser mon visage, de m'embrasser, et lorsqu'il ouvre la bouche pour me parler, il est brusquement interrompu par la sonnerie de son téléphone.

Il grogne, puis se relève, me remettant sur mes jambes flageolantes. Après un dernier regard lourd, écrasant, il se dirige vers son bureau et saisit le combiné.

– Oui ?… Bien… En effet. Nous pouvons prendre un rendez-vous…

(…)

Tout en discutant, il m'observe en train de me rhabiller, glissant ma culotte sur mes jambes. Son regard redessine mes courbes sans retenue. Sa langue glisse sur ses lèvres avec une incroyable concupiscence.

– Oui, une seconde…

Il pose la main sur le combiné pour étouffer le son de sa voix.

– La conversation risque de durer un moment, Ashley. Je te vois plus tard.

Je hoche la tête, confuse. Je remarque la trace de mon dos sur la vitre, un halo de buée s'estompant doucement. Gênée, je me dirige vers la porte lorsqu'il m'interrompt :

– Ash…

Je me retourne, me prends son sourire crâneur au visage et ses prunelles amusées.

– Tu n'as pas répondu à ma question.

Je lui lance un sourire similaire.

– Je n'en ai pas l'intention. N'es-tu pas mon manager, Gabriel ? Que j'ai ou non couché avec un autre homme ne te regarde pas.

Il passe la main dans ses cheveux blonds en riant, beau joueur, puis lâche :

– Je te le ferai avouer.

– Pari tenu.

16

LAISSE-MOI ÊTRE JALOUX

Gabriel

J'ai relevé les stores de mon bureau. La raison voudrait que cela ne soit que parce que j'ai tellement de boulot que voir du monde à travers la vitre me procure le sentiment d'avoir une existence en dehors de Carter Corp, mais ce n'est pas le cas. Je n'ai monté les stores que parce que, depuis mon siège, j'ai une vue presque dégagée du dos d'Ashley. Lorsqu'elle se rapproche trop près de son écran, je ne la distingue plus, dissimulée derrière la cloison de son box, mais lorsqu'elle recule, j'aperçois ses cheveux, que je meurs d'envie de soulever pour poser mes lèvres sur sa nuque. De temps en temps, elle tourne la tête, me cherche de ses yeux de biche au tempérament de fauve, et me trouve sans mal. Nous nous examinons intensément quelques secondes, comme si nous étions prêts à franchir les obstacles qui nous séparent pour nous embrasser, nous lécher, nous dévorer, avant de briser notre connexion.

Pourtant, je suis toujours furieux contre elle. Je suis énervé de ressentir de l'agacement juste à cause d'une foutue photo, énervé parce que je ne suis pas entièrement certain qu'elle n'ait pas couché avec ce type, énervé parce que je suis persuadé que le type en question est assis juste en face d'elle. Je suis furax de ressentir de la jalousie alors que rien n'est officiel entre nous. Une baise et rien de plus, c'était ce qui était prévu. C'était ce qu'elle souhaitait et ce que j'aurais dû désirer, mais je suis attiré par son corps et son esprit comme une abeille sur un putain de pot de miel. J'ai toujours été parfaitement honnête envers moi-même, sur mes sentiments, mes désirs, ce que j'attendais de ma vie. Ashley me plaît, c'est une évidence depuis le premier jour où elle a foutu un coup de pied dans ma vie. Je ne peux pas me voiler la face, mais nom de Dieu, j'ai une sainte horreur des engagements ! Quand une femme tente de s'immiscer dans ma vie plus de quelques nuits, j'éprouve l'envie irrésistible de prendre le large très loin et très vite. J'aime mon indépendance, j'aime ma vie telle que je l'ai construite et Ashley ressemble à une tornade dans ma maison, balayant toutes les fondations, tous les murs que je croyais bien solides et bien ancrés au sol. C'est une mauvaise idée, je le sais pertinemment, mais je n'en ai plus rien à foutre à l'heure actuelle.

Ash relève la tête de son écran et me guigne du coin de l'œil, reculée sur le dossier de son siège, sa nuque légèrement renversée en arrière. Je lui renvoie son regard sans broncher, impassible, l'index sur mes lèvres, me demandant à quelle sauce je désire la manger.

Finalement, j'ouvre ma boîte mail et envoie :

Gabriel : [J'ai encore ton goût sur mes lèvres.]

La réponse ne tarde pas.

Ashley : [Celui du désir ou de la jalousie ?]

Son audace m'arrache un sourire. Je réponds aussitôt :

Gabriel : [Pour être jaloux, il faudrait que je ressente quelque chose pour toi.]

Ashley : [Tu feins rudement bien d'avoir des sentiments, dans ce cas. La photo avait l'air de te déplaire.]

Gabriel : [Elle est mal cadrée et j'aime la perfection.]

Je la vois me lancer un regard espiègle avant de se pencher de nouveau sur son clavier.

Ashley : [Je peux en prendre une nouvelle si tu veux.]

Gabriel : [Si tu la prends assise sur mon bureau, moi entre tes cuisses, je pense qu'elle sera mieux réussie.]

Ashley : [Tu joues un jeu dangereux, Gabriel. Je croyais que tu ne souhaitais pas poursuivre notre relation.]

Je relis plusieurs fois son email, mon index battant ma lèvre inférieure.
Poursuivre notre relation ?

Gabriel : [Tout dépend de ta définition du mot *relation*.]

Sa réponse met quelques minutes à arriver, le temps pour moi de passer un coup de fil professionnel, mais je me sens tout à coup nerveux autant qu'excité – un mélange détonant de rage et de désir. Mais sa question suivante me laisse coi de surprise.

Ashley : [Est-ce que tu as couché avec Cassidy à Atlantic City ?]

Elle danse comme si elle baisait sur la piste avec Matt, m'envoie la photo pour me faire profiter du spectacle et se permet d'être jalouse et suspicieuse. Je crois rêver.

Je martèle mon bureau avec ma chevalière, en fixant mon écran.

Gabriel : [Tu crois que je joue sur les deux tableaux ?]

Ashley : [Je crois que tu es le genre d'hommes à vouloir tout obtenir.]

Elle marque un point.

Gabriel : [Et toi, Ashley ? Tu es le genre de femmes à vouloir tout obtenir ?]

Des coups contre ma porte interrompent notre échange. Je relève la tête lorsque Cassidy pénètre dans mon bureau, moulée dans une robe fuseau bordeaux, avec des bas noirs et de hauts talons qui allongent davantage sa silhouette. Elle m'adresse un sourire blanc de blanc et s'assoit d'autorité sur mon sous-main, à côté de mon clavier. Je me recule aussitôt au fond de mon siège et lève les yeux sur son visage lisse, sublime et hautain. Cassidy a une parfaite conscience de ce qu'elle dégage, assurée de son potentiel de séduction.

– Gabriel, tu es disponible pour déjeuner ce midi ?

Son regard terre de sienne m'épie sous son épaisse frange brune, son chignon tiré à quatre épingles.

J'entends le bip qui m'annonce un nouveau message sur ma boîte mail. Je l'ignore, mais malgré moi, mon attention se focalise sur l'open space, en direction de la crinière de feu d'Ashley. Je croise aussitôt son regard enflammé. La colère que Cassidy soit installée sur mon bureau, à la place que je souhaiterais qu'elle occupe, est visible dans ses prunelles. Elle a l'air de vouloir jeter par la fenêtre la belle brune qui me fait face, tout autant que j'ai éprouvé le violent désir d'arracher son corps de celui de Matt sur cette piste de danse.

Je lâche son regard pour répondre à Cassidy :

– Non, pas ce midi. J'ai rendez-vous avec un client.

Elle pousse un soupir en grimaçant.

– Quel dommage ! J'ai eu une nouvelle adresse de restaurant, dont on m'a vanté les mérites. J'avais envie de le tester en ta compagnie. Demain alors ?

– Demain, si tu veux.

La pointe de son escarpin vient taquiner mon genou. Elle me lance un regard torride par en dessous et un sourire sans aucune ambigüité.

– Cassidy…

– Quoi ? Allez, ce n'est pas interdit.

Je repousse son pied et me relève, enfonçant les mains dans mes poches de pantalon.

– Je n'ai pas le temps de jouer à ce petit jeu.

– Tu n'as pas toujours dit ça, Gab, me rappelle-t-elle sournoisement, en battant des cils, puis elle soupire. Peu importe. Je déjeunerai sans toi. Je te vois plus tard. Nous aurons l'occasion de reprendre cette discussion.

Cassidy bat toujours en retraite lorsqu'elle sent que le vent tourne et qu'elle n'est pas en position de force. Cette femme est maligne et sait parfaitement placer ses pions sur l'échiquier. Elle devine lorsque je suis vulnérable, quand j'ai envie de me détendre ou lorsque je suis énervé. C'est une carnassière. Nous sommes de la même trempe : deux prédateurs affamés.

Cassidy se redresse sur ses hauts talons en minaudant, puis se fige un instant en apercevant le visage curieux et furax d'Ashley qui nous épie sans discrétion depuis son box. Cassidy marmonne entre ses dents quelques mots inintelligibles, mais je doute que ce soit des éloges. Ashley n'a pas perdu de temps et s'est renfoncée dans son box, mais Cassidy m'adresse un regard foudroyant auquel je ne réponds pas, stoïque.

– Je ne comprends pas que tu travailles avec cette fille. Elle est incompétente et discourtoise.

Je manque d'éclater de rire face à sa possessivité quasi maladive et sa langue de vipère.

– De qui tu parles ? feins-je de ne pas savoir.

– De cette fille, la brune, la nouvelle.

– Pour ta gouverne, elle apprend vite et elle est sous mes ordres. Tout transite par moi. Si son travail te déplaît, le mien aussi, par conséquent.

Cassidy s'empourpre aussitôt.

– Ce n'est pas ce que je voulais dire…

– C'est pourtant ce que tu as sous-entendu. Maintenant, tu m'excuses, mais j'ai du travail.

Cassidy se vexe toujours très facilement lorsque je l'offense ou lui manque d'intérêt, mais cela ne dure jamais longtemps. Elle revient toujours réclamer son dû, par intermittence. Se sentir le centre d'attraction – *mon* centre d'attraction – lui semble aussi nécessaire que la lune est primordiale à la fréquence des marées.

– Oui, très bien, je te laisse.

Elle s'éloigne vers la porte, fière comme une reine, la nuque raide et chaloupant des hanches. Je fixe ses fesses un court instant, avant de replonger mon attention sur mon ordinateur.

À peine la porte close, j'ouvre ma boîte mail et lis, le cœur battant dans ma gorge :

Ashley : [C'est toi que je veux obtenir.]

Un frisson me parcourt délicieusement, mais un deuxième message s'affiche, agitant une méchante pique dans ma poitrine :

Ashley : [Mais il paraît très vraisemblable que cela ne se produise jamais. Comment avoir confiance en toi quand tu me fais presque l'amour dans ton bureau pour parader ensuite...]

Pas besoin de rajouter le prénom qui lui brûle les lèvres.

Je lève les yeux dans sa direction, mais Ashley s'est enfoncée dans son box. Je n'aperçois que le dossier de son siège.

Merde...

17
LAISSE-MOI T'ARRACHER LA TÊTE !

Ashley

Je suis tellement remontée comme une pendule que j'éprouve le besoin urgent de prendre une pause. Je délaisse Matt et ses sifflotements – nouvelle tendance musicale – et me dirige vers les machines à café tel un commando prêt à lancer la première offensive.

Je regarde mon expresso couler comme si j'avais le pouvoir de désintégrer le distributeur. Je n'en reviens pas que cette pimbêche agisse si familièrement avec Gabriel, affichant ses jambes sous son nez comme si c'était son prochain casse-croûte. Après ce qui s'est passé entre nous, je n'en reviens pas qu'il la laisse se comporter comme si elle était en territoire conquis. Je fulmine intérieurement. Je déteste que Gabriel me fasse ressentir cet afflux d'émotions délétères. Je déteste être jalouse et possessive, mais je ne parviens pas à m'ôter de l'esprit que Gabriel m'appartient, ou plutôt que j'ai très envie qu'il soit à moi. J'éprouve le désir de planter mes ongles dans ses omoplates, de gémir son nom et de couvrir sa peau de baisers pour marquer *mon* territoire. Oh bon sang, j'ai l'air d'un animal en train de fomenter une guerre pour imprimer son emprise sur son domaine.

Je saisis ma tasse en plastique et touille mon café, manquant d'éclabousser mon chemisier au passage. Je grogne contre moi-même et entends brusquement siffler dans mon dos :

– Vous en faites du bruit, Mademoiselle Styles !

Oh bon sang ! Je vais l'étriper !

Elle arrive toujours comme un serpent, dans mon dos.

Je pivote sur mes talons et me retrouve face au visage suffisant de Cassidy Sparke. Je crois que je n'ai jamais autant détesté quelqu'un de ma vie, sûrement parce que personne ne m'a offert de telles occasions pour ça non plus, mais cette femme transpire la méchanceté par tous les pores. Elle semble vouloir écraser les gens avec ses talons aiguilles et imposer son statut partout où elle passe, comme si nous étions des fourmis travailleuses devant rendre nos comptes à la reine.

Un sourire obséquieux pointe sur ses lèvres.

– Vous avez changé de style, non ? me lance-t-elle, tout en détaillant ma tenue sans réserve.

Je baisse le regard sur ma jupe de tailleur noir, toute simple, très loin de la sophistication et du prix de sa toilette.

– Pas que je sache.

– Hmm, vous devriez y songer, dans ce cas.

Je grince des dents tandis qu'elle me contourne, l'air innocent, pour glisser son mug dans la machine à expresso.

– Je vous remercie, mais je sais encore m'habiller toute seule. Je ne crois pas faire tache dans le paysage de Carter Corp.

– Accepter les conseils des autres n'est pas une preuve de faiblesse, sourit-elle comme le ferait sûrement un mamba noir avant d'enfoncer ses aiguilles dans la chair.

Son regard semble me déshabiller, cherchant à m'humilier sans même se dissimuler. Cela devient presque une vieille habitude de couple maintenant : rabaisser l'autre à la moindre occasion.

– Si l'on part du principe que je n'apprécie pas ma façon de me vêtir, bien sûr, crois-je bon de préciser.

Son sourire s'élargit encore davantage.

– Bien sûr.

Le bip de la machine l'informe que son café est prêt. Elle s'en saisit, tandis que je me dirige vers la porte, désireuse de vite en finir avec elle. Je n'ai aucune envie de supporter encore ses piques acerbes et son regard outrecuidant. Mais alors que je m'apprête à franchir le seuil, elle me coupe dans mon élan :

– Vous devriez cesser rapidement ce petit jeu.

Stupéfaite, je me retourne face à son ton cassant.

– Je vous demande pardon ?

– Ne jouez pas les innocentes, Mademoiselle Styles !

– Je ne joue pas, mais j'aimerais savoir à quoi vous faites allusion.

Elle a l'air de mâcher des cailloux lorsqu'elle me balance dans les dents :

– Ce qui se passe entre Gabriel et vous.

Je me fige, les doigts crispés autour de ma tasse à café. Une lame de colère me saisit brutalement.

– Ce qui se passe entre…

– En effet, me coupe-t-elle. Vous manquez cruellement de professionnalisme. Je vous rappelle que vous êtes nouvelle dans cette entreprise. Vous avez une tenue à respecter et vous comporter de la sorte…

Elle ne finit pas sa phrase et c'est une bonne chose pour elle. Je suis à deux doigts de la gifler. Visiblement, elle a oublié que c'est elle qui était assise sur son secrétaire voici quelques minutes à peine, en affichant ses cuisses comme une autoroute pour la baiser. Je réfrène l'excès de rage qui m'envahit, me répétant que Cassidy est la DRH, que je lui dois le respect, sinon je risque de me faire virer… ce qu'elle doit attendre impatiemment, au regard qu'elle m'adresse avec insolence.

– Hmm, je vous promets d'adopter un professionnalisme sans faille. Je peux prendre exemple sur vous, n'est-ce pas ?

Sous mon ton mordant, elle plisse les paupières. Je devine la colère au fond de ses prunelles brunes.

– Ne jouez pas les plus fines avec moi…

– Quoi ? Voyons, n'êtes-vous pas un exemple à suivre, Mademoiselle Sparke ?

Ses joues rougissent sous l'opprobre et son corps se contracte de fureur. Elle ne peut certainement pas oublier les photos très instructives qu'elle a elle-même jetées à la face du monde sur Facebook, sans compter la petite scène à laquelle j'ai assistée depuis mon poste. Est-ce que toutes les collègues féminines de Gabriel s'assoient de manière si provocante sur son bureau ? Combien de collaboratrices s'est-il tapées, cette espèce d'enflure ?

Quand je pense que je suis dorénavant inscrite sur son tableau de chasse, j'en ai la nausée !

Et le cœur brisé… Probablement… Non… Si… Non…

– Je vous conseille de rester à votre place, insiste-t-elle, mais elle a perdu un brin de sa superbe.

– Vous avez beaucoup de conseils à me prodiguer aujourd'hui. Je vous remercie de votre sollicitude.

Cassidy hoquète tant elle est furibonde. Elle s'approche de moi, son café à la main comme si elle souhaitait me le jeter au visage.

– Certains petits jeux peuvent se retourner contre vous. Vous devriez vous méfier de Gabriel. Il n'est pas celui que vous imaginez.

Un sourire retors ourle ses lèvres. Elle me contourne ensuite pour gagner le couloir en me souhaitant une bonne journée. Je suis transie par la colère et l'amertume, le ventre noué. Je ne peux pas croire que j'ai laissé cette garce gagner cette manche ; je ne peux pas croire qu'elle parvienne à foutre en l'air l'histoire et l'affection que je commençais à voir naître dans les yeux de Gabriel. Je ne peux pas croire que, tout à coup, cela me fasse à nouveau si mal de penser à lui.

Je m'adosse au mur, les larmes aux coins des yeux. Hors de question que je me laisse aller de cette façon. Cassidy n'en vaut pas la peine. Et Gabriel ?

Je presse mon café, manquant d'exploser le gobelet, et le jette dans la poubelle sans en avoir avalé une goutte.

Gabriel ne souhaite pas une histoire. Il ne désire qu'un peu de bon temps sans prise de tête. C'est à ça que j'aurais dû m'en tenir. Il ne devrait rien m'inspirer d'autre qu'une partie de jambe en l'air rondement menée, et je ne devrais pas me laisser sensibiliser par les mots scandaleux de cette femme méprisante.

En quittant la salle de pause, déboussolée, je me retrouve nez à nez avec Matt. Il hausse un sourcil surpris en apercevant mon visage dévasté, mon masque peinant à se remettre en place.

– Ça va, Princesse ?

– Oui… Juste une petite altercation avec Cassidy.

Il pousse un soupir irrité.

– Toujours dans tes pattes.

– Elle m'adore.

– Qu'est-ce qu'elle t'a dit ?

– Je n'ai pas très envie d'en parler. Je retourne au bureau. J'ai besoin de… bosser.

Affichant une mine compatissante, il s'efface contre le mur pour me laisser passer.

– On peut sortir au Starlite ce soir, si tu as besoin de te détendre.

– La dernière fois, j'ai eu la gueule de bois tout le week-end.

– Mais on s'est bien amusés, me sourit-il tendrement.

– Oui, admets-je, mais je ne peux peut-être pas compter sur ta galanterie à chaque fois.

Son sourire s'accroît en appuyant son épaule contre le mur, très décontracté.

– Ah, il se pourrait, la prochaine fois que tu seras ivre et désireuse d'un peu de compagnie, que je ne sois pas en mesure de te la refuser.

– C'est bien ce que je dis : pas cette fois, Matt, mais merci.

Il rigole, effaçant momentanément l'ombre de Gabriel de mes pensées, mais l'effet ne fait pas long feu. À peine arrivée à mon poste, un mail de Gabriel m'attend dans ma boîte de réception et m'exhorte de le rejoindre immédiatement dans son bureau. Je suis tellement énervée que je manque d'écraser ma souris entre mes doigts. Je m'y rends comme si je piétinais des nids de taupe sous mes talons. Je cogne contre sa porte avec un peu trop de poigne et n'attends pas qu'il me permette d'entrer. En avisant mon regard irrité, il se carre dans son fauteuil et passe son index sur ses lèvres, son arrogante chevalière brillant de mille feux. Nullement déroutés, ses iris de glace balaient mon visage. Le sien est si impassible que je n'arrive pas à déterminer ce qu'il pense.

Je ne m'assois pas et reste figée devant son bureau. Mes jambes sont presque engourdies tant je suis contractée.

Devant ma mine rigide, il finit par pousser un soupir, masquant à peine son impatience, et, comme si c'était une torture pour lui de me l'avouer, lâche d'une voix rauque :

– C'est toi que je veux, Ashley.

Sa phrase fond quelque part dans ma poitrine, fêlant mon cœur et mon armure. J'ai l'impression de me prendre une semi-remorque en plein visage. J'en reste vacillante, comme deux ronds de flanc.

Il se redresse de son siège, marche jusqu'à la baie vitrée et s'adosse contre la paroi de verre, Manhattan s'étendant dans son dos comme si les buildings étaient son domaine royal. Les mains dans les poches, ses yeux rivés aux miens avec une détermination confondante, il ajoute :

– Je ne suis pas l'homme le plus fidèle ni le plus adepte des engagements. Je ne suis pas l'homme d'une seule femme, en général, mais je ne joue pas sur les deux tableaux, Ash. C'est toi que je désire. C'est toi dont j'ai encore le goût sur les lèvres. C'est toi que j'ai envie de posséder.

Il prononce ces mots comme si rien ne pouvait l'impressionner, son bureau nous séparant sûrement à bon escient, et je reste médusée devant lui, déboussolée, prise de court face à une telle confidence. Ses prunelles azurées m'observent, étudient mes réactions, mais je n'en ai plus aucune. Je ne sais plus quoi penser, virevoltant comme une girouette au sommet d'un clocher. Gabriel n'a pas son pareil pour me glacer jusqu'au sang, puis réchauffer ma peau jusqu'à la brûlure.

Puis tout aussi brusquement, il lance avec une neutralité confondante, m'ébranlant à nouveau :

– L'un de nos clients m'a contacté tout à l'heure. Je dois prendre un avion de toute urgence pour San Francisco dès ce soir. Je souhaite que tu m'accompagnes. Ce client fait partie de ton portefeuille, tu es donc la mieux placée pour représenter Carter Corp. Nous y resterons une nuit. Il souhaite nous rencontrer dans ses locaux ; nous tiendrons une conférence, exposerons nos idées et nous rentrerons mercredi dans la journée. Nos vols sont déjà réservés.

Je suis pétrifiée, incapable de faire le tri ou de lire en lui. Pourquoi un tel revirement ? J'essaie de me répéter chacune de ses paroles, mais rien ne me semble clair. Je ne suis même pas certaine de savoir ce qu'il désire vraiment de moi. Remettre le couvert ?

Voyant que je ne bouge pas, muée en statue, un sourire s'étire sur ses lèvres pleines :

– Ashley, c'est urgent. Rentre chez toi maintenant. Je passe te prendre en taxi dans moins de deux heures.

Je me secoue, clignant des paupières pour tenter de retrouver mon sens de la parole.

– Tu veux que je t'accompagne ?

– Comme je viens de te l'expliquer… oui.

– Pour le travail ?

– Évidemment. Je ne mélange pas le privé et le professionnel. Tu peux m'en vouloir, c'est ton droit le plus naturel, mais ce voyage est important pour Carter Corp. Ce que je t'ai confié n'en est pas moins la vérité.

– Ça fait beaucoup d'un coup, remarqué-je.

Son sourire devient fripon et m'enchaîne si étroitement à lui que j'éprouve l'envie brutale de l'embrasser.

– Je ne t'ai pas demandé de m'épouser, croit-il bon de me rappeler avec sournoiserie.

– Je ne suis pas sûre de savoir ce que tu me proposes. Je ne parviens pas à trier. Tu incarnes le flou absolu.

Ma remarque lui arrache un sourire.

– Tu auras de longues heures de vol pour y parvenir. Dépêche-toi.

Il me désigne la porte de son bureau, mais il n'a pas bougé lui-même, son regard traînant languissamment sur moi.

J'essaie de réveiller mes neurones atrophiés, puis hoche la tête.

– Très bien, je t'attendrai en bas de chez moi.

Il acquiesce, tandis que je m'éloigne prestement.

En refermant la porte derrière moi, j'entrevois une dernière fois le regard brûlant de Gabriel sur moi. J'ai la sensation qu'il cherche à me voler quelque chose, mais je ne suis pas certaine de savoir ce que c'est. Je ne suis pas certaine d'avoir envie de m'abandonner à ce point-là.

Je pars quarante-huit heures avec Gabriel à San Francisco. En tête à tête. J'en ai des papillons dans le ventre et des nœuds qui me tordent les tripes.

Tout se mélange en un cocktail détonant. J'ai intérêt à la jouer fine ou bien je ne serai qu'un amuse-gueule pour la mâchoire carnassière de Gabriel. Je suis loin d'avoir démêlé la vérité sur cet homme. J'ai l'impression d'être sur le seuil, avec toute sa personnalité, son passé, ses mystères entassés dans la pièce, et je dois fouiller au milieu du bazar pour m'y retrouver.

La tâche risque de s'avérer mal aisée. Berlinetta n'est pas le genre d'homme à s'ouvrir facilement.

18

LAISSE-MOI T'EMMENER EN VOYAGE

Gabriel

Ashley est nerveuse, assise sur le siège voisin au mien en classe affaire.

Elle tripote l'accoudoir et fixe le hublot et, au-delà, les nuages qui moutonnent sous les ailes de l'avion.

– Je me demande si tu es anxieuse à cause du trajet en avion ou bien à cause de moi.

Ses deux billes de feu se tournent aussitôt dans ma direction, prêtes à me fusiller sur place.

– Les deux. Ça te convient comme réponse ? Sachant que je ne sais pas ce que je préfère entre une mort atroce dans cet avion si celui-ci s'écrase ou bien passer quarante-huit heures en ta compagnie.

– Ma compagnie est bien plus agréable qu'une mort atroce.

– Tout dépend de quel point de vue on se place.

– Je n'offre qu'une petite mort, Ash, me moqué-je.

Elle secoue la tête, faussement atterrée, puis un sourire se dessine sur ses lèvres roses.

– Tu ne franchiras pas le seuil de ma chambre. Et si tu tentes quoi que ce soit, j'oublie que tu es mon supérieur.

– Comme si tu te gênais, d'ordinaire. Je n'ai même plus le souvenir de la dernière fois où tu t'es comportée de façon professionnelle avec moi.

Elle arque un sourcil, mais avant qu'elle ne se récrimine, je la coupe en souriant d'un air insolent :

– En tout cas, pas lorsque tu as laissé ton empreinte sur ma baie vitrée. La femme de ménage a dû être ravie de nettoyer les fenêtres.

Ses joues rosissent aussitôt. Elle détourne la tête en ruminant, tandis que je pouffe de rire, puis elle marmonne :

– C'est toi qui m'as embrassée.

– Et je ne regrette pas du tout.

– Tu ne méritais certainement pas que je te rende ce baiser.

– Alors pour quelles raisons l'avoir fait ?

Elle hausse les épaules, en fixant un instant le hublot, puis son regard caramel revient hanter le mien.

– Je suppose que je t'ai laissé le bénéfice du doute, et que tu es sexy aussi.

– Sexy ?

Son terme m'amuse. Je me penche par-dessus son accoudoir, l'obligeant à reculer jusqu'à la cloison de l'appareil, mais elle pose son index en travers de mes lèvres et me repousse doucement.

– Recule, Gabriel. Zone de confort. Tu ne franchis pas cet espace.

Je ricane en obéissant, de plus en plus diverti par notre joute. J'étends mes jambes autant que possible devant moi. Je suis toujours trop grand pour ce type d'avion, même si nous sommes en classe affaire.

– J'ai déjà franchi cet espace un certain nombre de fois, lui rappelé-je.

– Le problème, c'est que ce n'est pas uniquement le mien que tu franchis.

Je me fige et laisse mon regard sombrer dans le sien. Elle pince les lèvres, comme si elle regrettait les mots qui lui ont échappé.

– Ash…

– Non, je ne veux pas savoir, me coupe-t-elle.

Elle se renferme et se pousse contre la carlingue, son mode d'autodéfense relevé et paré à faire feu. J'inspire et prends le risque de me rapprocher d'elle, violant sa foutue zone interdite. Je pose ma main sur son genou pour attirer son attention et la chaleur de sa cuisse dégage un courant électrique dans ma paume.

– Ash, regarde-moi.

– Non…

– Regarde-moi, tête de mule.

– Non.

Impatient, j'attrape son menton et l'oblige à me faire face. Elle fronce le nez et me décoche un regard noir.

– Je n'ai pas couché avec une autre femme depuis notre rencontre, lui avoué-je. Il n'y a que ton espace personnel que je me suis amusé à envahir.

– Pour quelqu'un qui se prétend infidèle, c'est plutôt surprenant.

– Il m'arrive de savoir bien me tenir.

Elle sourit, moqueuse, puis noue ses doigts autour de mon poignet.

– Lâche-moi, Gabriel.

Je secoue la tête et m'approche davantage, notre bouche à quelques centimètres l'une de l'autre. Ses iris tombent sur mes lèvres avant de se porter sur mon visage.

– Et toi ? demandé-je d'une voix rauque, poussé par la curiosité et le soupçon de colère qui demeure ancré au fond de moi. Ce type en boîte de nuit, tu l'as laissé te toucher ?

– Non, reconnaît-elle, même si ça a l'air de lui coûter. Je n'ai pas couché avec lui, mais j'aurais probablement dû.

– Pourquoi ?

– Parce que tu le méritais.

Je ricane, ses lèvres frôlant les miennes.

– Je méritais que tu baises avec un autre mec que moi ? Pourquoi ?

– Parce que tu m'as repoussée après avoir couché avec moi et tu es parti avec Cassidy toute une semaine.

– Je croyais que tu ne souhaitais pas donner suite à notre relation et je n'ai pas touché Cassidy à Atlantic City. J'ai juste fait un peu la fête loin de New York. Ce n'est pas interdit et j'en avais besoin.

– Quelle est ta définition de la fête ? s'enquiert-elle, une lueur maligne dans les yeux.

– Il n'y a pas de prostituées dans cette définition, ni de femmes étendues dans mes draps. En tout cas, pas cette fois-là, m'amusé-je. Nous avons seulement joué au casino, paradé avec nos clients et dansé en boîte. Rien de plus.

– Et je dois te croire parce que… ?

– Parce que tu n'as pas le choix, Miss Fury. Qui plus est, je n'ai pas compte à te rendre. Je n'ai aucune raison de te mentir. Mais libre à toi d'y croire ou non.

Je lui rends sa liberté et me recule dans mon fauteuil. Elle grommelle en fronçant joliment son nez mutin.

– Je ne t'en dois pas non plus.

– En effet.

Nous nous sourions mutuellement, puis elle me lance, avec ce petit air insolent dans les prunelles :

– Tu étais jaloux ?

– De ta danse on ne peut plus sulfureuse avec Matt ?

Elle me reluque du coin de l'œil, un sourire étirant délicatement ses lèvres.

– Oui, ça m'a agacé, admets-je. Satisfaite ?

Elle s'enfonce à son tour dans son fauteuil et étend ses jambes, puis répond presque négligemment :

— Ça dépend : qu'est-ce qui t'a agacé ? Que je danse avec un homme ou que je danse avec Matt ?

– Autant l'un que l'autre. De manière générale, le fait qu'un autre te touche m'horripile.

Son regard me sonde, se noyant sous une douce confusion. La troubler devient vraiment mon passe-temps favori !

– Tu étais jalouse de Cassidy ? demandé-je à mon tour, même si la réponse est évidente, tout comme la mienne.

– Je la hais.

Sa réponse n'a rien de surprenant. La plupart des femmes détestent la vanité affichée de Cassidy et son manque d'empathie envers ses congénères.

– Elle te déteste probablement aussi, mais tu n'as rien à craindre de sa part. Le danger vient seulement de moi.

– Vantard !

Je ne peux qu'acquiescer.

Nous arrivons au Ritz-Carlton à 4 h 30 du matin. Un groom récupère nos valises, tandis que je me poste au comptoir d'accueil sous les yeux verts d'une magnifique hôtesse.

– Gabriel Simons. Deux chambres ont dû être réservées pour le compte de la société Carter Corporation.

L'hôtesse tapote sur son clavier, tandis qu'Ashley s'appuie contre le comptoir de marbre, des cernes dévorant son joli visage.

– Je suis désolée, Monsieur Simons, mais je n'ai qu'une seule réservation à votre nom.

– Il doit y avoir une erreur.

Ashley relève la tête et nous dévisage tour à tour, en fronçant les sourcils.

– Je regrette, Monsieur Simons…

– Dans ce cas, pouvez-vous mettre à notre disposition une seconde chambre ?

– L'hôtel est complet toute cette semaine en raison d'un séminaire. Je n'ai plus aucune chambre de disponible, mais la vôtre dispose de deux lits côte à côte.

Je pousse un soupir, irrité autant par la fatigue que par ce contretemps. Je me tourne vers Ashley, qui m'observe sans ciller.

– Tu vas devoir supporter ma compagnie plus longtemps que prévu.

– Ma vie est une perpétuelle tragédie ! se lamente-t-elle en levant les yeux au ciel.

Elle m'arrache un sourire. Je récupère la clé de notre chambre et nous fonçons vers l'ascenseur, suivi de près par notre groom. Dans la cabine, nos regards se cherchent, même si nous sommes aussi épuisés l'un que l'autre. Ashley n'a pas dormi plus d'une heure dans l'avion, sa tête reposant sur mon épaule. Et je n'ai pas réussi à trouver le sommeil, concentré sur les mimiques de son visage, prenant lentement conscience du sentiment captivant et agréable qui m'envahit lorsque je la sens près de moi. Je ne me souviens même plus de la dernière fois où j'ai éprouvé cette sensation – la tension que provoque une femme, l'électricité de son contact, le désir de discuter avec elle, le poids écrasant sur la poitrine. Je ne me souviens que des caresses, des gémissements et des lamentations le lendemain matin. Ashley réveille en moi quelque chose que je pensais perdu ou ne pas posséder. Je ne me suis jamais attaché à une femme, non pas parce que je n'en avais pas envie ou n'en voyait pas l'intérêt, seulement parce que, jusqu'à présent, aucune ne m'a semblé suffisamment intéressante pour me donner envie de poursuivre une relation. Jusqu'à présent…

La suite du Ritz, dans les tons de bleu et de blanc, est, comme toutes les chambres réservées par les bons soins de la société, des plus luxueuses, quoique celle-ci demeure assez épurée. Le mobilier est sobre et élégant : canapé immaculé, mini bar rempli, télé écran plat dernier cri.

Je paie le groom qui referme la porte derrière lui tandis que Ashley s'avance sur la moquette, les yeux remplis d'excitation.

– Carter Corp ne se fout pas de nous !

– Non, ce n'est pas l'un des critères de la maison.

Ash se lance dans un examen minutieux de la suite, s'extasiant devant sa somptuosité. Elle virevolte devant le sofa en cuir blanc, ouvre le mini bar, jette un œil sur la vue de Frisco depuis la baie. J'en profite pour prendre nos valises et les dépose dans la chambre.

Comme nous l'a indiqué l'hôtesse, deux lits se tiennent l'un à côté de l'autre, à une distance respectueuse. Je regrette que Carter Corp ne se soit pas trompé jusqu'au bout en nous offrant un grand lit, mais je suppose que Ashley m'aurait obligé à dormir sur le canapé du salon !

Son épaule se colle soudain à la mienne, tous les deux postés sur le seuil. Elle inspecte la chambre de long en large, en apprécie visiblement la décoration, puis avise la salle de bains.

– J'ai besoin d'une douche ! s'exclame-t-elle avec entrain.

Elle se précipite sur sa valise pour en retirer le nécessaire.

– Je te conseille de te dépêcher, nous devons être debout pour 8 heures, lui rappelé-je.

– Oui, chef! Je n'en ai pas pour longtemps.

Moulée dans un pantalon en toile beige qui m'affiche son délicieux fessier, elle se dirige vers la gigantesque salle de bains de la suite, sa trousse de toilettes et sa… nuisette sur le bras. Mon palpitant s'accélère en la regardant disparaître dans la pièce de marbre blanc sans remarquer mon regard tout à coup intéressé. Une journée et une nuit entières en compagnie d'Ashley, seul à seule. Je ne sais pas vraiment ce que j'espère de ces quarante-huit heures, mais… j'ai bien envie de le découvrir.

19
LAISSE-MOI TE DÉSIRER

Ashley

En sortant de la salle de bains, je me fige sur le pas de la porte. Ma bouche s'arrondit. Gabriel est étendu dans son lit, un bras sous la nuque, sans cravate, les premiers boutons de sa chemise ouverte sur son torse halé. Il s'est endormi et une mèche de cheveux blonds tombe sur son front. Il a commencé à déboutonner son pantalon, mais manifestement il n'a pas eu le courage de le retirer. Dommage…

J'éteins la lumière de la salle de bains et, seulement éclairée par les réverbères de la rue, je m'avance jusqu'à son lit. Dans le sommeil, il affiche un visage paisible – si loin de son arrogance habituelle. Mon regard épouse les lignes de sa mâchoire carrée, de ses lèvres bien dessinées et appétissantes, de son nez façonné, de ses longs cils blonds qui approfondissent toujours ce regard azuré qui me transit de désir. Ainsi étendu au milieu de ses draps, il est tellement beau que des frissons parcourent mon corps à toute allure, ne me laissant aucun répit ni aucune chance de survie. Mon cœur cogne aussi lourdement que si je jetais des briques à travers ma cage thoracique.

Poussée par une mystérieuse audace, je grimpe sur son lit et enfourche sa taille dessinant un V, aux muscles durs et sculptés. Je me penche au-dessus de son visage. Bon sang, ce n'est pas humain de dégager autant de sex-appeal. Mon corps crie, se contracte. Mon bas-ventre supplie. Mon cerveau me rappelle vaguement que j'enfreins mes propres règles quant à demeurer à distance, mais il m'est impossible de lui résister. Autant en profiter tant qu'il dort !

Mes cheveux tombent de part et d'autre de sa tête lorsque je m'arrête à quelques centimètres de ses lèvres. Qu'est-ce que je suis en train de fabriquer ? Je manque de prudence. Gabriel ne fera qu'une bouchée de moi s'il devine un instant à quel point j'ai envie de lui.

Cependant, mes lèvres s'en fichent ; elles s'approchent dangereusement des siennes, les effleurent, les goûtent, les redessinent et, à mesure que mon tracé se prolonge, mon intimité me brûle, positionnée au-dessus de la sienne, qui durcit.

Un ricanement lui échappe soudain, manquant de m'arracher un cri d'effroi. Sous le coup de la stupeur, je bascule en arrière. Il me rattrape par le poignet avant que je ne tombe du lit, et m'attire de nouveau contre son torse.

– Ashley, tu embrasses souvent les hommes de cette façon ? me demande-t-il, les yeux brillant d'amusement.

– Je… non… bien sûr que non…

Il hausse un sourcil moqueur devant mes balbutiements et mes joues rouges. Je tente de me redresser et de me sauver vers mon lit, mais il me retient par le bras.

– Qu'est-ce que tu fais là exactement ?

Son regard erre sur la dentelle de ma nuisette et sur mon corps judicieusement placé au-dessus du sien.

– Une erreur monumentale !

J'arrache mon poignet de sa main et me précipite vers mon lit, tandis qu'il éclate de rire sans chercher à me retenir. Il se tourne sur le flanc, le menton dans sa paume, alors que je me glisse sous les draps pour cacher ma honte. Je lui tourne le dos et me recroqueville en chien de fusil.

– Je n'aurais pas dû ouvrir les yeux, déclare-t-il. Je préférais nettement quand tu étais sur moi.

– Cela ne se produira plus. C'était une très mauvaise idée.

– Tu ne disais pas ça, dans mon bureau, la dernière fois.

– Tu me fais perdre la tête. Je ne réfléchis plus quand…

– Quand ?

– Tu le sais très bien.

– Oh ! En fait, tu ne désires que mon corps.

– Exactement, oui, tu as tout compris.

Il n'est certainement pas dupe de ma réponse, étant donné qu'il rigole de plus belle, se payant ma tête.

– Ashley, je suis tout à toi…

– La ferme !

Je l'entends bouger dans ses draps.

– C'est toi qui es venue dans mon lit.

– Tu dormais.

– C'est un argument ?

– Oui, considère que c'était un baiser d'adieu.

– Il ressemblait plutôt à un baiser prélude d'autre chose.

– Erreur d'interprétation.

– C'est donc ça.

– Oui… Bonne nuit.

Il marmonne un « tête de mule » d'un ton amusé, auquel je ne réponds pas.

– Bonne nuit, Ashley.

Sa voix roule, lourde, rauque et cruellement sexy. Je me force à fermer les paupières et tente d'ignorer les décharges électriques qui gravitent sur ma peau et lancent des étincelles dans mon bas-ventre.

Je ne sais pas par quel miracle je parviens à m'endormir. À 8 heures, cependant, lorsque la réception nous appelle pour nous réveiller, j'essaie de bouger pour attraper le téléphone sur la table de chevet, mais un poids m'empêche d'esquisser le moindre mouvement. Je tourne la tête et me retrouve nez à nez avec le beau visage mal rasé de Gabriel. Mais qu'est-ce qu'il fout là ?

Le corps tout en muscles de mon supérieur est moulé au mien, dans mon dos. Son bras m'enlace, ses doigts étendus sur mon ventre, et me presse contre son torse.

Il est venu me rejoindre dans la nuit…

Je n'en reviens pas. À mon grand soulagement, je constate qu'il porte toujours son caleçon, ce qui signifie que je ne me suis pas adonnée, pendant mon sommeil ou à travers une crise aigüe de somnambulisme, à quelques jeux que je risquerais de regretter le matin. Ma nuisette est remontée sur mes jambes auxquelles se mêlent les siennes comme si nous nous étions câlinés toute la nuit.

Je bouge pour le réveiller, tentant de me tourner face à lui, mais c'est mission impossible : son bras est un mur de pierre.

– Hé, Berlinetta. C'est l'heure !

Il grogne dans son sommeil et se presse encore plus étroitement contre moi, jusqu'à me faire sentir sa monstrueuse érection matinale contre mon fessier. Je gigote de plus belle, ce qui, bien sûr, lui arrache un nouveau grondement primaire.

– Miss Fury, si tu bouges encore comme ça, nous serons en retard, ronronne-t-il, ses lèvres sur mon épaule.

– Je peux savoir ce que tu fiches dans mon lit ?

– Je dormais.

– Ton lit ne te plaisait pas ?

– Non, il manquait de chaleur humaine.

– Alors, tu t'es dit : quoi de mieux que de venir squatter le lit de ma collaboratrice ?

– Et de mon amante. N'oublie pas que j'ai déjà été en toi, me rappelle-t-il sournoisement en embrassant ma nuque.

– Tu m'as bien notifiée que je n'entrais pas dans la case « maîtresse ».

– Pas maintenant, Ash, me sermonne-t-il en enfonçant son nez dans mes cheveux.

Ses doigts serpentent le long de ma cuisse.

– Tu es un bel enfoiré, Gabriel.

– Hmm… Pour l'instant, je ne suis que le tien. Dans ton lit. Dans tes bras.

– C'est moi qui suis dans tes bras, souligné-je.

– Alors retourne-toi.

Il me dégage l'espace suffisant pour lui faire face, mais tout à coup, je me demande si l'idée est bonne, si garder la tête froide et conserver un brin de distance ne sont pas préférables.

Gabriel ricane en constatant que je ne bouge plus et souffle contre mon oreille.

– Ah, Ashley, délicieuse Ashley, à quelle sauce dois-je te dévorer ?

– Tu ne me dévoreras pas. Je ne suis pas l'un de tes encas.

Je ne sais vraiment plus sur quel pied danser avec lui. Et ses doigts qui galopent sur le sommet de ma cuisse ne m'aident pas à réfléchir. Ils dégomment mes neurones les uns après les autres.

– Je croyais que tu me voulais, Ashley.

– J'ai changé d'avis.

Il rit contre ma nuque.

– Menteuse. Mais ça ne me dérange pas. Tu me connais : j'ai le goût des défis.

Il dépose un baiser sur mon épaule, puis se redresse du lit en poussant un soupir d'aise. Je m'étends sur le dos et suis du regard les muscles de ses omoplates qui se tendent et se détendent au rythme de ses gestes. Puis Gabriel saute du lit et se dirige, le sexe dressé dans son caleçon, en direction de la salle de bains sans marquer la moindre gêne.

– Tu peux me rejoindre sous la douche, si tu veux, me lance-t-il avant de franchir la porte.

Il éclate de rire lorsqu'un oreiller s'écrase contre le battant.

Et voilà, j'ai affaire à une nouvelle facette de Gabriel ; celle qui est douce, chaude et tentante.

Après un petit déjeuner survolté où ses regards n'ont eu de cesse de me déshabiller, nous sommes partis rejoindre nos clients dans leurs locaux. Très professionnels, nous avons tenu une conférence et expliqué nos projets durant la matinée. Gabriel m'a laissé la parole à de très nombreuses reprises afin d'exposer mes idées pour mieux les accompagner. J'ai même été surprise qu'il m'accorde autant de place. Sa façon de parler en public me tient en haleine ; il se dégage de lui tellement d'assurance que je l'envie. Non que je me sente intimidée de parler devant une assistance – je suis habituée –, mais quand il ouvre la bouche, la plupart des gens relèvent la tête de leur bloc de papier pour l'écouter, et je n'ai pas dérogé à leur attitude. J'ai été fascinée et conquise par sa prestance.

Pendant l'heure du déjeuner, j'ai fantasmé sur sa pomme d'Adam. Je ne sais même pas pourquoi. J'étais subjuguée à l'idée de passer mes doigts le long de son col de chemise pour griffer sa peau.

L'après-midi, nous poursuivons notre colloque, puis nous discutons longuement en compagnie du P.-D.G. de la société. Gabriel prend beaucoup la parole, plus à l'aise que moi pour parler de Carter Corp. Si je ne travaillais pas déjà pour l'entreprise, j'aurais eu envie d'y bosser après sa diatribe tant il y met de la conviction et de l'intensité.

À la fin de la journée, je peux compter le nombre de fois où le P.-D.G. m'a reluquée, mais je suis incapable de déterminer combien de fois j'ai maté les fesses de Gabriel.

En quittant la tour, je m'arrête sur le trottoir et m'étire, les bras levés au ciel. Gabriel me jette un coup d'œil, puis passe sa main dans ses cheveux.

– Je t'invite à boire un verre ?

– Volontiers. Je suis épuisée. Un vrai marathon.

– C'est le boulot.

Il me désigne un bar de l'autre côté de la rue et m'attrape par le bras pour m'y entraîner.

Nous pénétrons dans un pub, aux murs lambrissés et aux banquettes sombres, le tout est sobrement décoré. Gabriel m'entraîne dans un box au fond du bar. Protégé par des vitraux colorés, celui-ci est plus intime que le reste de la salle. Nous commandons des bières et, le temps que le serveur nous les apporte, le regard de Gabriel m'enveloppe de chaleur, courant le long de mes bras, de ma gorge, de mon visage. Aucune parcelle ne lui réchappe et je me sens brûler de l'intérieur.

– À quoi tu joues ? finis-je par demander, la voix tendue par son examen méticuleux.

Il hausse un sourcil amusé, puis tripote le dessous de verre sur la table.

– Cela ne te paraît pas évident ?

– Tu brouilles les pistes.

Il avale une gorgée de bière au goulot, sans me quitter des yeux, puis un sourire fleurit sur ses lèvres.

– Je tente de te séduire.

– Dans le but de m'amener dans ton lit cette nuit ?

Il ne me répond pas tout de suite, son regard se perdant au fond du mien. Il affiche une telle assurance qu'il en est déstabilisant. Je me sens fondre de l'intérieur et conserver mes défenses est plus difficile que je ne l'avais imaginé, en particulier lorsqu'il me déshabille de cette façon détournée.

Sans crier gare, Gabriel saisit mon poignet et me tire jusqu'à lui, par-dessus la table. Ses lèvres proches des miennes, il murmure d'une voix rauque :

– Ash, qu'est-ce que tu attends de moi ?

Je m'abîme dans ses yeux, mal à l'aise. J'essaie d'esquiver, mais ses doigts s'emparent de mon menton.

– Non, ne te dérobe pas. Qu'est-ce que tu veux de moi ?

– Ce que tu n'es probablement pas en mesure d'offrir. Tu es bien trop arrogant pour ça.

Il libère mon menton en éclatant de rire. Il recule contre le dossier de la banquette.

– Qui sait ? Je ne le sais peut-être pas moi-même. Tu as la tendance agaçante à foutre en l'air mes certitudes.

– Oh ! Quelles certitudes ai-je gâchées ?

– Que la Berlinetta est une voiture parfaite pour moi, se moque-t-il.

Je ricane en levant les yeux au ciel.

– Elle est parfaite pour toi : insolente à souhait. Quoi d'autres ?

– Que je peux maîtriser de front le boulot et le privé.

Ses lèvres esquissent un sourire rusé et brûlant tandis qu'il lorgne vers mon décolleté.

– Que je peux t'empêcher d'entrer dans ma vie, ajoute-t-il d'une voix plus lourde.

Il s'accoude et se penche de nouveau vers moi, son regard luisant, bien trop sûr de lui.

– Que je peux te faire l'amour et passer à autre chose comme si de rien n'était, comme à mon habitude. Que tu ne peux pas m'ébranler ou me séduire. Que je peux me passer de toi.

Mon cœur bat comme un gong, fort, puissamment, laissant son écho se perdre dans le bar. Je serre les poings sur la table. Gabriel n'a pas son pareil pour me déstabiliser en quelques secondes, maniant le chaud et le froid à la vitesse d'un missile. Mais peut-être est-ce ce qui m'attire en lui : cette faculté à m'interroger sans arrêt, à me conquérir ou me perdre, ce désir de creuser en lui pour savoir ce qu'il pense à tel ou tel instant. Peut-être que ce qui me plaît réellement en lui, c'est cette sensation de ne pas savoir ce que sera demain. Un petit goût de danger, mélangé à un soupçon de désir, d'adrénaline et d'amour. Un cocktail détonant avec mon tempérament. Le feu et la glace qui se mêlent l'un à l'autre pour se conquérir.

Ses doigts caressent le dessus de ma main fermée, tout doucement, à peine un frôlement. En réponse, ma peau se couvre de chair de poule.

L'expression de son visage se transforme, passant d'un air moqueur à une mine sérieuse, et il murmure d'une voix rauque qui me rentre sous la peau :

– J'ai envie de toi, Ashley.

Sa bouche se plaque brusquement sur mes lèvres et sa langue tente de s'emparer de la mienne. Pendant une longue seconde, je suis tétanisée par la surprise, me laissant engourdir par son baiser, puis je me débats, rassemblant mes neurones en vrac, et m'arrache au velouté de sa bouche. Il recule sans renauder, un sourire malicieux aux lèvres, comme s'il avait conscience de mes prochaines paroles.

– Tu es un beau parleur, Gabriel. Ne crois pas m'avoir si facilement.

Il se gratte le front d'un air nonchalant avant de boire une gorgée de bière.

– Tu as raison, ce serait bien trop facile, me lance-t-il telle une menace, le regard frondeur. Je préfère batailler un peu.

Cela sonne bien trop comme un défi.

Une fois de retour à l'hôtel, Gabriel se laisse tomber sur le canapé de la suite en poussant un râle de plaisir, les pieds sur la table basse. Il attrape le téléphone pour commander notre dîner au room service. Il me suit du regard tandis que j'enlève mes talons aiguilles et les abandonne dans l'entrée.

Une fois qu'il a raccroché, il dénoue son nœud de cravate sans la retirer et continue de m'observer. Je lui adresse une grimace, qu'il ignore d'un sourire, puis me dirige vers le mini bar pour en sortir deux mignonnettes. Je lui en lance une. Il la rattrape d'une main, dévisse le bouchon et la tend dans ma direction pour un toast peu ordinaire :

– À une nuit intéressante !

– À nos deux lits voisins !

J'ouvre ma minuscule bouteille et la siffle cul sec, vite imitée par Gabriel. Il ricane, puis me décoche :

– Tu crois vraiment que la distance qui sépare nos lits est un obstacle pour que je t'y rejoigne ?

– Le terrain est miné entre les deux, j'y ai veillé.

– Dans ce cas, je te ferai venir dans mon lit.

– Oh ! Je serais curieuse de savoir comment tu comptes t'y prendre ! Je suis têtue.

– Et j'adore ce trait de caractère. Il me donne envie d'écraser tes certitudes.

– Qui ne sont pas les tiennes !

– Qui sont pires que les miennes, Ash. Tu as passé ta journée à reluquer mes fesses.

Je rougis instantanément, avant de me ressaisir.

– Et tu as passé ta journée à fusiller du regard le P.-D.G. parce qu'il matait les miennes.

– Très désagréable, en convient-il en étendant son bras par-dessus le dossier, ce délicat fessier m'appartient.

– Il ne t'a appartenu que quelques heures au cours des dernières semaines.

– Faux ! Il m'a appartenu à la minute où j'ai posé mes mains sur lui.

– Tu y as gravé ton empreinte ? On dirait que tu m'as fait pipi dessus comme un chien !

Il éclate de rire et secoue la tête.

– Je suis un homme primaire, mais pas à ce point-là. Oh ! Allez, Ash, avoue que tu meurs d'envie de sentir mes mains sur toi.

– Autant que si tu versais sur ma peau du vitriol.

– Plus tu me repousses et plus j'ai envie de te prendre.

Hmm… stratégie intéressante.

Je lève un sourcil, amusée, mais il a parfaitement conscience de ses propres mots. Gabriel ne laisse rien échapper au hasard. Il est bien trop méticuleux pour ça.

– Tu m'as excité toute la journée, Ashley, dans ton tailleur sexy, avec tes jambes magnifiques et tes seins sublimes. Tu n'as pas cessé de les afficher sous mon nez. Tu sais à quel point c'est difficile de parler marketing quand une poitrine que tu désires lécher se trimballe impunément sous ton nez ? Tu sais à quel point j'avais envie de chasser tous ces gens de cette salle de conférence pour te posséder sur le pupitre.

Je suis en train de me transformer en brandon de paille. Gabriel ne me quitte pas des yeux et, comme un gibier à l'affût, je ne le quitte pas non plus du regard, soudain trop consciente de sa proximité, de ses paroles, de ce feu que je devine dans ses iris.

– Je… je crois qu'il est temps pour moi de prendre une douche, avant que le dîner n'arrive.

Je me dirige vers la salle de bains sans attendre, sous son rire moqueur. Sa présence est suffocante, comme s'il aspirait le moindre atome de mon oxygène.

– Ferme la porte à clé, Ash, se moque-t-il depuis le salon. Je vais boire un verre au bar de l'hôtel, mais qui sait dans quel état je serai en remontant ?

Je grogne, ce qui lui arrache un éclat de rire. Par l'entrebâillement de la porte, j'aperçois sa haute stature qui se déplace jusqu'à la porte. Je m'en détourne lorsque son regard pointe dans ma direction. Je me précipite vers ma valise. Je récupère un pantalon noir en coton et un débardeur blanc, tout simple, puis je prends soin de fermer la porte à clé, même si, durant un court laps de temps, j'hésite à la laisser ouverte. Je me réfrène cependant, me répétant pour me motiver que Gabriel est un coureur de jupons.

Je prends une longue douche, me laissant le temps de digérer ses paroles. Je ne sais pas où il compte m'emmener. Dans son lit ou dans sa vie. Le premier est très tentant, mais le deuxième m'attire bien trop pour ne pas craindre de me rompre la mâchoire sur le métal acéré de sa Berlinetta. Je ne suis pas convaincue que Gabriel ait envie de s'engager avec quelqu'un et je ne suis pas sûre de supporter de n'être que sa maîtresse. Pourtant, c'était si agréable de se réveiller dans ses bras, ce matin, si agréable de sentir son corps blotti contre le mien, si agréable d'éprouver le contact de ses lèvres sur ma nuque.

Je tourne le bouton d'eau froide pour gommer les idées charnelles qui me percutent de plein fouet, mais le souvenir de sa chaleur a raison de mes forces. Je sors de la douche, frustrée, au bord de la rupture. Ce voyage est une très mauvaise idée. Comment conserver de la distance alors qu'il n'est qu'à quelques mètres de moi ?

Je me sèche, enfile mon tee-shirt et mon pantalon, puis, après m'être donnée forme humaine avec un peu trop d'empressement, j'ouvre le battant.

Je manque de pousser un hurlement lorsque je me retrouve nez à nez avec Gabriel.

20
LAISSE-MOI TE TOUCHER

Ashley

Le coude sur le montant de la porte, il m'observe de ses profonds yeux bleus qui me font perdre la tête. Il a retiré sa veste ainsi que sa cravate et remonté ses manches sur ses avant-bras, ce qui lui confère un air sexy et négligé. Il ne sourit pas, ne se moque pas. Il se contente de me dévisager, me barrant le passage.

– Ash, murmure-t-il de sa voix rauque, je n'ai pas l'habitude qu'on se refuse à moi. Je n'ai pas l'habitude que l'on me tienne tête comme tu le fais sans arrêt. Je n'ai pas l'habitude de désirer quelqu'un comme je te désire toi. Je ne te laisserai pas t'échapper…

Sur ces mots, sa bouche heurte la mienne. Ses mains me saisissent par la taille et me blottissent abruptement contre lui, ne me laissant aucune échappatoire. Mon dos percute le chambranle de la porte, tandis que ses doigts pressent ma cuisse, puis tirent sur mon tee-shirt pour me le retirer. Je ne me débats pas, affamée par sa bouche qui me martyrise. Il chuchote à mon oreille tout ce qu'il désire m'infliger et je fonds petit à petit sous son regard de braise.

– J'ai envie de toi, Ashley. Putain, ça me dévore.

Il prend ma main et la pose sur sa poitrine. Malgré sa chemise, je sens le cœur chaotique qui bat en dessous, et je me décompose. Mes barrières cèdent, se désagrègent, et je lui rends son baiser, glissant mes mains dans ses cheveux blonds, tirant dessus jusqu'à lui voler un grondement. Il me soulève en passant ses mains sous mes fesses. Je noue mes jambes autour de sa taille tandis qu'il me transporte jusqu'à son lit. Il s'étend sur moi, m'écrasant sous son poids, sa main serpentant le long de ma cuisse. Ses lèvres courent le long de mon cou, se perdent sur l'échancrure de mes seins, puis ses paumes s'en saisissent, caressant leurs pointes. Il m'arrache un gémissement, tandis que je me tords sous lui pour déboucler sa ceinture.

– Avoue que tu as envie de moi, Ash, gronde-t-il avant de s'emparer de mon sein.

Sa langue s'écrase sur mon téton et un furieux frisson roule sur moi comme une vague sur la grève. Je me délite à petit feu sous ses coups de langue.

– Tu veux me sentir en toi, Ash ?

Je ne réponds pas, tire sa fermeture éclair et libère son sexe dressé et puissant qui remplit déjà ma main. Il grogne lorsque je le masse, mais s'en arrache lorsque sa bouche dévale le long de mon estomac. Il saisit la couture de mon pantalon et me le retire sans me quitter des yeux. Ses lèvres roses et gonflées de baisers sont un véritable appel à la luxure. Mon Dieu, qu'il est beau ! Ni mon cœur ni mon corps ne sont aptes à lui résister.

C'est une tentation absolue. Je comprends qu'aucune de ses collaboratrices n'ait pu le rejeter, j'arrive même à comprendre la possessivité de Cassidy et, quelque part, dans mon cerveau dépravé par ses baisers, je suis satisfaite de savoir qu'il est dans mon lit, entre mes cuisses, prêt à me faire l'amour.

Gabriel envoie valser mon pantalon dans la chambre et m'écarte les jambes d'autorité. Son index effleure l'intérieur de mes cuisses, remontant depuis mon genou, et à chacun de ses passages, je me tortille sur les draps, de plus en plus avide de le sentir. Il fait grimper la température de plusieurs degrés.

– Ash, dis-moi à quel point tu veux me sentir en toi...

Son doigt frôle tout à coup mon clitoris et je lâche un cri, bascule la tête en arrière, cambre le dos.

– Bon sang, que tu es belle, murmure-t-il, sa main gauche caressant ma poitrine, mon ventre, mes hanches.

Il redessine mes courbes avant de se pencher près de moi et de poser sa langue sur mon intimité. Au contact chaud de ses lèvres, je mords dans les miennes pour taire la monstrueuse lame de plaisir qui me percute, mais mon souffle, mes crispations, mes mains me trahissent. Mes doigts s'enroulent dans ses cheveux pour le presser plus fort contre moi, au point de lui arracher un ricanement. Affamé, il me lèche, me lape, me dévore. Je ne lui échappe pas. Il me soumet au désir qu'il fabrique, détruisant mes remparts, pulvérisant ma volonté.

Sa langue tourne autour de mon clitoris, puis sinue le long de mes petites lèvres ouvertes. Je suis au bord de la fêlure et, lorsqu'il me sent prête à céder, il se détache de mon corps. Je pousse un cri dépité en le sentant s'éloigner, mais guère longtemps. Sa peau frôle la mienne, en même temps que ses lèvres qui me découvrent et m'explorent petit à petit, parcourant mon corps jusqu'à mon visage. Un sourire coquin l'éclaire et me harponne en pleine poitrine. J'enveloppe ses joues et l'attire sur ma bouche. Il m'embrasse avec fougue, puis murmure à nouveau :

– Dis-le, Ashley… à quel point tu as envie de moi.

Son sexe masse le mien. Ses hanches ondulent et m'électrisent. Mes mains serpentent le long de sa nuque et mes ongles se plantent dans ses omoplates.

– Ashley…

Sa voix est presque une supplique lorsque sa bouche m'affame à nouveau, se détachant avant de me happer, de m'entraîner dans ma chute, au cœur de ses bras.

– J'en ai envie au point que je ne te laisserai plus partir ensuite.

Un éclair passe dans ses yeux, mais je suis incapable de le décrypter. Seul son sourire satisfait ourlant ses lèvres me rassure. Son corps appuie plus fort contre le mien.

– Viens en moi, Gabriel.

Il ne se le fait pas répéter. L'épaisseur de son gland déchire mes chairs et s'enfonce dans mon ventre, m'écartelant de plaisir. Je me désagrège sous la lenteur de son coup de reins, prenant le temps d'étirer les sensations, de les graver sur chaque parcelle de mon corps.

Mes ongles s'enfoncent dans ses épaules, alors qu'il grogne contre mon oreille. Un voile de sueur recouvre sa peau et huile nos corps. Je me frotte contre lui sans impunité. Il gronde, ses lèvres contre les miennes :

– Dis-moi que tu ne te sens pas sale lorsque je te touche, Ash.

Je me crispe légèrement sous lui, stupéfaite par ses paroles, mais il n'ouvre pas les yeux et m'embrasse, fuyant mon regard. Je réponds à son baiser et resserre mes cuisses sur les siennes, le pressant plus fort, l'entraînant plus profondément en moi, pour le rassurer. Je prends conscience de sa peur, de son inexpérience en matière de relations, outre celles du sexe. Je prends conscience de son désir d'être tranquillisé sur ce que je souhaite, sur ce que je ressens pour lui. Nous sommes tellement sur la défensive l'un avec l'autre qu'en réalité, nous passons peut-être à côté de nous-mêmes, sans nous apercevoir que nous désirons la même chose : être ensemble.

Lorsque nos lèvres ont cessé de s'explorer, je réponds d'une voix frémissante :

– Quand tu me regardes, je me sens forte, Gabriel. Parce que je dois sans cesse te tenir tête pour ne pas m'effondrer.

Ses prunelles azurées m'épient, ancrées aux miennes, comme s'il tentait de s'enfoncer au creux de mon âme. Sa bouche rencontre de nouveau la mienne. Ses hanches ondulent, presque inconscientes, et m'arrachent un gémissement, puis deux, puis trois…

– T'effondrer comment ? me demande-t-il avant d'enfouir son visage dans mon cou pour lécher ma veine palpitante.

– D'amour.

Sa main gauche remonte ma cuisse, emprisonne ma hanche et la presse ; sa main droite saisit mon poignet et le plaque au-dessus de ma tête. Mon cœur s'agite, palpite, tape fort sous le poids de cette demi-confession. Ses lèvres dessinent le pourtour des miennes, tandis que son membre épais me pénètre plus violemment. Pendant un instant, j'ai peur qu'il ne s'enfuie lorsque je devine au fond de ses iris l'incertitude qui l'assaille, mais non, il s'accroche d'autant plus fort à mon poignet et s'enfonce plus vite en moi. Sa bouche m'embrasse sans cesse et il grogne, gronde, donne de puissants coups de reins.

Le plaisir monte, m'écartèle, me déchire la poitrine et lorsque la jouissance se répand dans mes veines, m'entraînant dans cette délicieuse petite mort, Gabriel aspire mon souffle entre ses lèvres. Il se perd en moi et, à son tour, jouit fort. Son sexe prend plus d'ampleur et me laisse ensuite alanguie et toute molle.

Gabriel s'effondre sur ma poitrine et enfouit la tête dans mon cou. Il ne lâche pas mon poignet. Il souffle contre ma peau, son torse se soulève vite.

– Je savais que tu finirais par me succomber, chuchote-t-il au creux de mon oreille.

Je me défends aussitôt, en souriant :

– Ce n'est que du sexe. N'importe quelle femme te succomberait.

– À l'heure actuelle, les autres m'importent peu.

Un frisson de plaisir greffe ses tentacules sur ma peau. Il se cale sur un coude et redresse la tête pour me regarder dans les yeux. De l'autre main, son pouce se pose sur mes lèvres et m'effleure délicatement.

– Je ne suis pas très doué, Ash.

– Doué ?

– Pour tout ça. Les câlins après l'amour. Discuter avec une femme pendant un dîner sans avoir pour objectif de la baiser ensuite. Juste… me sentir bien avec elle.

– Tu sous-entends que lorsque nous étions au bar, tout à l'heure, tu n'avais pas pour objectif de m'entraîner dans ton lit ? questionné-je, un sourcil levé avec ironie.

Il me rend mon sourire narquois.

– Si, mais à la différence de mes autres relations, j'éprouve l'envie de te parler ensuite.

– D'habitude, tu te sauves ? ricané-je.
– Plus vite qu'un cambrioleur.
– Oh ! Gabriel, tu voles l'innocence de ces femmes…
– Je ne crois pas avoir volé beaucoup d'innocences et encore moins la tienne !
– Je me demande quel sens donner à cette phrase.
Pour toute réponse, sa bouche se pose au coin de la mienne. Sa langue me force, puis me goûte.
– Que tu ne serais pas une telle teigne et une si délicieuse amante si tu étais innocente, et j'éprouverais beaucoup moins de plaisir à te tourmenter.
– Je savais que tu étais vicieux !
Il pouffe de rire en basculant sur le dos. Je me love contre lui, posant la tête sur son torse. Son bras tombe sur mes épaules et il me garde blottie contre lui.
Nous restons silencieux un moment, savourant le contact de l'autre après la saveur de l'amour. Du bout du doigt, je joue avec sa chevalière, puis demande à voix basse :
– C'est un souvenir familial ?
Il monte sa bague à hauteur de ses yeux et l'admire, perdu dans sa contemplation, avant de hocher la tête.
– Elle appartenait à mon père.
Je relève l'emploi du passé et sens un frisson longer ma colonne vertébrale au souvenir de la disparition de ma mère.
– Pour me rappeler l'enfoiré qu'il a pu être, ajoute-t-il d'une voix d'acier, me coupant le sifflet. Et celui que je ne souhaite pas devenir.
Je redresse la nuque, surprise de cette confidence, et pose le menton sur son torse pour mieux l'observer. Il laisse retomber son bras le long de son flanc, puis pousse un soupir avant de

me regarder dans les yeux. Leur teinte me semble encore plus métallique que d'ordinaire, comme si le souvenir de son père le bouleversait autant que le mien.

– Tu es en colère parce qu'il est mort ou pour autre chose ?

Il passe les doigts dans ses cheveux, l'air de réfléchir.

– Les deux, probablement, même si j'ai mis longtemps avant de parvenir à regretter sa disparition.

– Pour quelles raisons ?

– Ash, on vient à peine de faire l'amour. Ce n'est pas un sujet très reluisant.

– Tu ne te sauves pas. Tu ne me fous pas dehors. Tu souhaitais discuter après l'amour. C'est le moment de montrer que tu en es capable.

Je lui assène mon plus beau sourire encourageant, ce qui finit de le dérider.

– Voilà pourquoi je déteste les relations de couple, se moque-t-il.

– Parce qu'il faut se confier ?

– Et agir comme si tout avait une importance.

– Cette bague en a, puisque tu la portes tous les jours de ta vie.

Vaincu, il glisse son bras sous sa nuque, fixe un instant le plafond, puis finit par lâcher :

– Mon père était un joueur de poker invétéré. En soi, ça répond déjà à toutes tes questions. Oui, au début, il a gagné beaucoup d'argent puis, comme de bien entendu, il s'est mis à perdre, d'abord un peu, puis des sommes astronomiques. Il nous a mis sur la paille en quelques mois. Il s'est mis à boire pour compenser sa décadence et s'est acoquiné avec des types louches. Ma mère s'est saignée pour qu'on s'en sorte, payer mes études, construire ma vie, pendant que mon père s'acharnait à la briser. Un jour, il n'est pas rentré. Pfff…

Il mime une bulle qui explose avec ses doigts.

– C'est tout. Il s'est volatilisé comme par enchantement, nous abandonnant dans une merde noire. Ma mère est une femme formidable, mais elle a eu beaucoup de mal à me maîtriser, après son départ. J'ai cumulé les conneries, pour m'affirmer, montrer que j'existais et que j'étais vivant, jusqu'à ce que je réalise que, contrairement à mon père, je voulais devenir quelqu'un qui compte. Pas un joueur, plus larve qu'être humain. Je sais que je ne suis pas facile à suivre, Ash. Je me suis bétonné avec le temps, pour empêcher les gens d'entrer dans ma vie.

– Par peur qu'ils s'en aillent ?

– Sûrement, en partie, oui. Par commodité. Peut-être que m'attacher m'expose trop. Cela représente un danger futile.

– Comme pour tout le monde. L'attachement est forcément une source de douleur, mais tu ne peux pas vivre sans. C'est se priver de ce qui existe de mieux dans la vie.

– En effet, mais repousser les autres est plus facile. D'ordinaire, je suis plutôt doué en la matière.

Je lui adresse un sourire tendre, touchée qu'il me raconte cet épisode douloureux de sa vie.

– Est-ce que tu penses qu'il est mort ?

Il hausse les épaules, en affichant une grimace.

– Je n'en sais rien. Soit il s'est mis au vert parce qu'il avait accumulé une montagne de dettes, soit sa montagne de dettes l'a rattrapé et il nourrit les asticots dans le désert de Vegas. Je ne suis jamais parvenu à trancher. J'ai cherché un peu, pendant un moment, mais je n'ai abouti à rien. Le néant total. De toute façon, je ne suis pas certain de savoir ce qui me convient le mieux. Je garde cette chevalière en son souvenir. Avec le recul, j'ai pris conscience que cette bague est tout ce qui me restait de lui. C'est aussi une bonne motivation pour ne pas oublier la route que j'ai choisie d'emprunter.

Je caresse son pectoral d'un air machinal, tandis que son regard s'abîme sur le plafond mouluré. Un sourire se niche sur ses lèvres lorsqu'il l'abaisse sur moi.

– Comment je m'en sors ?

– Plutôt bien, pour un débutant.

Il m'attrape par le menton et me tire vers ses lèvres.

– Tu peux te foutre de moi, mais je n'ai pas le souvenir, ma délicieuse Ash, que tu te sois confiée à moi.

– À toi, sûrement pas. Comment aurais-je pu ? Jusqu'à présent, tu étais une porte cadenassée.

Il fronce les sourcils, presse ses doigts plus fort contre ma mâchoire, puis finit par acquiescer :

– Rappelle-moi la définition d'une relation.

Je pousse un grognement en dégageant mon visage. Je me laisse tomber sur son torse, mon nez collé contre sa peau parfumée.

– Ma vie n'a rien d'aussi sensationnelle que la tienne, le préviens-je. Ma mère est décédée d'un cancer il y a quelques années. J'en ai beaucoup souffert. J'ai appris à lui survivre et à survivre à mon connard de père qui n'a rien trouvé de mieux que de déserter le logis familial. Note qu'il avait déjà plus ou moins commencé auparavant, lorsque ma mère est tombée malade. Veiller une mourante n'était pas son sacerdoce. Il voulait la grande vie. Pas s'occuper d'une fille et de sa mère. J'entretiens une relation très conflictuelle avec lui, encore faut-il s'entendre aussi sur le terme de « relation ». Partir à Paris pour suivre mes études m'a fait beaucoup de bien – cela m'a changé les idées – et m'installer ici, même si ça me fichait la trouille, était le début d'une nouvelle vie pleine d'aventures. Je ne regrette pas ce nouveau départ à Carter Corp. Je ne suis même pas sûre de regretter de t'avoir rencontré à cette station-service.

Il émet un bref ricanement.

– Oh, c'est le début de la fin, se moque-t-il.

– Tout dépend de la fin. Avec toi, j'ai l'impression de marcher sur un câble tendu au-dessus du vide. À tout instant, je peux tomber et me briser au sol.

Il ne répond rien, si bien que je relève la tête et sonde son regard. Celui-ci emprunte une nuance à la fois plus profonde et plus tourmentée, comme s'il tentait de faire le tri dans son esprit, puis, finalement, il me demande d'un ton très sérieux :

– Et tu prends ce risque ?

– Serais-je dans tes bras dans le cas contraire ?

Un sourire étire doucement le coin de ses lèvres.

– La question que je me pose, Berlinetta, c'est si toi, tu prends aussi ce risque…

Le silence m'engloutit à nouveau. Nos regards sont suspendus l'un à l'autre, puis sa voix tranche :

– Disons que tu es la première qui me le fasse envisager.

Je manque de lui coller un coup de pied dans les parties, ce qui lui provoque un éclat de rire lorsqu'il devine ma pensée.

– De quoi tu te plains, Miss Fury ? C'est plus que ce qu'ont obtenu les autres femmes !

– Espèce de connard arrogant ! grogné-je en me débattant entre ses bras, tandis qu'il rigole de plus belle.

– Viens par-là, Ash, je vais te montrer à quel point je prends ce risque.

21
LAISSE-MOI TE REPOUSSER

Ashley

Après ces quarante huit heures consacrées à s'embrasser, se lover l'un contre l'autre et ô miracle, se parler sans se disputer, le retour à New York ressemble tout à coup à une montagne infranchissable. Loin de chez nous, de nos obligations, vivre une histoire avec Gabriel me paraissait facile, évident même, mais une fois sur nos territoires respectifs, en sera-t-il de même ?

Je garde une boule au ventre à cette idée. J'ai peur qu'il ne me repousse, m'interdise d'espérer en un avenir commun et foute tout en l'air à la manière d'une tornade.

En passant devant l'accueil de Carter Corp, je suis toute retournée à l'idée de le croiser dans un couloir. Lisa me déroute de mes pensées délétères et me fait promettre de lui raconter mes deux jours passés à San Francisco, avec un sourire peu crédule sur ce qui s'y est produit. J'ai peut-être manqué de discrétion dans mes SMS. Ah, après tout, je n'avais aucune envie d'être discrète avec Lisa. Discuter beaux mâles sexy et dangereux avec une amie ne m'était pas arrivée depuis des lustres et je profite au maximum de son amitié. J'ai très envie de lui parler de mes incertitudes et de mes peurs. Peut-être sera-t-elle en mesure de me rassurer là où je commence à mourir de trouille. Nous nous organisons rapidement un déjeuner, puis je m'éclipse en lui souhaitant une bonne journée.

Matt est déjà installé derrière son bureau lorsque je m'affale sur le mien. Il relève les yeux de sa tablette et un sourire envahit ses lèvres.

– Ash, tu m'as manqué. Ne pars plus si longtemps, j'étais perdu sans toi !

Je lève les yeux au ciel devant sa mine enjouée.

– Ton séjour s'est bien passé ? me demande-t-il.

Son ton souligne toute l'ambigüité de sa question.

– À merveille.

Il s'étire en lançant un « oh » amusé.

– Certains mecs sont chanceux dans la vie. J'espère qu'il en a conscience.

– Je crois que cette pensée fait son chemin.

– Tant mieux. Ça ferait mauvais genre si je devais casser la gueule de mon manager parce qu'il a blessé la collaboratrice de mes rêves.

Je lui envoie une boulette de papier au visage qui lui soutire un gloussement, puis il passe la main dans ses cheveux en me dédiant son sourire charmeur.

– Je serais presque un peu jaloux, me lance-t-il.

– Juste un peu ? Je suis vexée.

– T'es sexy à mort. Je suis fou de rage !

J'éclate de rire devant sa grandiloquence, tandis qu'il mime une mort atroce, main sur le cœur.

J'ouvre mon ordinateur sans cesser de sourire et constate qu'une flopée de mails m'attend. Ler dernier reçu attire toutefois mon attention plus que les autres. Il date à peine de quelques minutes. Je clique aussitôt sur le lien et sens un délicieux frisson courir sur ma peau.

Gabriel : [Tu es très belle ce matin.]

Je me dévisse la tête pour jeter un coup d'œil en direction de son bureau. Il est déjà installé et travaille, les yeux braqués sur une liasse de papiers. Il est tiré à quatre épingles, costume sombre, chemise noire, cheveux gominés avec soin, rasé de frais. Je me serais pourtant bien frottée contre sa barbe naissante si sexy du matin, tel un chaton en mal de caresses.

Des souvenirs de ces deux jours me reviennent en mémoire aussi sec, me laissant presque humide sur mon siège. Les doigts de Gabriel sur ma peau, sa langue dégustant la mienne, ses mots doux ou vulgaires selon les circonstances, ses caresses délicieuses et addictives.

Je souris comme une imbécile face à mon écran, ce qui me vaut un lazzi de Matt, bien mérité. Je me sens obligée de lui tirer la langue avant de répondre au mail de Gabriel :

Ashley : [Serais-tu d'humeur romantique ?]

Après ce message, je me force à travailler à mon tour, plus encline à reluquer mon supérieur que mes dossiers. Je clique sur ma boîte de réception toutes les cinq minutes comme une adolescente aux hormones en ébullition en attendant sa réponse. Lorsqu'enfin, son mail apparaît, je me liquéfie sur ma chaise :

Gabriel : [Séductrice…]

Les trois points de suspension revêtent plus de sens que le mot qu'il a choisi. Ils présagent une suite des plus… charnelles et agréables.

Je m'apprête à lui répondre lorsque mon portable vibre sur mon bureau. Je m'en saisis, constate que j'ai reçu un SMS d'un expéditeur au numéro inconnu et, surprise, ouvre le message tout en réfléchissant à mon mail suivant. Je me fige aussitôt. Mon souffle se coupe net. Mes poumons se compriment jusqu'à la douleur. De l'acier fondu gicle brusquement dans mes veines, plombant tout mon corps sur ma chaise. Mes doigts se crispent sur la coque de mon téléphone. Ce n'est pas possible !

Non…

La qualité du MMS est médiocre, comme si la photo avait été prise depuis une caméra de surveillance dans les sous-sols de Carter Corp, mais elle est parfaitement explicite. Gabriel est en train d'enlacer Cassidy sur le capot de sa foutue Berlinetta. Son bassin est glissé entre ses cuisses et ses lèvres sont plaquées sur celles de cette pimbêche. Ils s'embrassent goulûment et ses mains sont sur elle. Sur elle !

Mon cœur se froisse et se brise en même temps qu'une onde de rage s'amoncelle en moi comme l'eau d'une marmite se mettrait à bouillir sur le feu. Elle grossit, prend toute la place. Je pourrais presque sentir l'ébullition qui naît en moi.

Gabriel n'est qu'un putain de menteur ! Il m'a menée en bateau en m'affirmant qu'il n'avait pas couché avec elle. Qu'ont-ils fait à Atlantic City, pendant une semaine ? Depuis combien de temps leur relation dure-t-elle ? Depuis combien de temps me prend-il pour une idiote qu'il peut baiser quand ça l'arrange ?

Je les imagine soudain en train de se payer ma tête, tous les deux, à Atlantic City, Gabriel narrant ses exploits à une Cassidy avide de commérages et d'humiliations. J'en ai la nausée.

Je ne suis qu'une pauvre écervelée qui s'est fait manipuler en beauté par un séducteur de pacotille. Comment ai-je pu ne pas m'en rendre compte ?

En dessous de la photo, je lis et relis le message : « Gabriel se moque de toi ».

Sans blague ?

La fureur combat ma détresse. Après notre aventure à San Francisco, je commençais à croire à une histoire possible, et celle-ci m'est arrachée avec la violence d'une explosion, par la bonté d'un expéditeur inconnu.

Je repose mon téléphone sur mon bureau de crainte de le pulvériser dans mon poing. En relevant les yeux, la silhouette de Cassidy se dessine dans mon champ de vision. Je vois rouge. Tout devient écarlate en une fraction de seconde, comme si du sang peignait les murs. Le sien, de préférence. Un goût de bile détestable tapisse mon palais. Elle minaude même en marchant, roulant des hanches, avec son chignon impeccable et son air suffisant. Je baisse les yeux sur la photo sur laquelle elle embrasse l'homme que j'imaginais sincère avec moi et me prends brusquement la réalité de son mensonge en plein visage.

Muée par la colère, je me lève d'un bond de mon fauteuil, saisis mon téléphone, ignore l'air surpris de Matt et suis Cassidy dans le couloir jusqu'à la salle de pause. J'espère que la pièce est déserte, que je puisse l'étrangler sans témoin.

En réalité, je ne sais même pas ce que je cherche. Peut-être seulement avoir la réponse à cette réalité, afin de pouvoir ensuite clouer Gabriel au pilori et ne lui laisser aucune chance de me débiter un nouveau mensonge.

En pénétrant dans la pièce, je suis un bref instant saisie par l'humiliation. Oui, Gabriel s'est foutu de moi et l'afficher à cette garce ne m'enchante pas le moins du monde. Mais ma colère est plus forte que ma honte.

J'avance dans la salle tandis que Cassidy se sert un café. Elle relève la tête à mon approche et un sourire obséquieux ravage ses lèvres. Je n'ai jamais autant ressenti de haine pour quelqu'un. Je serre les poings, refermant mes doigts sur mon portable. Cassidy baisse les yeux sur mes phalanges rougies et crispées, avant de les remonter sur mon visage. D'abord, j'aperçois une lueur de surprise vivotant dans ses prunelles, avant qu'elle ne repose sur sa figure son masque d'arrogance.

– Il semblerait que vous ayez un souci, Mademoiselle Styles. Vous ne semblez pas dans votre assiette.

Sa voix est un bout de métal, lisse et sans aspérité. Ma mâchoire se contracte jusqu'à ce que mes dents grincent les unes sur les autres. La lueur dans ses iris devient pernicieuse, la mienne doit être éclatante de colère.

– Je me demandais si vous pouviez me donner quelques astuces pour grimper plus vite les échelons de la société, lancé-je de but en blanc. Vous semblez particulièrement douée en la matière.

Elle camoufle sa stupéfaction avec brio devant le peu d'ambivalence de ma phrase, et garde la maîtrise. Cassidy est une garce, mais elle est maligne.

– Le travail, avant tout, rétorque-t-elle. Une notion qui vous fait défaut, peut-être. Vous ne seriez pas la première à avoir pensé vous la couler douce à Carter Corp.

– Certes, certains travaillent avec acharnement, mais d'autres empruntent des chemins détournés. Je souhaite prendre exemple sur vous. Vous frôlez la perfection.

Elle hausse un sourcil avant de saisir son mug aux couleurs de Carter Corp et le porte à ses lèvres. Elle avale une gorgée de café sans me quitter des yeux, puis le repose sur le comptoir, saisissant le rebord avec une désinvolture frisant l'insolence.

– J'ignore où vous souhaitez m'emmener, Mademoiselle Styles, mais votre petit jeu m'ennuie. Si vous alliez droit au but…

– Oh, bien sûr… Vous vous donnez corps et âme pour Carter, n'est-ce pas ? Surtout votre corps, vraisemblablement.

Une étincelle jaillit dans ses yeux, puis le coin de ses lèvres remonte en sourire.

– C'est donc ça.

Elle s'approche de moi, sûre d'elle, et enfonce ses poings au creux de ses hanches.

– Je vous avais prévenue de cesser ce petit jeu avec Gabriel, me lance-t-elle effrontément. Vous perdez votre temps. Je fais ce que je désire de lui. D'un claquement de doigt, je peux vous relayer à la photocopieuse ou réduire votre pathétique carrière à néant.

Cassidy s'approche encore de moi en claquant des doigts pour illustrer son propos, tandis que mon cœur se déchire sous ses ongles acérés.

– Gabriel est à moi, vous devriez vous habituer à cette idée. Qu'il vous ait sautée, soit… si ça l'amuse. Quoi qu'il advienne, il reviendra toujours vers moi. C'est ce qui se produit chaque fois qu'une jeune idiote se laisse tomber dans ses bras en frémissant d'extase. Gabriel est ce genre d'hommes. Il faut le tenir pour qu'il vous succombe. Mais si vous lui cédez d'abord, vous tirez une croix sur lui. C'est trop tard, ma jolie. Vous vous êtes laissée piéger par ses beaux yeux.

Elle réprime un soupir faussement indolent, puis hausse les épaules.

– Je suis vraiment désolée pour vous, Mademoiselle Styles, déclare-t-elle en appuyant sur mon nom, si vous avez imaginé une seconde que vous pouviez le posséder.

Elle me lance un sourire daubeur et je réfrène mon envie de saisir son café brûlant pour lui jeter à la figure.

– Mais vous n'êtes rien pour lui. Rien de plus qu'une gourde que l'on saute un soir avant de passer à autre chose…

Cette fois, ce sont les mots de trop. Sans marquer la moindre hésitation, ma main se lève et s'abat vers le visage de cette garce mais, à mi-chemin, mon bras se fige, prisonnier de doigts fermes qui m'empêchent de bouger. Énervée, je m'agite et pivote sur mes talons, pour me retrouver nez à nez avec Gabriel. Celui-ci me considère avec un mélange de stupéfaction et de colère. Je me débats en le griffant à moitié et crie :

– Lâche-moi !

– Que se passe-t-il ici ? demande-t-il d'une voix très calme en la circonstance.

Il daigne me libérer de sa poigne, mais ne recule pas, impérieux, son ombre s'étendant sur la mienne comme s'il souhaitait l'effacer. Il regarde brièvement en direction de Cassidy avant de reporter son attention sur moi. Même ce simple coup d'œil lacère ma poitrine. Quelque part, dans l'ignominie de cette situation, je me prends en pleine face la réalité de mes sentiments. C'est plutôt cocasse d'en réaliser l'ampleur une fois que c'est trop tard.

Le visage de Cassidy se métamorphose au contact de Gabriel et devient mielleux. Elle agite la main, comme pour signifier : « Cette fille est folle, laisse tomber ! » Mais Gabriel me dévisage, les sourcils froncés.

– Que se passe-t-il ? réitère-t-il, un muscle de sa mâchoire tendu, dessinant des ombres sur son visage.

Je rassemble tout mon courage pour affronter cette situation, entre une vipère et un prédateur. Hors de question que je sois le lapin de garenne que l'on dévore !

– Oh, je ne sais pas. À toi de me le dire !

Je balance mon téléphone contre son torse. Il s'en saisit avant qu'il ne s'écrase au sol et observe la photo. Rien que de me remémorer la vision de leur étreinte me donne la nausée et une douleur lancinante s'immisce dans ma poitrine.

Son visage se transforme aussitôt pour devenir plus ténébreux. La colère l'envahit. Je la ressens par tous les pores de ma peau, mais je me demande pourquoi : est-ce parce que son mensonge a été révélé ? Parce qu'il ne pourra plus me sauter lorsqu'il en a envie ou parce que je peux mettre en danger leurs carrières respectives ?

Dans mon dos, j'entends Cassidy marmonner :

– Mais qu'est-ce que c'est ?

– Comme si vous l'ignoriez ! craché-je, les dents serrées.

Elle secoue la tête, énervée, et arrache le téléphone des mains de Gabriel pour examiner la photo. À son tour, son visage passe par toute une palette d'expressions que mon cerveau enregistre mais, étant saturé par la douleur et la colère, ne parvient pas à expliquer.

– Bon sang… jure-t-elle avant de chercher le regard de Gabriel, mais celui-ci l'ignore.

Il m'attrape par le bras lorsque je tente un mouvement de défense et me barre le passage.

– Qu'est-ce que cela signifie ? s'insurge Cassidy. Où avez-vous eu cette photo ?

Je ne réponds pas, le regard plongé dans les yeux bleu indigo fourbes et magnifiques de Gabriel.

– Laisse-nous, Cassidy.

– Quoi ?

Elle semble encore plus offusquée, à la limite de la congestion, comme si elle venait de prendre un soufflet en plein visage.

– Gabriel…

– J'ai dit laisse-nous.

Son ton est polaire. Ses traits se façonnent de glace et de métal. En écho, ceux de Cassidy se tendent, dévoilant son vrai visage de harpie.

– Non, mais Gabriel, ce n'est pas moi qui ai envoyé une telle… Tu ne peux pas…

– Je ne peux pas quoi ? s'agace-t-il sans détourner les yeux des miens. Je sais que ce n'est pas toi. Tu n'y aurais aucun intérêt. Cette photo n'est qu'un ramassis de conneries. Laisse-nous maintenant !

– Gabriel !

Elle martèle le sol de son talon et me fusille du regard, mais toute sa rage me traverse sans me toucher. Je ne ressens que celle de Gabriel, colossale et adipeuse, qui se fige sur ma peau comme une seconde couche.

– Tu ne peux pas la choi...

– Nous ne sommes pas ensemble, Cassidy. Nous ne l'avons jamais été. Maintenant, dégage ! Ne m'oblige pas à me répéter.

L'humiliation se peint et se greffe à tout son corps. Elle lâche un gémissement dépité et douloureux, puis s'élance vers la porte.

– Tu reviendras... comme toujours, Gabriel, décrète-t-elle avant de claquer le battant derrière elle.

Les doigts de Gabriel se referment plus violemment autour de mon poignet, dès que Cassidy a disparu dans le couloir. Son regard bleu acier se prolonge sur moi, étudiant ma réaction. Je me concentre sur ma colère, la rassemble, la laisse prendre toute la place, puis finis par céder :

– Tu t'es bien foutu de moi. J'espère que ça en valait la peine.

– Arrête ça, Ash. Ce n'est pas ce que tu imagines.

– Oh ! Pardon, mais cette photo me semble pourtant très claire. Quelle excuse comptes-tu débiter ? T'es tombé sur elle, la braguette ouverte ? Tu devais lui laver la glotte avec la langue ? Arrête de me prendre pour une idiote !

J'essaie de m'extirper de sa poigne, mais il ne cède aucun terrain et, pour m'empêcher de bouger, il me saisit par la hanche et me plaque sèchement contre le mur. Le distributeur de café oscille sur ma gauche.

– Ça suffit ! Tu te calmes. Je n'ai pas couché avec Cassidy...

– Comment oses-tu proférer un tel mensonge ?

– Mais laisse-moi parler, bon sang !

– Pour que tu puisses de nouveau m'embobiner ? Non, pas deux fois, Gab. Je sais très bien quel genre d'hommes tu es !

– Oh, vraiment ? Tu sais quel genre d'hommes je suis, je t'écoute…

– Tu es un manipulateur. Un coup, je t'aime, un coup, je te fuis, comme ça tu es assuré de remporter les batailles sans te mouiller. Tu me fais jouir et puis tu me repousses. Je ne serai pas la petite provinciale ignare que tu culbutes quand ça te chante ! Bravo, vraiment, tu m'as vendu du rêve à San Francisco. Je t'ai cru quand tu prétendais construire une histoire avec moi, alors que tu t'envoyais en l'air avec cette…

Je crispe tellement la mâchoire qu'une douleur se diffuse jusqu'à ma gorge.

– Je savais que je ne pouvais pas te faire confiance, Berlinetta. Une belle devanture, c'est tout ce que tu es. Lâche-moi, maintenant !

Je n'ai pas besoin de le pousser pour qu'il daigne reculer. Il passe la main dans ses cheveux et son regard suivant, lorsqu'il le pose sur moi, plein de bouts de glace acérés, creuse un trou dans ma poitrine. C'est comme s'il déposait du sel sur une plaie à vif tant la souffrance m'étreint, étirant mes organes, ma peau, mon cœur. Je ressens brutalement l'intensité de mes sentiments pour lui et des ravages qu'il est en train de susciter. On dirait une tornade sur une maison, arrachant les volets et le toit, dégommant les murs, détruisant le mobilier et tout ce qui constituait la vie à l'intérieur. J'essaie de me convaincre que je suis tombée amoureuse d'un mensonge. C'est tout. Rien n'est réel. Et surtout pas lui !

– Puisque c'est ce que tu crois… Je ne te retiens pas.

Il me désigne la porte d'un geste du bras. Son visage est fermé, son regard glacial. L'amant de San Francisco a disparu. Il n'a peut-être même jamais existé.

Il ne cherche pas à me retenir, mais cela n'a rien d'étonnant. Au moins, sa réaction a le mérite d'être explicite. Pas de faux-semblants, cette fois. Je ne suis rien pour lui. Une fille ordinaire qui s'est laissée abuser par son beau regard et sa prestance. Un bel encas avant son plat de résistance.

Folle de chagrin et vacillante, je me dirige jusqu'à la porte sans rien ajouter. Ma peau est hérissée de chair de poule et mes yeux sont gonflés de larmes, que je tente de ravaler pour conserver ce qui reste de ma dignité.

J'ouvre la porte et laisse échapper un gémissement plaintif en me retrouvant face à Matt, prêt à ouvrir le battant. En avisant mon visage tétanisé par la douleur et mes foutues larmes qui menacent de couler, son regard devient lourd, effaçant toute trace de sa bonhommie habituelle. Il lève les yeux par-dessus mon épaule pour croiser la silhouette de l'homme qui vient de me briser. Sa mâchoire se crispe. Je l'entends marmonner un « putain » entre ses dents pressurées. Je le pousse aussitôt dans le couloir, l'éloignant de la salle de pause. La dernière chose dont j'ai besoin, c'est un esclandre à Carter Corp qui ruinerait ma carrière. Elle ne tient déjà plus qu'à un fil.

– Ce n'est rien, me défends-je aussitôt, en tentant de paraître convaincante.

– Rien ? grogne-t-il. Qu'est-ce qu'il t'a fait ?

– Je t'assure que tout va bien…

– Ash, ne prétends pas que tout roule alors que tu as l'air d'avoir enterré ton chat ! Dis-moi, bon sang !

Ses bras sont parcourus de grosses veines saillantes tant il serre les poings.

– Je t'en prie, pas ici. Nous en parlerons plus tard. Viens, j'ai besoin de prendre l'air.

Face à ma détresse évidente, il cède et lâche d'une voix énervée :

– OK… OK…

Il prend une grande inspiration pour se calmer, en s'arrachant à l'ombre de Gabriel, puis enveloppe mes épaules de son bras pour m'attirer contre son torse.

– Ne restons pas là.

Il m'entraîne sans attendre vers l'ascenseur. J'avance, chancelante, la nausée au bord des lèvres. J'ai l'impression de marcher sur un truc mou et de m'enfoncer dedans. Des images en vrac de nos étreintes, de nos joutes, de nos caresses me reviennent en mémoire, et je cherche à savoir où je me suis perdue en cours de route. J'aurais dû percevoir les signaux d'alerte. J'ai été trop idiote ou trop sûre de moi pour ne pas me rendre compte que Gabriel n'était pas l'homme qu'il prétend être… ou bien le contraire, à y bien réfléchir.

Matt appuie sur le bouton d'appel de l'ascenseur, puis m'oblige à pivoter vers lui. Il enferme mes joues dans ses mains et plonge dans mes yeux. Ses prunelles brunes tentent de me percer à jour, même si ce n'est pas bien difficile de lire sur mon visage toute la peine qui me submerge.

– Je vais le buter, gronde-t-il lorsqu'une larme m'échappe et roule sur ma joue. Putain, Ashley…

Je n'ai pas le temps de lui dire que malgré sa gentillesse, son intervention est inutile, car une ombre s'étale soudain sur nous. Je lève les yeux par-dessus son épaule et percute le regard fou de rage de Gabriel. Avant d'avoir eu le temps de comprendre ce qui se passe, celui-ci arrache les mains de Matt de ma figure et le repousse sèchement en arrière. Matt heurte violemment la cloison et laisse échapper une plainte.

– Je savais bien que tu attendais la première occasion pour me la prendre ! C'est toi qui as envoyé cette photo ?

Matt retrouve ses esprits, une ride se découpant entre ses sourcils froncés, et avance d'un pas décidé jusqu'à Gabriel. Je me glisse aussitôt entre les deux hommes.

Déjà, j'aperçois au bout du couloir toutes les paires d'yeux qui ne manquent rien de la scène rocambolesque que nous leur livrons.

– Stop ! m'écrié-je. Tu n'as aucune raison de te mêler de mes relations avec Matt !

Je pointe un doigt rageur sur Gabriel, les larmes brouillant de plus en plus ma vue. Je le vois flou mais, malgré le brouillard qui m'environne, je devine les deux pépites irisées de colère qui m'observent à travers le prisme de mes sanglots.

– Pas après cette scène épouvantable à laquelle j'ai été obligée d'assister, ajouté-je, furieuse. Tu m'as livrée en pâture à cette furie de Cassidy. Je ne te le pardonnerai jamais !

Matt ouvre de grands yeux ahuris. J'essuie mes larmes d'un revers de main, tandis que je recule vers lui. Une ombre se dessine sur le visage de Gabriel. Sa mâchoire est contractée lorsqu'il lâche :

– Mais bon sang, Ashley, cette photo date de plusieurs mois. Je ne t'ai pas trompée avec Cassidy. Tu ne vois pas ce qui se passe ? Ne crois pas les mensonges de ce type !

Il désigne Matt avec rage, tandis qu'un poids comprime ma poitrine. Je n'en reviens pas qu'il ose accuser Matt. Celui-ci s'avance, heurtant mon dos, et pointe son index sur le torse de mon ancien amant.

– Non mais quel mensonge ? T'es peut-être mon manager, Gabriel, mais si tu traites Ashley comme de la merde, crois-moi, tu me trouveras sur ton chemin. Je ne te laisserai pas te servir de ton statut pour la blesser !

– Ne te mêle pas de ça ! Ce n'est pas à toi de jouer ce rôle. Ash est à moi !

Le ton possessif de Gabriel parvient à m'arracher un frisson, en dépit du déshonneur de cette situation, mais ce n'est qu'une illusion de plus.

– Jusqu'à preuve du contraire, elle vient de te chasser hors de sa vie !

– Grâce à toi, oui !

Gabriel réduit la distance entre nous, collant presque son torse à ma poitrine. Prise entre deux feux, j'essaie d'écarter les deux hommes, mais aucun ne semble vouloir me laisser partir ou céder du terrain à l'autre.

– Ose prétendre qu'elle ne te plaît pas, susurre Gabriel d'une voix glaciale. Ose dire que tu ne veux pas la baiser. J'ai vu ta façon de la regarder.

J'écarquille les yeux face à son ton sibérien et son regard luminescent de colère.

– Non mais ça ne va pas ! Ashley est mon amie ! Je ne sais pas de quoi tu m'accuses, mais si tu avais peur de la perdre, il fallait y penser avant de l'abandonner entre les mâchoires de Cassidy. Si tu tenais à elle, tu saurais qu'elle lui fait vivre un enfer depuis qu'elle est là. Mais tu ne t'en soucies pas. Tu ne penses qu'à toi-même. Tu n'es même pas fichu de voir quand elle souffre. Ne me la joue pas chevalier servant, tout à coup,

(...)

alors que, jusqu'à présent, c'est moi qui ai ramassé les miettes de ce que tu as cassé.

Le visage de Gabriel se modifie au fil de ses mots. Son regard paraît un instant perdu et stupéfié avant de retrouver tout son aplomb. Un sourire acerbe ourle ses lèvres.

– C'est bien tenté. Le copain sympa qui ramasse les miettes l'air de rien, bien joué !

Il saisit soudain la main de Matt posée sur mon épaule, avant de le repousser sèchement en arrière. Matt serre les poings, fou de rage.

– Je ne suis pas comme toi, obligé de manipuler les nanas pour les posséder, grogne Matt, en m'écartant pour saisir le col de chemise de Gabriel.

Ce dernier saisit son poignet et son pouce pour l'obliger à le lâcher, mais Matt est costaud, affûté par ses années de boxe. Les deux hommes se font face, leur nez presque collé l'un à l'autre. On dirait deux loups d'une même meute en train de se battre pour la femelle alpha. La femelle alpha éprouvant brusquement l'ardent désir de foutre le camp d'ici très vite.

Au bout du couloir, j'aperçois les curieux qui nous observent sans gêne.

– Vas-y, cogne ! lance Gabriel d'une voix sourde, son regard ancré à celui de mon ami.

Les deux hommes s'empoignent violemment.

– Pour que tu te fasses plaindre ensuite ou que tu me vires ?

Gabriel plante un regard frondeur dans celui de Matt.

– Laisse-moi enlever tes scrupules…

Le poing de Gabriel part si soudainement que même Matt, habitué des combats, en est surpris. Il pivote légèrement sur les talons, évitant le choc frontal, mais le poing de Gabriel s'écrase sur sa pommette, sa chevalière creusant une légère lézarde dans sa chair. Je manque de pousser un cri avant de reculer vers le bout du couloir.

Matt se passe le dos de la main sur sa joue, effaçant la petite trace de sang, lorsque les portes de l'ascenseur s'ouvrent dans mon dos. Le cœur battant la chamade, je me glisse dans la cabine sans hésiter. Il n'est pas question que j'assiste, impuissante, à un duel que je n'ai pas provoqué entre mon ami et l'homme dont je suis éprise.

Cette situation tourne au ridicule; nous nous donnons en spectacle, et je ne suis pas certaine d'être en mesure de le supporter. Les déchirements me chagrinent et me blessent profondément en général, et là, mon cœur est en train de se faire écarteler.

À l'unisson, Matt et Gabriel tournent la tête vers moi, surpris par ma fuite. Gabriel se dégage de l'emprise de Matt et s'élance vers l'ascenseur avant que les portes ne se referment sur moi. Je secoue la tête pour l'en empêcher, mais il bloque les battants en insérant son bras entre les deux montants métalliques. Je bats en retraite aussitôt vers le fond de la cabine, paniquée et au bord de la crise de nerf.

– Non, ça suffit! m'écrié-je. Je ne suis le jouet de personne. Je ne veux pas que l'on se batte pour moi, encore moins lorsque ce n'est pas sincère. Laisse-moi m'en aller.

– Aslı, bon sang, j'ai le droit à une explication, murmure Gabriel en maintenant les portes ouvertes.

J'appuie plusieurs fois sur le bouton du rez-de-chaussée comme une névrosée.

– Et t'entendre débiter des mensonges, non merci. Je n'ai pas envie de ça. Je te laisse avec Cassidy mener ta vie de séducteur si c'est ce que tu désires, mais je ne serai pas ta maîtresse. Ce n'est pas moi. Ce n'est pas ce que je souhaite.

– Je ne te considère pas comme ma maîtresse…

– Arrête ! Tu ne sais même pas ce que tu veux. Comment pourrais-je te croire ? Matt a raison…

– Tu ne m'as jamais parlé de Cassidy, comment pouvais-je le savoir ?

– Oh, tu l'as vu… Tu l'as très bien vu. Ne joue pas à ça, l'avertis-je en le pointant du doigt. Quand tu l'as invitée à déjeuner sous mes yeux, quand tu es parti avec elle à Atlantic City. Si tu n'es même pas fichu de voir que ça me fait du mal, alors à quoi ça sert ? Notre histoire ne menait nulle part dès le commencement. Tu n'es pas un homme de confiance. Lâche cette porte !

Il se pince la lèvre de rage. Son regard paraît plus profond, plus bleu, sous les néons pâles de l'ascenseur. Ses doigts sont crispés sur le montant, sa mâchoire tendue et, d'une voix blanche, il murmure :

– Ne fais pas ça, Ashley. Si tu t'en vas maintenant…

– C'est fini, Gabriel. J'arrête les frais. Je ne me laisserai pas détruire pour toi.

Une larme roule malencontreusement sur ma joue. Gabriel en suit le tracé, comme hypnotisé. Ses doigts se contractent contre la porte métallique, tandis que je ramasse cette stupide larme du dos de la main.

– Laisse-moi m'en aller.

Ma voix prend un air de supplique détestable, mais je suis tétanisée au fond de la cabine. Gabriel n'esquisse pas le moindre geste pendant une longue seconde – son regard déstabilisé figé dans le mien, creusant en moi un trou profond rempli de sanglots –, puis il bouge, retire son bras et recule dans le couloir. Un masque sombre sur son visage, masquant lentement les sentiments que je perçois durant un court instant, puis il efface tout, détruit tout – à moins que cela ne soit que dans ma tête. Après tout, il n'y a peut-être rien à détruire. Il finit de m'achever en murmurant d'une voix rocailleuse :

– Ne reviens pas vers moi, Ashley…

Les portes se referment sur cette phrase horrible, massacrant mon cœur à coups de marteau.

22
LAISSE-MOI PLEURER

Ashley

Ma vie est passée de trépidante, sexy et addictive à morne, lasse et triste. Roulée en boule sur mon canapé, je regarde la télé sans la voir. Une tablette de chocolat trône sur la table basse, aux côtés d'un verre de vin blanc et de la bouteille à moitié entamée. Je suis contente que l'on soit le week-end, je n'aurais pas supporté de croiser Gabriel au bureau. Le voir maintenant ou bien croiser cette peste de Cassidy ou, pire, les regarder tous les deux ensemble, m'aurait achevée. J'ai besoin de prendre de la distance par rapport à lui, même si je n'ai pas la moindre idée de la façon dont on chasse quelqu'un de son cœur. Matt m'a envoyé un message dans la soirée pour savoir comment j'allais. J'ai menti, mais il n'est certainement pas dupe. Il m'a promis de m'apprendre à boxer. Ce doit être sa façon à lui de me signifier qu'il est présent si j'ai besoin de lui. Mais pour le moment, je ne désire voir personne, je préfère broyer du noir dans mon coin et avaler le fond de ma bouteille de vin.

Malheureusement, je dois revoir cette perspective quand des coups font trembler ma porte. Je me relève en grognant, jette un coup d'œil dans le judas et, surprise, aperçois une bouteille de rouge et une Lisa tout sourire. Je déverrouille et m'efface pour la laisser entrer.

– J'ai pensé que tu aurais besoin d'une amie et d'alcool, me lance-t-elle en pénétrant dans mon salon.

Elle se fige devant la table basse et aperçois la bouteille déjà entamée.

– Je constate que tu ne m'as pas attendue.

– Je ne pensais pas que tu…

– Que quoi ? Tu ne vas pas bien, Matt m'a appelée. Il m'a prévenue que c'était une affaire de femmes. Alors je suis là.

J'ai envie de lui faire un câlin !

Elle m'envoie un sourire en avisant ma mine triste, puis m'entraîne vers le canapé.

– Raconte-moi ce qui s'est passé.

Pendant que je lui narre ce qui est racontable, je nous sers un verre à chacune que nous sifflotons paisiblement. Lisa fronce les sourcils au fil de mon histoire, peste et grogne tour à tour après Cassidy, puis Gabriel. Elle secoue la tête lorsque j'aborde l'intervention de Matt en se moquant gentiment de lui comme le super héros bad boy des temps modernes.

– Au moins, Gabriel est jaloux, note-t-elle à la fin de mon histoire.

– Uniquement parce qu'il estime que Matt empiète sur son territoire. J'ai l'impression d'être une femelle ou bien une proie, je ne sais plus trop sur quelle sphère me situer. Il se permet d'être jaloux alors qu'il couche avec Cassidy. C'est surréaliste !

Elle se frotte le nez du bout de l'index, puis soupire en se carrant au fond du fauteuil.

– Je sais qu'ils ont eu une histoire tous les deux, mais je croyais que c'était terminé.

– Visiblement pas.

– Mais je ne comprends pas, tu les as surpris ensemble ?

Je secoue la tête, extirpe mon téléphone de ma poche et lui montre la photo. Lisa ouvre la bouche, sidérée, puis elle m'arrache soudain le portable des mains et agrandit la photo avec l'aide du zoom. Elle plisse les paupières et examine quelque chose que je ne perçois pas.

– Ash, c'est une vieille photo.

– Quoi ?

J'ai la sensation de prendre une semi-remorque dans la figure.

– Eh bien, oui. Tu vois, là ?

Elle me désigne le parking souterrain en arrière-fond, les banderoles de travaux rouges et blanches et le cratère dans le béton.

– C'est là que tu gares ta voiture, souligne-t-elle en tapotant l'écran de son ongle. Les travaux datent d'au moins deux mois. Ils ont eu des infiltrations d'eau à cause des fortes pluies. Ils ont dû réparer en urgence. Ils venaient juste de les terminer quand tu es arrivée à Carter Corp. Alors cette photo est vieille d'au moins deux mois.

Je considère Lisa bouche bée, cligne des paupières, fixe la photo, puis me sers un autre verre. J'en ai besoin !

– Ça ne change pas grand-chose, assuré-je. Ils peuvent très bien avoir poursuivi leur relation après cet épisode.

– Oui, mais… tu ne trouves pas ça étrange que l'on t'envoie cette photo ?

Je hausse les épaules et me laisse aller sur le dossier du canapé. J'ai retourné cette question dans tous les sens.

– Si, évidemment. J'ai tout de suite pensé à Cassidy. Elle a tellement voulu me montrer à quel point Gabriel était à elle et que je n'étais qu'une poupée de plus qui passe dans ses bras, mais…

Je secoue la tête.

– Elle avait vraiment l'air déstabilisé devant la photo.

– Gabriel doit avoir de nombreux ennemis. Foutre en l'air votre relation devait servir à quelqu'un.

– Des jaloux et des envieux, ce n'est pas ça qui manque dans une boîte comme Carter Corp, acquiescé-je.

Je pousse un soupir en étendant mes jambes sur la table basse.

– Qui que ce soit qui m'ait envoyé cette photo, bravo, il a réussi à tout casser. Moi qui pensais que…

– Que quoi ? m'interroge Lisa, l'œil pétillant.

Elle chasse une mèche de cheveux blonds et la coince derrière son oreille. Elle m'épie, guettant ma phrase suivante comme si je détenais le Saint-Graal.

– Je n'en sais rien, Lisa… J'avais l'impression qu'il était sérieux à San Francisco.

– Entre nous, Ash, je ne l'ai jamais vu se mettre dans un tel état pour une femme. Il a frappé Matt ! En soi, il fallait oser, Matt est champion de boxe, qui plus est dans les locaux de Carter Corp. Il risque un blâme lorsque l'affaire remontera aux oreilles de Ryan Carter. Gabriel n'est pas du genre à se montrer jaloux envers ses conquêtes. Regarde la façon dont il traite

Cassidy ! On ne peut pas prétendre qu'il lui déroule le tapis rouge, tout au plus ils ont couché ensemble voici quelques semaines. Alors qu'avec toi… il est sorti de sa boîte comme un pantin furieux. Matt était énervé contre lui quand il m'a appelé, et puis, il a fini par se calmer.

Je la considère, surprise.

– Il m'a dit que… commence-t-elle avant de s'interrompre.

Elle m'adresse un sourire tendre et compatissant et pose sa main sur mon épaule.

– Que sa réaction avait pu prêter à confusion et qu'à la place de Gabriel, si un homme avait touché sa copine de cette façon, il aurait pété un câble aussi vite que lui.

Je me laisse tomber, front contre genoux, à bout de souffle. Épuisée, vidée. Mon cœur n'a cessé de jouer au yoyo depuis ma rencontre avec Gabriel.

– Je ne lui ai laissé aucune chance de s'expliquer, avoué-je. J'étais tellement furieuse, tellement blessée, que je n'ai voulu voir que sa tromperie. Je crois que… je souhaitais seulement qu'il m'avoue ses sentiments, qu'il chasse Cassidy une bonne fois pour toute.

– Tu lui as avoué tes sentiments ?

Je redresse la tête, médusée, avant de m'effondrer de nouveau.

– Il sait que je désirais une véritable relation. Nous n'avons jamais vraiment abordé la question plus profondément. Nous étions en train de développer notre histoire. Je ne voulais rien précipiter. Gabriel est du genre à prendre la tangente dès qu'on fait allusion à un engagement. C'est peut-être ce qu'il a cherché à faire avec Cassidy. Une façon comme une autre de rompre notre histoire.

– Non, je ne crois pas. Gabriel a des défauts, mais lorsqu'il doit dire les choses, même les plus blessantes, il ne prend pas de détours. S'il avait souhaité rompre avec toi, il aurait agi dans les règles et te l'aurait avoué. Peut-être que tu devrais lui parler.

– Il ne voudra jamais me parler. J'ai franchi la porte. Avec un homme comme Gabriel, si fier et si arrogant, c'est une rupture nette, sans possibilité de retour en arrière. J'ai blessé son ego. C'est trop tard.

Après avoir tenté de me convaincre de la nécessité de nous parler, Lisa finit par m'abandonner vers deux heures du matin ; je suis de toute façon trop ivre pour réfléchir à mon histoire avec Gabriel. Je me traîne jusqu'à mon lit et m'écroule sur le matelas comme un phoque sur la banquise. Je fixe l'obscurité de ma chambre en cherchant à y déceler ses secrets. Mais la pièce est seulement vide et sans chaleur. Tout me paraît froid et détestable. Je finis par fermer les yeux, mais la seule chose qui me vient en mémoire, ce sont les mains de Gabriel parcourant mes muscles, caressant ma peau jusqu'à m'arracher des gémissements de plaisir.

Je dois finir par m'endormir la bave aux lèvres, perdue dans un doux fantasme qui n'existe plus.

Le lundi matin est une torture. Tout semble se liguer contre moi. Je casse un talon sur le trottoir, m'obligeant à rentrer chez moi pour changer de chaussures à la dernière minute. Ma Fury refuse de démarrer et je dois prendre le métro en courant sur mes escarpins.

La lumière me paraît bien trop lumineuse ce matin, le soleil irradiant les buildings de verre lorsque je parviens devant le siège de Carter Corp. J'ai autant envie d'y pénétrer que de m'arracher les ongles avec une pince.

Derrière son comptoir, Lisa me lance un salut enjoué avec ses encouragements pour débuter ma journée qui s'annonce épique.

Dans l'ascenseur, j'angoisse. Je réarrange ma coiffure et mon chemisier dont l'un des boutons a sauté pendant ma course dans les couloirs du métro.

Lorsque les portes s'ouvrent sur le 42e étage, ma nervosité est à son comble et accomplit des bonds dans mon ventre. J'aimerais être ailleurs. Croiser Gabriel risque d'être une torture permanente. Je devrais peut-être chercher un autre travail, à moins qu'il ne me vire avant. Sa dernière phrase laisse supposer qu'il ne tient pas plus que ça à me croiser tous les jours de sa vie dans les couloirs de Carter, même si je sais qu'il n'est pas du genre à mélanger le privé et le professionnel, du moins… je l'espère.

Je marche sur la moquette comme si j'avançais vers une potence. Au moment de parvenir à l'open space, la porte du bureau de Gabriel s'ouvre à la volée et je me fige devant son imposante stature. D'abord surpris, celui-ci cligne des paupières, puis fronce les sourcils. Son visage devient ténébreux. Il lâche un « Bonjour » courtois, puis s'éloigne sans rien ajouter vers l'un des box. Je n'ai pas réussi à détacher un mot de ma bouche, ma mâchoire emprisonnée dans un étau. Mon cœur se chiffonne douloureusement. Le ton est donné : je n'existe plus dans son univers.

Je m'installe derrière mon bureau, celui de Matt est vide, mais son casque de moto repose sur une pile de dossiers. Il a dû partir prendre un café.

J'allume mon ordinateur, étends mes jambes et réprime un lourd soupir. Les néons m'aveuglent. Je meurs d'envie de me retourner pour jeter un coup d'œil en direction du bureau de mon manager. Je devrais lui parler. Ce serait une décision intelligente et mature, mais je suis terrorisée à l'idée qu'il se débarrasse de moi sans ménagement. J'ai outrepassé sa limite.

Je bâille à m'en décrocher la mâchoire lorsque plusieurs chemises tombent sous mon nez, à côté de mon clavier. Une manche de costume se dessine dans mon champ de vision et le parfum de son after-shave manque de me faire chavirer. Mon corps se contracte sur ma chaise. Je suis saisie, paumée, engluée dans ma peur et mon chagrin. Je déglutis péniblement et me force à lever les yeux vers Gabriel. Son regard bleu m'observe, mais il paraît sombre et distant. Il pointe du doigt les dossiers.

– Le travail du jour. J'ai besoin d'un plan stratégique pour Voverdis rapidement. Pense à me faire un débriefe avant de partir ce soir.

Ces phrases sont sèches, comme s'il mâchait du papier de verre et l'expression de son visage est impérieuse, mais au moins, il ne semble pas vouloir mettre un terme à ma carrière. C'est toujours ça de pris, je suppose !

– Oui, très bien.

Je serre les mains sur mes cuisses pour taire mon malaise grandissant et les tremblements de mes doigts.

Je m'attends à ce qu'il s'éloigne après avoir distribué ses ordres, mais il reste immobile dans mon dos. Je n'ose même plus lever la tête, ce qui ne me ressemble pas du tout. D'habitude, je lui aurais sauté à la gorge comme un chien enragé mais, à cet instant, je suis tétanisée par sa présence. Sa chaleur. La proximité de son corps au mien. Je ferme les paupières, égarée dans les souvenirs de ses bras.

– Tu as mauvaise mine, Ash, murmure-t-il près de mon oreille.

Un frisson hérisse ma peau au ton assombri de sa voix et au souffle sur ma peau.

– J'ai… manqué de sommeil ce week-end.

Je le sens bouger dans mon dos, sa main frôlant ma nuque. Je suis à deux doigts de me retourner pour me jeter à son cou, saisir ses lèvres, mais la chaleur de sa paume reste à distance.

– J'ai discuté avec un ami ce week-end, poursuit-il d'une voix lourde. Il bosse chez Flexter, une grosse boîte spécialisée en consultation marketing à Manhattan. Il est très intéressé par ton CV et ton parcours et je n'ai pas tari d'éloges à ton sujet. J'aimerais que tu postules pour cette société.

J'ai l'impression de prendre un coup de poing dans l'estomac. Je relève brutalement la tête, l'obligeant à reculer les épaules, et me retrouve à quelques douloureux centimètres de son visage. L'échine courbée, son coude sur le dossier de mon siège, il m'examine d'un air lugubre. Des cernes se dessinent sous ses jolis yeux bleus. Il n'est pas rasé ce matin, et un voile nimbe sa peau, obscurcissant ses traits, le rendant plus sexy et plus menaçant.

– Tu veux me renvoyer ?

Mon cœur cogne, lancinant, dur. Son regard s'enfonce au fond du mien. Il n'existe pas de meilleures métaphores que cette sensation d'envahissement lorsque ses iris orageux me transpercent.

– Non, je ne souhaite pas te renvoyer, mais il me semble plus opportun que l'un de nous deux s'éloigne. Je ne tiens pas à te croiser tous les jours, Ashley.

Je me prends sa phrase dans les gencives.

– Comment peux-tu…

– Quoi ? Tu trouves ça agréable sans doute ? Arrêtons les frais, c'est toi qui l'as évoqué. L'un de nous deux doit s'en aller. Cette boîte est une opportunité.

– Tu me dégages de ta vie avec dignité, c'est ça ?

Cela me coûte un véritable effort de chuchoter afin que personne ne surprenne notre conversation depuis les box voisins. Cela donne un degré d'irréalité à cette discussion. J'appuie sur chaque mot, je détache chaque syllabe pour qu'il saisisse l'ampleur de mon irritation.

– C'est toi qui m'as évincé de la tienne, pas l'inverse ! argue-t-il avec un sang-froid confondant.

– C'est toi qui as baisé Cassidy !

Une ombre passe sur son visage. La colère immerge son regard en un instant et le teinte de métal.

– Je n'ai pas couché avec elle depuis que nous sortons ensemble.

– Nous sortons ensemble ?

Je cligne des paupières, sidérée. Ai-je bien entendu ces mots ?

– Nous sortions, si tu préfères.

J'en balbutierais presque, mais il ne me laisse pas le temps d'ouvrir la bouche. Agacé, Gabriel se redresse et me désigne les dossiers.

– Ce n'est ni le moment, ni l'endroit. Réfléchis à ma proposition, c'est tout.

Les mains enfoncées dans les poches, il s'éloigne sans rien ajouter. Le cœur battant, je fixe sa silhouette qui disparaît dans son bureau. Les stores sont tirés, me dissimulant sa vue, mais je n'en continue pas moins mon observation de sa porte, prise de torpeur. Où souhaite-t-il en venir ?

Je me redresse, irritée par son comportement en demi-teinte, et me rue vers son bureau. Je heurte Matt dans ma fougue.

– Oh, princesse, doucement…

– Pas le temps.

Je lui lance un sourire rassurant et me précipite dans le bureau de Gabriel. Je ne frappe pas avant d'entrer et le surprends en pleine contemplation du paysage. Il se tient face à la grande baie qui s'ouvre sur l'immensité des buildings, amas de béton, de verre et de lumières se réfléchissant sur toutes les parois. Il a retiré sa veste, qui trône sur son siège, et les mains toujours dans ses poches, il semble distrait, marquant une distance entre sa présence physique et ses pensées, qui semblent s'égarer. Mon cœur oublie un battement devant son magnétisme animal. Même immobile, il dégage une intensité qui me retourne les tripes. Sa silhouette élancée, ses avant-bras aux veines saillantes, son profil acéré et si masculin. Mon désir pour lui se réveille d'un coup et je suis obligée de me réfréner pour ne pas semer mes vêtements dans son bureau.

– Pourquoi ne m'as-tu jamais dit que tu avais entretenu une liaison avec elle ? demandé-je de but en blanc.

Un soupir fait gonfler sa cage thoracique, puis son regard pénétrant se tourne dans ma direction.

– Pourquoi ne m'as-tu jamais révélé qu'elle te harcelait ?

Un instant déstabilisée par sa question, je cherche mes mots, puis avoue :

– Je pensais pouvoir gérer cette situation seule et je ne tenais pas à t'ennuyer avec ça, surtout lorsque nous considérons le tumulte de notre relation. Je n'avais aucune envie que tu penses que je me servais de toi pour amadouer Cassidy.

– Nous sommes deux loups solitaires, Ash, reconnaît-il. Je n'imaginais pas que ma relation passée avec Cassidy puisse te nuire. Je ne pensais pas non plus qu'elle pouvait avoir une importance à l'heure actuelle. J'ai eu une liaison, c'est tout. Mais en effet, tu n'es pas obligée de me croire.

– Ce n'est pas évident de déceler le vrai du faux avec toi.

– Tout est question de confiance.

– Comment puis-je t'accorder ma confiance ? lancé-je en m'avançant près de la baie. Tu passes sans arrêt du chaud au froid avec moi. Je ne sais plus sur quel pied danser. Je ne sais plus que croire.

Son regard suit mes mouvements, épousant mes courbes, et s'ancre au mien lorsque je m'immobilise devant lui. Son visage reste parfaitement maîtrisé – impossible de déterminer ses pensées, tandis que je suis obligée de lever la tête pour ne pas lâcher ses deux prunelles aux arcs électriques.

– De la même façon que je suis obligé de te croire lorsque tu prétends ne pas avoir couché avec Matt. Rien ne me le prouve. Tu es autant sur la défensive que moi.

J'acquiesce, contrainte d'être honnête envers cette réalité. Je n'ai pas pour habitude d'accorder facilement ma confiance, en particulier envers les hommes, mon image paternelle n'ayant sûrement pas aidé à construire un tel lien. Il a laissé tomber ma mère le jour où celle-ci avait le plus besoin de lui. Je réalise la portée de cette image sur mon présent ; je n'en avais jamais perçu les séquelles auparavant sur mon attitude à l'égard des hommes. Pourtant, face à Gabriel, je suis bien obligée d'en mesurer les conséquences. Accorder ma confiance à un être capable de me briser d'un claquement de doigt, seulement parce que j'éprouve des sentiments pour lui, me paraît insurmontable.

– Parce que j'ignore ce que je représente pour toi ! lâché-je, bouleversée. J'ai le sentiment d'avoir été bernée et trompée.

Un muscle de sa mâchoire se contracte. Ses iris, aux nuances d'orage, s'assombrissent en écho.

– J'ai toujours été honnête avec toi.

– Justement. Une aventure. C'est tout ce que je suis à tes yeux. Et maintenant, tu me proposes de m'évincer de Carter Corp parce que ça devient trop difficile pour toi de m'affronter. Alors, dans ces conditions, comment puis-je avoir confiance en toi, Gabriel ?

Il se rapproche si vite de moi que, prise de court, je sursaute et manque de reculer contre l'une des étagères métalliques. Il me tient tête, les sourcils froncés.

– C'est toi qui as rompu, Ash ! Bordel…

Il ferme les poings, furieux, puis donne un coup dans la vitre. Le bruit sourd est étouffé par l'épaisseur du verre. Je musèle ma bouche, stupéfaite de sa réaction, mais je n'ai pas le temps d'esquisser le moindre geste que Gabriel est déjà sur moi. Sa main enveloppe ma nuque, me pressant contre lui, et m'empêche de bouger un seul muscle.

– Je suis tombé amoureux de toi, espèce d'idiote agaçante, me lance-t-il d'une voix couvant des menaces et pleine de rage. Tu ne comprends pas ça ? Je suis pété de trouille, parce que je ne maîtrise pas cet état de fait, que tu m'énerves les trois quarts du temps et que tu pètes un fusible plus vite que moi. Tu n'as pas ton pareil pour m'affronter et me faire perdre la tête. Je deviens fou quand tu es près de moi. Je n'ai jamais ressenti un tel sentiment auparavant, et ça ne me plaît pas. J'ai l'impression de perdre le contrôle de moi-même. Je meurs d'envie d'être avec toi sans arrêt, de t'embrasser et, bon Dieu, de me perdre en toi. Même maintenant que tu m'irrites encore, je meurs d'envie de te montrer à quel point tu es importante dans ma vie. Et je ne veux pas ! Tu comprends ? Te révéler tout ça m'emmerde, Ash. Je suis en train de charger un fusil que tu pourras braquer sur ma poitrine. Je ne veux pas m'abandonner avec quelqu'un, mais si je dois le faire, j'aime autant que ce soit toi, parce que tu es entière, brillante, magnifique, et que tu sauras sortir les crocs lorsque cela s'avèrera nécessaire. Tu es parfaite pour moi, Ashley. Malgré la profonde mauvaise foi dont je peux faire preuve, tu es parfaite pour moi ; j'en ai conscience. Tu as été façonnée pour te mouler à mon corps et à mon esprit. Tu es apte à me percer à jour. Alors merde, Ash ! Tu n'as que deux choix possibles : soit tu as confiance en moi quand je te dis que je te veux et que je ne t'ai pas trompée avec qui que ce soit, soit tu t'en vas d'ici. Je ne supporterai pas de te croiser sans te toucher tous les jours. Je ne supporterai pas de te voir tomber amoureuse d'un autre homme et de t'offrir à lui. Je suis trop possessif. Je serai odieux avec toi. Je te le ferai payer. Alors choisis !

Ma main est toujours devant ma bouche. Je suis saisie de stupeur, les yeux brûlants tant ils sont écarquillés. Des ondes d'adrénaline se diffusent à tous mes membres. Des papillons s'envolent dans mon ventre et s'ébattent gaiement, même si eux aussi sont surpris et terrorisés.

Sa main enveloppe ma joue, m'obligeant à retirer mes doigts de mes lèvres. Son pouce caresse ma pommette. Ses yeux bleus luisent d'une étincelle non identifiée qui me foudroie sur place. Il s'approche de moi, épousant mes courbes des siennes. La dureté de ses muscles face à la délicatesse de mes formes.

Sa bouche frôlant la mienne, provoquant un martèlement chaotique dans ma poitrine, il chuchote :

– Dis quelque chose, Ash.

– Je… ne veux pas quitter Carter Corp.

Un sourire se peint sur ses lèvres appétissantes.

– Pourquoi ?

J'ai l'impression d'être sur une corde tendu au-dessus du vide. Je ne suis même pas certaine de comprendre toutes ses confidences. Il éprouve de l'amour pour moi, mais il le regrette, ne sait pas de quelle façon vivre avec cette idée, souhaite tenter le coup ou bien le contraire…

– Pourquoi ? chuchote-t-il, ses lèvres caressant les miennes avec délice et danger.

Mes doigts remontent sur son corps, le long de ses pectoraux jusqu'à glisser à l'intérieur de son col de chemise.

Mes lèvres s'entrouvrent et avant qu'il ne s'empare de moi dans un baiser, je réponds :

– Pour toi.

Au diable tous les dangers ! J'ai toujours foncé dans ma vie, si je ne prends pas le risque de m'écraser au sol avec Gabriel, je le regretterai toute ma vie. Gabriel est un défi. Avec lui, je suis certaine de ne jamais m'ennuyer. Il provoque sans arrêt mon esprit conquérant et m'oblige à me dépasser. J'ai envie de le vivre. J'ai envie de lui. J'ai envie de tenter le coup, quitte à me fracasser du haut de la tour de Carter Corp.

Son sourire s'agrandit avant que sa langue ne glisse dans ma bouche pour trouver la mienne. Son baiser est tendre, mais possessif. Ses doigts se referment sur ma mâchoire pour me maintenir tout contre lui, tandis que sa main droite enveloppe ma hanche.

Alors que sa bouche fouille la mienne, m'arrachant un soupir d'aise, mon corps s'embrase. Je me blottis plus près de lui, nichant ma poitrine contre son torse musculeux. Il gronde contre mes lèvres, tel un animal marquant son territoire. Ses doigts me font presque mal autour de mon visage, mais pour rien au monde je ne voudrais qu'il me lâche. Il me dévore, suçote ma lèvre inférieure, me déguste longtemps, savourant la moindre minute où nos corps sont en contact. Même quand il le rompt, il ne se détache pas de moi et chuchote contre ma peau à vif :

– Dis-le, Ashley.

Mes doigts s'enfoncent dans ses cheveux. Mon regard se perd dans le sien, déboussolée et apeurée.

– Je suis là, ajoute-t-il. Je ne m'en vais nulle part. Dis-le-moi.

Comme je m'obstine au silence, sa bouche revient martyriser la mienne et, entre deux baisers de plus en plus fougueux et insoutenables, il me demande à nouveau :

– Avoue-le-moi, Ash. Ne m'oblige pas à te torturer.

Puis ses lèvres me découvrent, sa langue lèche la mienne.

– Tu t'es incrustée dans ma vie, murmure-t-il, jusqu'à t'immiscer sous ma peau. Tu me sens, là ?

Il prend ma main et la pose sur son torse, introduisant mes doigts entre les boutons de sa chemise pour que je puisse sentir sa peau brûlante. Mon pouls s'accélère, désordonné, affolé et si délicieusement comblé.

Ses lèvres m'embrassent encore, manquant de me faire suffoquer. Gabriel me plaque contre la paroi de verre et je perds mon souffle sous son ardeur.

– Si tu restes, je ne te laisserai plus partir. Je suis jaloux, possessif et arrogant, mais je te ferai l'amour comme aucun homme ne te le fera. Je t'aimerai comme aucun homme ne te pourra t'aimer. Passionnément, avec nos coups de sang. Tu souffriras autant que tu vivras pleinement à mes côtés, je te le promets. Tu ne t'ennuieras jamais. Ashley, avoue-le-moi.

Je tire sur ses cheveux, abandonnée à ses caresses.

– Je t'aime… Je t'aime…

Un sourire aussi mirifique que machiavélique orne ses lèvres, qui reviennent jouer avec les miennes sans hésiter.

– J'aime beaucoup te l'entendre dire. Tu me le répéteras encore ce soir.

– Et demain ?

– Et demain.

Ses mains passent sous mon chemisier et remontent le long de mes flancs.

– Et après-demain ?

– Et après-demain, et encore après.

Ses pouces me caressent par-dessus mon soutien-gorge, irritant délicieusement mes pointes érigées. Je remonte ma jambe le long de la sienne. Il glisse aussitôt son bassin entre mes cuisses. Ses lèvres tourmentent les miennes avec délice et possessivité. Mais au moment où ses deux mains me saisissent sous les fesses pour me soulever et m'appuyer contre la vitre, la porte s'ouvre à la volée dans son dos.

Nous nous figeons tous les deux, ses doigts enfoncés dans mon fessier, les miens dans ses cheveux. Gabriel s'arrache à mes lèvres et me repose sur le sol. Il pivote en tirant sur sa cravate pour la remettre en place, et considère Mark Leviels, son supérieur, en train de tousser d'un air embarrassé. J'ai l'impression que ses yeux s'apprêtent à jaillir de leurs orbites devant la scène qu'il vient à peine de surprendre.

Je me réarrange rapidement, en baissant la tête sur mes escarpins. Le mot « gênée » n'est plus assez fort pour décrire l'état dans lequel je me trouve. Il ne manquait plus que ça : se faire surprendre au travail en pleine étreinte.

– Je suis désolé. Je ne pensais pas déranger. J'ai frappé. J'ai cru que tu ne m'avais pas entendu, explique Mark, en s'adressant à Gabriel.

Celui-ci passe la main dans ses cheveux et me dissimule galamment à la vue de Mark pendant que je rentre mon chemisier dans ma jupe. Mon Dieu, que j'ai honte !

– En effet, je n'ai pas entendu, répond Gabriel avec placidité.

Il me jette un coup d'œil par-dessus son épaule pour juger de mon état vestimentaire et de mes joues rouges. Ses iris pétillent d'amusement. Ça m'aurait étonnée qu'il ne trouve pas ça drôle !

– Mademoiselle Styles, nous nous reverrons plus tard, me lance-t-il avec moquerie.

Je meurs d'envie de lui tirer la langue. Comment peut-il se comporter de manière aussi nonchalante alors que Mark Leviels nous a surpris. D'un peu plus et nous étions nus !

– Oui, bien sûr.

Je m'apprête à passer à ses côtés, la tête rentrée dans les épaules, lorsqu'il m'attrape par le bras, se penche et murmure à mon oreille :

– Ce soir, Ashley.

Je me heurte à son regard de braise et, confondue par sa soudaine désinvolture quant au fait que l'on nous ait pris en flagrant délit de rapprochement, je bafouille en répondant :

– Euh… oui… bien sûr.

Son sourire s'accroît.

– Chez moi, Ash. Pas ici, précise-t-il.

Mes yeux s'arrondissent de stupéfaction. Je hoche la tête comme une poupée mécanique, ahurie. Chez lui ? Il souhaite me conduire chez lui ?

– Tu te sens bien ? Le sang t'est monté à la tête ? répliqué-je, suspicieuse, lui volant un léger éclat de rire.

– Très bien, oui. Ne t'inquiète pas. On se voit plus tard pour régler nos dernières dispositions.

Il s'amuse de cette situation, l'idiot !

J'acquiesce, de plus en plus abasourdie, et fonce vers la porte. Je salue Mark d'un hochement de tête embarrassé, me dissimulant légèrement derrière mes cheveux. Celui-ci tente de se retenir de rire et de maîtriser les mimiques de moquerie sur son visage. Bon sang ! Je ne sais pas si j'ai hâte que cette journée se termine ou le contraire…

Avant que je ne déguerpisse dans le couloir, Gabriel me lance son sempiternel sourire fier et insolent. Évidemment ! Je lui tire la langue avant de refermer la porte sur les deux hommes. J'ai tout juste le temps d'entendre son rire.

Son arrogance le perdra !

23

LAISSE-MOI TE DÉCOUVRIR… ENCORE ET ENCORE

Gabriel

Ash se tient sur le seuil et examine mon salon avec beaucoup d'attention. Elle s'est changée avant de venir et a opté pour une jolie robe noire mettant en valeur sa taille fine et ses seins magnifiques. Ses cheveux sont détachés et déferlent sur ses épaules nues. J'aime le fait qu'elle se soit apprêtée pour me voir, accordant un soin particulier à notre rencontre de ce soir.

Elle s'avance d'un pas sur le parquet lustré et me lance, un rictus aux lèvres :

– Tout à fait à ton image.

Elle me désigne le canapé de cuir noir, le mobilier ultra moderne gris anthracite de mon appartement, les lignes épurées et l'absence de vie, probablement – les trois quarts de mon existence étant consacrés à mon travail –, puis la superbe vue de Manhattan, offerte par les grandes verrières.

– Développe.

– Arrogante, comme ta Berlinetta, et froide, pour ne pas montrer ce qui se cache sous ta carapace.

Je lui rends son sourire devant son analyse.

– Aucune photo, ajoute-t-elle en avançant dans la pièce. Aucune décoration qui ne sorte pas d'un magazine à la mode. Rien qui ne puisse te déceler. Tu te caches toujours aussi bien ?

– Tu es bien placée pour le savoir, souligné-je en l'attrapant par la taille pour l'attirer contre moi.

J'enveloppe ses joues et l'embrasse avec avidité. Ash se laisse manipuler entre mes bras. Je savoure son goût délicieux, sa langue douce et le contact de son corps contre le mien.

Quand elle se détache de mes lèvres, elle s'échappe de mes bras et poursuit son examen. Elle furète de pièce en pièce et je la laisse pénétrer mon territoire, la suivant en reluquant ses fesses.

Sur le seuil de ma chambre, lorgnant le grand lit king size et l'immense tête de lit en bois blanc sculpté, elle se tourne vers moi et me sonde de son regard caramel.

– Tu as emmené beaucoup de femmes ici ?

– Dois-je te mentir ?

– Non, je préfère savoir la vérité.

Elle me décoche un sourire défiant.

– Un certain nombre, oui, même si, d'ordinaire, je m'arrange pour coucher chez elles plutôt qu'ici.

– Comme ça, tu peux t'enfuir plus facilement ?

Je hoche la tête en répondant à son sourire.

– Et moi, tu comptes me mettre dehors demain matin ? me demande-t-elle, très sérieuse, en croisant les bras sur la poitrine en un geste de repli.

Je lui saisis aussitôt le poignet, la fais pivoter sur ses talons et appuie son dos contre mon torse. J'enfouis mon visage dans son cou, humant son parfum sucré et délicat.

– Tu comptes te sauver ? demandé-je à mon tour, en déposant une pluie de baisers le long de sa clavicule.

Sa peau se hérisse de chair de poule au fil de mon passage.

– Toujours une question par une autre, souligne-t-elle.

– *Modus operandi* très pratique. Je ne compte pas te laisser te sauver, réponds-je, le nez sous son oreille, pas plus que je n'ai l'intention de m'enfuir. Quand on me lance un défi comme tu l'as fait depuis notre rencontre, la fuite ne s'inscrit plus dans une tactique possible pour remporter le trophée. Est-ce le tien, Ashley ?

– J'ai une réputation à tenir. Il est hors de question que je laisse gagner un homme dans ton genre.

– Oh, c'est quoi mon genre ? susurré-je contre son lobe.

Elle effectue une volte-face, se love contre moi et noue ses bras autour de ma nuque.

– Bien trop sûr de ton magnétisme animal, Berlinetta.

– Ne prononce pas de tels mots, Ash, ça me donne envie de te dévorer et de mordre tes chairs délicates.

Elle glousse contre mes lèvres.

Après un long baiser sulfureux, je l'entraîne vers la terrasse du loft. Celle-ci s'ouvre sur le Manhattan illuminé de lumières. Le coucher de soleil nimbe les immeubles de couleurs chaudes et chamarrées et les premiers néons éclairent les étages d'en face.

Ashley se fige près de la rambarde et plonge son regard vers le vide. Ses cheveux volètent dans le vent et un sourire exquis se déploie sur ses lèvres.

– C'est vraiment magnifique ici.

J'acquiesce en songeant que c'est elle que je trouve magnifique arpentant mon territoire – pensée à laquelle je ne suis pas accoutumé. J'ai conduit de nombreuses filles ici. J'en ai baisé beaucoup, mais jamais je n'ai éprouvé le désir de les voir évoluer au sein de mon espace.

Jusqu'à elle.

Ashley a la fâcheuse tendance à foutre en l'air ma petite vie tranquille, rythmée par mes conquêtes, mon travail, mes sorties. Elle me donne envie d'autre chose à la fois plus sulfureux et plus durable. Elle me donne envie de conquérir son corps autant que sa vie et son esprit. Ash sait parfaitement jouer avec cette corde sensible de ma personnalité.

Après avoir jeté un dernier coup d'œil sur la chute de ses reins, je me dirige vers le bar pour nous servir un verre : du blanc pour elle, du whisky pour moi. En passant la porte vitrée pour la rejoindre, je la découvre dos au balustre, les deux mains en arrière, la poitrine en avant. Elle me toise de son regard de feu et ses lèvres, tout comme son corps, sont de vrais appels aux baisers. À mes baisers. Sa peau elle-même semble me réclamer, me supplier pour me sentir. J'adore ce sentiment de perte qu'elle semble autant chercher que redouter.

En lui tendant son verre, je meurs d'envie d'enfouir mes mains sous sa robe pour saisir les seins volumineux qui s'affichent sous mon nez.

Je me poste devant elle et, après avoir trinqué, la dévisage par-dessus mon verre. Un sourire charmeur fleurit sur sa jolie figure.

– Tes pensées sont d'une limpidité confondante, argue-t-elle, ses lèvres se retroussant en un sourire coquin.

– Je ne fais rien pour les dissimuler. Je veux que tu saches ce que j'ai l'intention de t'infliger dans quelques minutes. Je veux que tu me sentes déjà alors même que je ne t'ai pas touchée, Ashley.

Ses joues prennent une exquise teinte rosée sous mon timbre rauque. Elle boit une gorgée de vin blanc pour se donner une contenance, mais je la sens devenir fébrile et excitée.

Je pose mon verre sur la balustrade et glisse mes mains de part et d'autre de ses hanches. Elle reprend son souffle en me regardant approcher et recule jusqu'à sentir la rampe contre ses reins.

– Tu as peur de moi, Miss Fury ? me moqué-je.

– J'ai l'impression que tu comptes me dévorer comme une gentille petite proie fragile.

Un sourire se dépose sur mes lèvres.

– Oh, te dévorer sans aucun doute, mais en ce qui concerne la proie fragile, nous sommes loin du compte.

Sur ses mots, je fonce sur ses lèvres pour m'en emparer et saisis brutalement ses hanches entre mes mains. Dans la violence de mon geste, Ash laisse échapper sa coupe, qui explose sur le sol en une myriade de tessons, mais aucun de nous deux ne s'en préoccupe. Je la soulève sous les fesses tandis qu'elle happe mes lèvres avec impatience, mordillant ma bouche, et je la conduis jusque sur l'un des transats de la terrasse. De là, aucun voyeur des immeubles d'en face ne pourra nous surprendre, mais nous aurons la lune pour seule juge de nos ébats.

Je l'étends sur le transat et me poste à ses pieds. Doucement, mes mains remontent le long de ses chevilles, ses mollets, ses genoux, troussant sa robe à mesure de mes caresses. Elle ne me quitte pas du regard et semble en apnée, dans l'attente de mon corps sur le sien. Nous avons toujours fait l'amour avec fureur. Pour une fois, je prends mon temps, savoure le contact velouté de sa peau, les frissons de son corps que je perçois au rythme de mes effleurements. Lorsque ma main aborde l'intérieur de ses cuisses, elle les écarte pour moi et cette façon de s'abandonner sans honte me remplit d'un sentiment de puissance et de désir. Mon sexe gonfle en écho dans mon pantalon, si bien que, de l'autre main, je déboucle rapidement ma ceinture et descends ma braguette sous le regard sensuel d'Ashley.

Du pouce, je trouve son clitoris et le caresse en cercle par-dessus ses sous-vêtements. En quelques secondes, elle se trémousse sur le transat et s'accroche aux accoudoirs. Lorsque j'écarte son string du bout des doigts pour découvrir son intimité, elle retient son souffle. Mon index la caresse, l'explore, avant de s'enfoncer en elle. À l'instant où mon doigt disparaît dans sa chaleur, elle murmure :

– Oh mon Dieu, Gabriel, je ne vais pas… pas pouvoir… longtemps…

Ses balbutiements excités me comblent de plaisir. Je m'allonge entre ses jambes après avoir fait rouler son string jusqu'à ses chevilles et envoyé valser sur la terrasse. La robe remontée sur sa taille, je m'approche de son entrejambe. Sa main s'enfonce dans mes cheveux lorsqu'elle me sent tout près d'elle et son dos se cambre quand ma bouche se pose sur son sexe. Son goût, son odeur, son contact m'excitent à un point inimaginable. Je n'ai jamais autant aimé faire l'amour à une femme, avec un sentiment étrange de puissance et d'impuissance. Je me sens aussi fort que vulnérable, pris au piège et plus libre. Ce que j'éprouve pour elle décuple mon désir, me rend complètement drogué et en même temps à sa merci. J'ai envie de la savourer, de lui procurer un plaisir monstre, de la faire jouir à en perdre la tête et de me laisser aller avec elle.

Je la lèche d'abord doucement si bien qu'elle se dandine, gémit, murmure mon prénom, puis je déshabille son clitoris, explore ses chairs. Quand je la sens sur la corde raide, son corps tendu, brûlant, offert, j'enfonce ma langue dans son intimité. Je la sens fondre sur ma bouche, éclater comme une fusée. Ses cuisses s'écartent pour mieux me laisser l'envahir, puis se referment sur mon visage pour me garder prisonnier. Je la maintiens sous les fesses, puis l'oblige à s'ouvrir de nouveau pour moi. Je l'aide à se mettre nue en retirant sa robe, et parsème son corps de baisers jusqu'à ce que je l'embrasse avec voracité. Elle tire aussitôt sur ma chemise, arrache les boutons, tâtonne sur la peau de mes pectoraux jusqu'à mon caleçon, suivant la ligne de poils depuis mon nombril jusqu'à ma queue. Sa main disparaît dans mon boxer pour saisir mon sexe dans son poing, tandis que nos bouches se dévorent, se conquièrent. J'ai toujours l'impression de mener une espèce de guerre contre elle où le vainqueur remporte… remporte le droit d'aimer l'autre. J'adore cette sensation de conquête perpétuelle et j'aime affreusement sa main refermée sur mon membre. Je bande tellement qu'une douleur se diffuse dans mon bas-ventre. Le désir me rend fou. Je me frotte contre elle, contre sa main.

Avec fébrilité, elle tire sur mon pantalon pour le descendre sur mes fesses, et nos peaux se caressent, se touchent, se sensibilisent. Je la laisse diriger mon sexe contre son clitoris, s'arrachant seule des gémissements de désir et de plaisir mêlés. Je me galvanise de ses mimiques de délice, jouant sur les frontières de la jouissance. Lorsqu'elle approche mon gland de sa chaleur, une boule d'excitation gonfle dans mon bas-ventre. Je suis au bord de l'explosion, comme chaque fois que je l'ai touchée. Je dois faire preuve d'une redoutable maîtrise tant son corps m'attire. Mais je reprends les rênes et, quand sa main enroulée autour de ma queue la guide en elle, je m'enfonce d'un coup sec et profond dans son ventre, lui prenant un cri de plaisir. Ses mains s'agrippent à mes épaules. Elle penche la tête en arrière et je couvre sa gorge de morsures.

J'ondule des hanches avec une lenteur calculée, éprouvant le moindre centimètre de son corps refermé sur moi. Putain que j'aime cette sensation d'étroitesse, de prison, de brûlure. Un douloureux plaisir s'engouffre dans mes artères et caracole avec mon sang. Je cherche ses lèvres, vole un long baiser sur lequel elle égrène mon nom en cambrant le dos. Elle écarte davantage les jambes en laissant tomber ses pieds de chaque côté du transat et tout un tas d'idées pour la suite de cette nuit me traverse l'esprit.

Son regard brillant cherchant le mien m'enivre et son léger sourire me fait comprendre qu'elle a saisi mon cheminement de pensées. Ses cuisses se referment sur les miennes ; ses talons s'enfoncent dans mes fesses.

Je souffle à son oreille :

– Tu ne pourras pas prétendre que je suis un mauvais amant. Tu cries trop fort.

Elle ricane en laissant échapper un nouveau gémissement, loin de se sentir honteuse, ce qui produit un son très étrange et excitant :

– Oh, Gab, c'est bien la seule chose que je ne pourrai pas prétendre.

Elle saisit mes lèvres pour m'embrasser et je la martèle de coups de reins puissants. Elle gémit dans ma bouche et je gronde dans la sienne. Le plaisir tournoie avec des centaines de pensées biscornues qui hantent ma cervelle. J'ai autant la trouille de notre histoire que le désir de la voir se poursuivre. J'ai autant envie de la faire jouir tout de suite que de la laisser monter encore un peu sur les strates de la concupiscence. Je la veux et, putain, j'aimerais la fuir. J'ai la sensation d'être un captif consentant. Et lorsque son regard percute le mien, au moment où la jouissance la saisit, son sexe se refermant sur le mien avec intensité, elle m'entraîne sur ses pentes, sa chaleur, son bonheur, son orgasme. Je me prends de plein fouet la force de ce sentiment qu'elle provoque en moi – autant dans un lit que dans la vie – et me laisse dérouté, incapable de me détacher d'elle. Je suis foutu.

J'ignore ce qu'elle lit dans mes yeux, mais son regard s'enlumine et pétille de bonheur. Elle me rapproche de ses lèvres et m'embrasse doucement, comme si elle avait affaire à un mâle dangereux. J'aimerais remonter mon armure à toute vitesse, mais j'en suis incapable – et au fond, peut-être que je ne le souhaite pas tant que ça.

Après un long moment où je reste en elle, je décide de me relever du transat, nous cherche un verre, puis me couche de nouveau près d'elle. Ash se pelotonne dans mes bras, nue et magnifique. J'admire son corps et en flatte délicatement les courbes du bout des doigts.

– Alors ? murmure-t-elle contre mon torse. Tu n'as pas envie de te sauver ?

– Non, j'ai plutôt envie de t'enfermer dans ma chambre et de te déguster encore.

Je la sens sourire contre ma peau. Elle dépose un baiser sur mon pectoral.

– Gab, comment allons-nous faire au travail ? me demande-t-elle, avec une légère fêlure dans la voix.

– Comme d'habitude. Je te ferai l'amour dans mon bureau dès que les gens auront le dos tourné.

Elle glousse.

– Nous devons rester discrets au boulot, ajouté-je, mais ça ne me dérange pas qu'on s'affiche ensemble.

– Trop aimable !

– Arg, Ash, tu sais très bien ce que je veux dire.

Elle tire sur mes poils en une petite revanche mesquine.

– Oui, je le sais, mais tu pourrais le formuler autrement.

– Très bien… Tu peux déclarer à la Terre entière que nous sommes ensembles, mais je ne pourrai pas te rouler une pelle devant tout le monde. C'est plus clair comme ça ?

– Surtout à Matt, hein ? se moque-t-elle.

– Oui, surtout à lui. N'hésite pas à lui donner des détails.

– Lesquels ? Ceux où tu me fais jouir ou ceux où tu me murmures des mots d'amour ?

– Dis-lui seulement que tu m'aimes !

Je referme mon bras sur sa taille et elle se love encore plus près, léchant ma peau, avant de murmurer :

– N'oublie pas de le préciser à Cassidy aussi. Ça m'évitera de lui coller mon poing dans la figure !

– Hmm un combat très excitant, ricané-je.

Elle me flanque un léger coup dans l'estomac.

– Ne t'inquiète pas, je pense que les choses sont très claires avec Cassidy.

– J'ai des doutes en la matière. Cette fille est persuadée que tu lui appartiens.

– Je n'appartiens qu'à moi-même, rectifié-je aussitôt, et je ne me prête qu'à toi.

Elle secoue la tête, faussement offusquée.

– Ne te sens pas offensée, je sais que tu n'en penses pas moins. Nous sommes bâtis du même bois, tous les deux. Tu ne t'offres pas facilement, tu luttes sans arrêt et tu mords aussi.

Je lui désigne la morsure sur mon épaule avec un rictus malicieux.

– Je suis moins vicieuse que toi !

– Oh, je te soupçonne d'user d'autres moyens pour arriver à tes fins.

Je caresse la courbe de sa hanche, tandis qu'elle lève la tête pour m'embrasser. Je lèche, suçote et goûte à ses lèvres jusqu'à ce que sa saveur s'imprègne sur ma bouche. Puis elle se laisse retomber contre mon torse.

– Gab, tu sais qui peut avoir envoyé cette photo ?

Je grommelle :

– Non, mais je ne manque pas d'ennemis.

Je me suis posé cette question un milliard de fois depuis qu'elle me l'a affichée avec cette douleur au fond des prunelles, comme si je lui avais infligé la pire trahison qui puisse exister. Mais peu importe tous les suspects possibles, je n'ai pas réussi à trancher ou à trouver des preuves. Visiblement quelqu'un qui a une dent contre moi, ou contre nous.

– Je risque de recevoir d'autres surprises ? me demande-t-elle avec un soupçon de peur dans la voix.

– Rien n'est impossible. Tu vas devoir me faire confiance. Tu en es capable ?

Elle relève la tête et plonge dans mon regard comme si elle cherchait à me décortiquer.

– Oui, Berlinetta, j'en suis capable. Tu n'as pas remporté de victoire face à moi. Je ne laisserai pas un inconnu semer le doute et démolir ce que je désire.

– Et tu désires quoi, Miss Fury ? demandé-je en ramenant sa cuisse par-dessus la mienne, la positionnant face à moi.

En me sentant dur contre elle, un sourire coquin se dessine sur ses lèvres.

– Mais toi, Berlinetta.

REMERCIEMENTS

Ma gratitude et mon amour se portent tout d'abord vers mon adorable mari qui, comme toujours, supporte mes longs moments d'hibernation dans mon bureau, avec conciliation et sourire.

Son soutien sans faille et son affection restent mes moteurs principaux. Sans lui, cette aventure n'aurait pas lieu.

Je remercie Claire et Thibaud pour cette opportunité amusante, et surtout pour la liberté et la confiance qu'ils m'ont accordées en me confiant leur bébé. Je sais à quel point il est difficile d'accepter qu'une autre personne trifouille une histoire et des personnages déjà existants. J'ai eu beaucoup de chance de tomber sur vous. J'espère que le résultat vous plaît.

Un grand merci à Morgane, ma remarquable éditrice, qui supporte mes coups de gueule, mes coups de déprime et mes coups de folie, avec beaucoup de diplomatie et d'humour.

Aux éditions Nisha, bien sûr, qui m'ont offert la chance de participer à cette nouvelle aventure. Le stress était là, mais on l'a surmonté !

Aux milliers de joueuses qui connaissent et apprécient « Is it Love? », j'espère que vous avez retrouvé ce qui vous a plu dans le jeu.

Aux nouvelles lectrices qui découvrent cet univers, je souhaite de tout cœur que vous ayez apprécié votre découverte de Carter Corp.

Rendez-vous à la prochaine aventure !

BONNE NOUVELLE !

D'autres adaptations « Is it Love? » sont prévues… Ceci n'est que le début d'une merveilleuse collection !

DIAMANT NOIR
ANGEL AREKIN
Love
Business
NISHA
EDITIONS

Love Business

Angel Arekin

Béni Mordret a tout pour plaire : elle est belle, jeune, riche et surtout, ambitieuse.

Malgré des relations tendues avec sa richissime famille, cette carriériste a su gravir un à un tous les échelons. Malheureusement, Béni se voit dans l'obligation de retourner à la villa Mordret. Plutôt mourir que de se rendre seule au mariage de sa sœur cadette !

Grâce à l'intervention de Merryn, sa secrétaire, Béni rencontre Jelan, un escort rebelle… tout à fait charmant. Contre une jolie somme d'argent, le jeune homme a pour mission de séduire la haute société le temps d'un week-end. Entre hypocrisie et mépris le plus total, le secret du faux couple sera-t-il percé à jour ? Jelan parviendra-t-il à apprivoiser la jolie Béni ? Car entre eux, peu sûr que le contact reste strictement professionnel…

En descendant les trente étages de la tour Bella, je me surprends à regarder mon reflet dans le miroir de l'ascenseur. Mes cheveux couleur fauve bien coupés en un carré plongeant n'ont pas une mèche rebelle. Mon maquillage dans les tons de brun est impeccable et met en valeur mes yeux légèrement en amande ainsi que la couleur noisette de mes iris. J'ai opté pour un rouge à lèvres pourpre qui redessine ma bouche avec ostentation. Le côté clinquant mis à part, j'ai toujours choisi cette couleur parce qu'elle attirait les regards. Or, dans mon travail, sortir des sentiers battus et être celle que l'on repère ont toujours été utiles. Il ne faut jamais sous-estimer le regard que portent les hommes sur les femmes, ni se voiler la face, ni être hypocrite. Le monde tourne autour de la beauté, du sexy, de l'apparence et de l'élégance. Je ne me considère pas particulièrement comme une femme magnifique, mais je m'efforce d'entrer dans les critères qui déterminent une femme belle d'une autre. J'obtiens davantage de choses. Une femme, dans mon monde, a besoin de trimer trois fois plus qu'un homme pour atteindre les sommets. Être intelligente ne suffit pas. J'éclipserai les carriéristes aux dents longues. Être belle me permet de dissimuler mon intelligence pour leur passer devant sur la ligne d'arrivée. C'est tout un art de surfer sur les rouleaux et d'éviter de s'écraser dans la mer. Jusqu'à présent, ma stratégie a payé, même si je ne me suis pas attirée que des amis dans le milieu. Je parviens à tracer ma route, en sacrifiant cependant d'autres pans de ma vie. Je n'ai pas le temps de sortir, pas le temps de boire des cafés avec les copines. De manière générale, je n'ai pas le temps de les voir, hormis Merryn au bureau. Lorsque je rentre le soir, il est déjà si tard que la plupart, mères de famille, sont déjà couchées. Je n'ai pas de petits amis, parce que je travaille beaucoup et que je gagne trop d'argent. J'ai quelques amants de passage, encore que, ces derniers mois, ils sont plutôt rares. Je n'ai même plus le temps de me consacrer à prendre du plaisir. Quelquefois, lors de mes moments d'angoisse nocturne, je me demande si tout cela en vaut bien la peine. Autrefois, je pensais que mon travail déterminerait toute ma vie. Je ne me voyais pas exercer un métier qui m'ennuierait ou que je détesterais. Maintenant que mes ambitions sont comblées, je me rends compte de toutes les choses que je perds en chemin. Les portes de l'ascenseur s'ouvrent et je me dirige d'un pas pressé vers le guichet de l'accueil, mes talons claquant sur le sol de marbre. L'une des trois hôtesses présentes derrière le comptoir, vêtue d'un tailleur aussi chic et cher que ceux que je porte d'ordinaire, m'accueille d'un sourire faux.

– Quelqu'un doit m'attendre. Madame Béni Mordret, m'annoncé-je d'une voix vive.

– En effet, Monsieur est arrivé. Il se trouve dans le salon.

Ses yeux s'illuminent en me désignant discrètement un homme confortablement installé dans l'un des fauteuils club de l'entrée. Une cheville sur le genou, vêtu d'un costume trois-pièces bleu nuit élégant, il observe la rue au travers des verres teintés du building.

– Merci.

Je m'éloigne promptement et m'approche de l'individu en question. Des cheveux bruns coupés courts, coiffés d'une manière volontairement négligée, mais avec allure, encadrent une peau bronzée et une mâchoire carrée. En se sentant observé, l'homme tourne la tête et lève les yeux dans ma direction. Deux prunelles d'un beau bleu azuré se posent sur moi et me détaillent de la tête aux pieds sans la moindre discrétion. Un sourire étire ses lèvres tandis qu'il se redresse, les deux mains à plat sur les accoudoirs. En m'approchant, je constate qu'il mesure deux bonnes têtes de plus que moi, qu'il est aussi grand que fin et élancé. Son costume tombe à la perfection. Il porte une grande marque de tailleur qui confectionne des smokings sur mesure.

– Mademoiselle Mordret ? me demande-t-il d'une voix rauque et grave, comme s'il avait bu beaucoup de whisky depuis l'âge de ses cinq ans et fumer clope sur clope jusqu'à désintégrer ses cordes vocales.

J'acquiesce et lui tends la main. Il la fixe en affichant un sourire immaculé, avant de la saisir. Sa poignée de main est franche et puissante. Mon père m'a toujours appris à lire à travers la poigne des gens, à me méfier de celles qui sont flasques ou fuyantes.

– Je m'appelle Finn, m'annonce-t-il.

En me voyant grimacer, il ajoute en souriant :

– Et je vois à quel point vous adorez mon prénom.

– Parce qu'il sonne faux.

– Il est faux.

– C'est ce que je dis. Vous auriez pu trouver mieux.

– Pourquoi ?

– Pour que ça ne ressemble pas à du toc.

– Les relations que nous entretenons sont du toc. Un nom en toc me semble de circonstance.

DIAMANT NOIR
BROCHÉ
Nisha
App
AUGMENTÉ
SOPHIE AUGER
NIGHT OF SECRETS
NISHA
ÉDITIONS

Night of Secrets

Sophie Auger

Charles Dumont est hautain, égocentrique et sûr de lui. Petit empereur de la jeunesse dorée genevoise, son nom, sa fortune et son physique avantageux lui permettent de tout obtenir d'un claquement de doigts. Rien ne lui fait peur et rien ne lui résiste. Jusqu'au jour où sa route croise celle de Bulle.

Mais la belle, qui tient à sa liberté, ne vit que pour sa passion pour l'équitation et n'a pas sa langue dans sa poche.

Entre eux, c'est le choix de deux mondes.

Entre passion, mensonge et trahison, plongez dans une histoire où rien ne se passe jamais comme prévu.

Cologny, samedi 3 mai 2014

Quatorze heures, le réveil sonne et résonne dans mon crâne endolori. Je me retourne dans mon lit pour éteindre cette saleté de téléphone. Je tends le bras en direction de ma table de chevet avant de réaliser qu'un corps m'en bloque l'accès. Je me décide à ouvrir un œil: une grande rousse dort paisiblement au milieu de mes draps en soie. Je dois faire un effort surhumain pour me rappeler d'où elle sort.

Petite rétrospective de ma soirée de la veille: fête dans la villa d'un ami, musique, alcool, voiture de luxe, débauche, piscine à débordement, rousse chaussée de Louboutin, pelotage dans la cuisine, main dans le jeans dans ma Mini Cooper et pour finir chevauchée sur mon canapé. Un samedi soir ordinaire, en somme. Si je me souviens bien, son petit nom c'est Anne-Lise, ou Anne-Louise, je ne sais plus. Enfin, ce n'est pas comme si ça avait une grande importance.

Je m'appelle Charles Dumont et je suis sûrement le plus gros fêtard de la jeunesse dorée genevoise. Je n'ai ni règles, ni limites, ni remords. Je viens encore de passer la nuit avec une fille différente, ramenée d'une de ces soirées branchées où je passe tous mes week-ends. J'ai vingt-quatre ans, un compte en banque avec un paquet de zéro grâce à mon « cher » papa et aux entreprises Dumont. Je suis le genre de mecs qui se fait bouffer dans la main par toutes les nanas de la Terre et qui ne se gêne pas pour en profiter. Je suis arrogant, sûr de moi, et en plus d'être affreusement riche, je suis terriblement beau. Appelons un chat un chat, je ne vais pas devenir modeste en un claquement de doigts: oui, les fées se sont penchées sur mon berceau. C'est ainsi… De ma mère italienne, j'ai hérité des cheveux noir corbeau et de grands yeux en amande, verts comme le jade. De mon autre géniteur, la carrure imposante des pays de l'Est (une vague origine de l'aristocratie russe). Je mesure un bon mètre quatre-vingt-dix et comme je suis, malgré tous mes excès, un adepte de la course à pieds et de l'escalade, j'ai un corps taillé à la perfection. Bref, j'ai tout pour moi, ce n'est pas plus compliqué.

En attendant, je suis réveillé et je ne supporte pas de sentir quelqu'un d'autre à mes côtés. Je tourne sur moi-même en soupirant assez fort pour que la demoiselle se réveille et comprenne le message. Je tourne la couette dans tous les sens et envoie valser toutes les conneries posées sur ma table de chevet. Petit coup d'œil : rien de cassé, juste un cadre photo de tombé. Je l'attrape et souris devant celle-ci. C'est un vieux cliché de ma sœur et moi, il y a quelques années… Gabie. Mon petit monstre. Et c'est là que je réalise. Oh purée ! Ce n'est pas vrai ! Comment est-ce que j'ai pu oublier ça… Oh bordel, elle va me tuer. Je lui ai promis d'aller la voir à sa compétition de poneys. Je déteste ces foutus animaux qui puent et qui sont assez cons pour se laisser monter dessus par des humains, alors qu'ils pourraient les anéantir d'un coup de sabot. Mais bon, je suis incapable de dire non à Gabie… Du haut de ses douze ans, c'est la seule fille à avoir l'ascendant sur moi.

Je sors de mon lit king-size, mes pieds s'enfonçant dans l'imposant et épais tapis, et récupère des vêtements qui traînent sur le parquet de ma chambre. J'habite chez mes parents mais j'ai ma propre dépendance dans la propriété. Un appartement rien qu'à moi avec entrée à part pour une tranquillité absolue. De toute façon, ils ne sont jamais là, je pourrais bien vivre au milieu de leur salon si je le voulais. La maison est immense, inutile de le préciser. Dans un style très moderne, typique du quartier où nous résidons : Cologny. Plusieurs chambres, plusieurs salles de bains et une bâtisse à l'arrière, juste après la piscine couverte et la salle de sport. C'est là que j'ai pris mes quartiers. En plein cœur d'un des arrondissements les plus chers au monde, j'ai pour voisin le P.-D.G de Total et quelques princes des émirats arabes. Il est clair que ce n'est pas ici que je risque de me faire agresser le soir en rentrant.

Je tourne en rond dans ma chambre. Je ne trouve pas de caleçon. Plus aucun. La femme de ménage ne veut plus rentrer dans mes appartements depuis qu'elle m'a surpris le mois dernier, nu sur ma terrasse, une jolie blonde à genoux à mes pieds. Elle ne me rapporte plus mon linge de la buanderie. Je fouille dans les immenses placards blancs de mon dressing et retourne la moitié de l'endroit. Ça y est, j'ai ce qu'il me faut ! Je suis sauvé ! Je bouscule Anne-Bidule tout en enfilant mon boxer. Elle ouvre un œil avant de m'offrir un sourire des plus coquins. L'espace d'une seconde, j'hésite à remettre le couvert mais je suis déjà bien trop en retard. Je ne peux pas faire ça à Gabie. C'est la femme de ma vie. La seule. L'unique. Et si je ne suis pas un type exemplaire – loin de là, même –, j'essaie d'être un frère à la hauteur. On ne peut pas tout avoir. Mais avoir ma sœur me suffit amplement. J'invite donc la rousse à la bouche de déesse à quitter les lieux illico et on ne peut pas dire qu'elle apprécie.

– Mais… je viens à peine de me réveiller, minaude-t-elle en retirant le drap, tentant de me provoquer dans son petit shorty en dentelle.

– Ça, ce n'est pas mon souci, ma grande.

Ma réponse ne lui plaît pas et elle grimace en retour. Mais heureusement, elle comprend très vite que ça ne sert à rien d'insister. Elle sait qui je suis et comment je fonctionne. En fait, toutes les plus belles garces de la ville le savent. Je suis une forteresse imprenable. Pas d'attache, pas de sentiment. Pour moi, la vie se résume à être libre, faire la fête, claquer un tas de blé et recommencer ; et ainsi de suite.

Je me glisse dans mon jeans qui moule parfaitement mon derrière de dieu grec tandis que mon coup d'un soir quitte les lieux.

Un petit polo gris passe partout, un peu d'eau sur mon visage, un brossage de dents anti haleine gueule de bois et me voilà prêt. Ray-Ban, mocassins Hermès, *blackcard* et clefs de mon bolide, je m'empare de mes derniers indispensables avant de claquer la porte.

En route pour les écuries de je ne sais plus quoi.

Achevé d'imprimer en France par EPAC Technologies

N° d'édition: 4550414305118

Dépôt légal: mai 2017